ODD LAWYER
Devil's Balance 괴짜 변호사
악마의 저울

FUSION FANTASTIC STORY
미더라 장편 소설

괴짜 변호사 : 악마의 저울 1

미더라 장편 소설

초판 1쇄 찍은 날 § 2015년 4월 10일
초판 1쇄 펴낸 날 § 2015년 4월 17일

지은이 § 미더라
펴낸이 § 서경석

편집부장 § 권태완
편집책임 § 이창진

펴낸곳 § 도서출판 청어람
등록번호 § 제387-1999-000006호
등록일자 § 1999. 5. 31
어람번호 § 제1-2099호

주소 § 경기도 부천시 원미구 부일로 483번길 40 서경B/D 3F (우) 420-822
전화 § 032-656-4452 팩스 § 032-656-4453
http://www.chungeoram.com
E-mail § chungeorambook@daum.net

ISBN 979-11-04-90197-3 04810
ISBN 979-11-04-90196-6 (세트)

ODD LAWYER

Devil's Balance

괴짜 변호사
악마의 저울

◇ 1 ◇

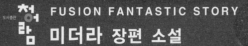

도서출판

청어람

FUSION FANTASTIC STORY

미더라 장편 소설

CONTENTS

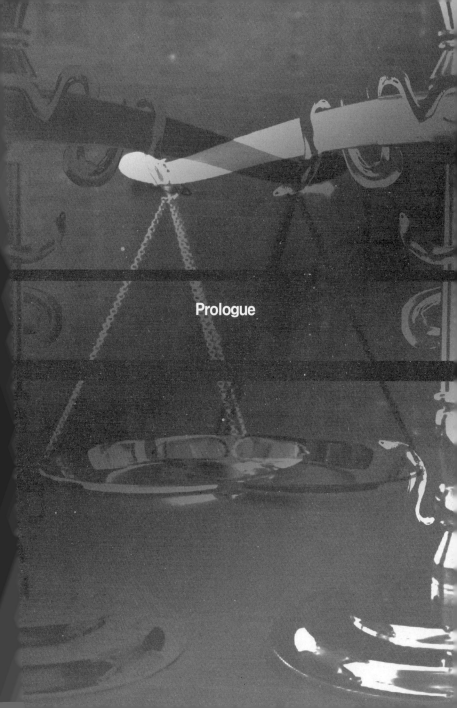
Prologue

"받을 수 있습니다."

변호사가 말을 하자마자 방 안의 분위기가 확 변했다. 초조함과 불안이 가득했던 사람들의 얼굴에 환한 웃음이 피어났다.

"정… 정말입니까? 정말 그 돈을 받을 수가 있는 겁니까?"

말을 하는 중년 남자의 목소리가 살짝 떨렸다. 흥분한 탓인지 숨도 조금 가쁘게 쉬었고, 살짝 상기도 되었지만, 그의 얼굴에는 환희와 희열 같은 게 어려 있었다. 주변에 앉아 있는 그의 직장 동료들도 상황이 비슷했고.

도저히 받을 길이 없다고 생각했던 돈을 받을 수 있다는데 기분이 어떻겠는가. 다들 정말 하늘을 붕 날아가는 듯한 기분이었다. 그들은 동료의 어깨나 팔을 서로 움켜쥐고는 한껏 기뻐하고 있었다.

변호사 정혁민은 그렇게 사람들이 흥분해서 떠드는 걸 잠시 쳐다보다가 느긋하게 말했다.

"물론이죠. 확실하게 받을 수 있습니다. 다만……."

그의 목소리가 들리자 사람들의 말소리가 딱 멈추었고, 고개가 일제히 정혁민 쪽을 향했다.

"시간은 좀 오래 걸릴 수 있습니다."

"확실하게 받을 수만 있다면야 기다릴 수 있죠. 암요. 안 그래?"

남자는 말을 하면서 주변을 돌아보았는데, 사람들은 모두 격하게 고개를 끄덕였다. 돈을 확실하게 받을 수만 있다면야 기다리는 게 뭐 대수겠는가.

하지만 모두가 표정이 밝은 건 아니었다. 테이블에 앉아 있는 사람 중에서 한 명. 수염이 덥수룩하게 난 남자는 의심이 가득한 눈초리로 정혁민을 쳐다보고 있었다.

그 역시 정말 애타게, 너무나도 간절하게 돈을 받고 싶었다. 그 돈이 어떤 돈인가? 자신들의 월급과 퇴직금이다. 매일 땀에 절어가면서 일한 보상이고, 평생을 이 직장에서 일한 대가이다. 그런데 그 돈을 고스란히 날리게 생긴 것이다.

'그 돈이 어떤 돈인데? 그 돈이 어떤 돈인데?? 씨발, 당연히 우리가 받아야 하는 돈을 왜 못 받는 건데?

울화통이 터진다? 사람들이 느낀 분노는 그 정도 말로는 표현이 안 될 정도였다. 그래서 다들 일이 터졌을 때, 여기저기 알아보았다. 그 돈을 어떻게 하면 받을 수 있는지.

하지만 사람들이 들은 건 절망적인 이야기뿐이었다. 사장이 돈을 다 빼돌려서 자신들의 월급과 퇴직금은 받을 길이 없다는 거였다. 모두가 그랬다. 다른 말을 한 전문가는 아무도 없었다. 그런데 지금 자신의 눈앞에 있는 정혁민이라는 변호사는 그 돈을 받을 수 있다고 하고 있는 것이다.

당연히 받을 수 있다면 좋겠지만, 모두가 안 된다고 하는 일을 된다고 말하는 사람은 둘 중 하나다.

'정말 능력이 뛰어나거나, 아니면 사기꾼이거나. 하지만 세상에는 사기꾼이 더 많은 법이지.'

비율로 따지자면 그런 말을 하는 사람 100명 중에서 99명은 사기꾼일 것이다. 그러니 변호사의 말이라고 무턱대고 믿을 수는 없다.

'씨발, 사장 그 개새끼도 그랬어. 조금만 기다리면 월급이 나온다고. 대금을 받으면 밀린 월급부터 주겠다고.'

그 생각만 하면 지금도 이가 갈렸다. 사장은 돈을 빼돌릴 시간을 벌기 위해서 그런 말을 한 거였다. 결국, 직원들은 한 푼도 돈을 받지 못하게 되었다. 믿음의 대가는 텅 빈 통장뿐. 그런 생각을 하니 저 변호사가 더욱 의심스럽게 보였다.

"뭐 좀 물어봅시다."

수염이 덥수룩하게 난 남자는 굳은 표정으로 말문을 열었다. 사람들은 무슨 일인가 하는 표정으로 남자를 쳐다보았다.

"내가 알아보니까 그 돈을 받을 방법이 없다고 합디다. 사장이 회사에서 돈이 될 만한 건 모두 빼돌린 후라서 그렇다는데, 어떻게 돈을 받을 수 있다는 거유?"

남자가 말을 마치자 남자를 향해 고정되어 있던 사람들의 얼굴이 변호사를 향해 자연스럽게 돌아갔다. 정혁민은 다리를 꼬고 손에 깍지를 낀 채 느긋한 표정으로 입을 열었다.

"아마도 대부분 그렇게 얘기했을 겁니다. 그리고 일반적으로 그렇게 이야기하는 게 맞습니다. 법인에 돈이 될 만한 게 없으면 월급이나 퇴직금은 받을 수 없죠."

"아니, 말이 다르잖소? 돈을 받을 수 있다고 방금 전에……."

성질이 급한 누군가가 흥분해서 중간에 끼어들었다.

"하지만!!"

정혁민은 하지만이라는 단어에 힘을 주면서 그의 말을 잘라 버렸다. 그러고는 자리에서 벌떡 일어났다. 그리고 눈을 부릅 뜨고 모여 있는 사람들과 차례로 눈을 맞추었다. 사람들은 자신도 모르게 침을 꿀꺽 삼켰다.

그는 싱긋 웃으면서 표정을 풀고는 말을 이었다.

"어디까지나 일반적인 경우에 그렇다는 겁니다, 일반적인 경우에."

그는 사람들이 앉아 있는 소파 뒤로 걸음을 옮겼다. 사람들은 도대체 이 사람이 무슨 이야기를 할지를 궁금해하면서 변호사의 움직임을 뒤쫓았다. 정혁민은 허리를 숙여 자리에 앉아 있는 사람과 어깨동무를 하면서 아주 은근한 말투로 이야기했다. 아주 능글맞은 투로.

"저는 일반적인 변호사가 아니죠. 이미 그런 걸 알고 오셨겠지만 말이에요. 안 그렇습니까?"

그 말에 사람들의 표정이 조금 풀렸다. 사실 그가 조금 특별하다는 사실을 알고 여기에 찾아온 것이었으니까. 하지만 의문을 제기했던 남자는 여전히 굳은 얼굴로 말을 이었다.

"아니, 그래도 뭔가 이런 방법으로 돈을 받아낼 거다, 이런 거라도 얘기를 해줘야 믿을 거 아닙니까? 안 그래요?"

수염이 덥수룩한 남자가 이야기하자 다른 사람들도 고개를 끄덕였다. 자신들도 도대체 어떻게 돈을 받아낼 것인지가 궁금하기는 했다. 그러자 혁민은 양손을 들어 올리면서 의아하다는 표정을 한 채 답했다.

"믿지 마세요. 사람을 어떻게 믿습니까?"

그의 말에 사람들은 입을 쩍 벌렸다. 물론 저렇게 생각하는 사람도 있겠지만, 누가 그걸 저렇게 천연덕스럽게 말한단 말인가.

하지만 정혁민이라는 변호사는 거리낌이 없었다. 그리고 사람들의 반응에는 전혀 관심도 없다는 듯 의자에 털썩 앉더니 손으로 의자 팔걸이를 쾅 하고 때리면서 말을 이었다.

"저 여러분 믿지 않습니다. 사람은 언제든지 남을 속일 수 있거든요. 그래서 저는 돈을 보고 일합니다. 돈은 거짓말을 하지 않으니까요."

혁민은 크게 손짓하면서 능숙하게 좌중을 압도했다. 모든 사람이 숨을 죽이고 그를 쳐다보았는데, 그는 야릇한 미소를 지으면서 말을 이었다.

"제가 지금까지 한 번도 진 적이 없다는 건 잘 아실 겁니다. 그런 팩트가 여러분이 결정하는 데 참고 자료가 될 수 있을 것 같군요. 그러니 저를 믿지 마시고, 제가 지금까지 한 것을 믿으시면 됩니다."

이야기를 마친 혁민은 다시 다리를 꼬고 손은 깍지를 낀 채 사람들을 지그시 쳐다보았다. 날카롭지는 않았지만, 묵직한 시선으로. 이제 갓 서른 살이 된 사람이라고는 믿기지 않을 정도의 포스였다.

사람들은 정혁민의 눈치를 살피더니 자기들끼리 모여서 쑥덕거렸다.

"맡겨봐요. 여기 오기 전에 다 알아봤잖아요."

점퍼를 입은 여자가 속삭였다. 다른 사람들도 대충 동의하는 눈치였다. 사실 사람들은 이곳에 오기 전에 정혁민이라는 변호사에 관해서도 알아보았다. 그들에게 이 돈을 받아내는 것은 더할 나위 없이 중요한 일이었으니까.

그에 대한 평판은 생각보다 쉽게 들을 수 있었다. 정혁민이라는 변호사는 이쪽 바닥에서는 꽤 유명한 인물이었으니까. 사법고시 성적이나 연수원에서의 일화도 들을 수 있었고, 변호사를 개업한 이후의 이야기도 들을 수 있었다.

그들이 가장 인상 깊게 들었던 것은 맡은 사건은 어떻게든 승소하는 독종이라는 말이었다.

"어차피 이대로 가면 한 푼도 건지지 못하는 거 아니유. 저 사람 말고는 돈 받을 수 있다고 한 사람이 어디 있었수?"

사람들은 다들 비슷한 생각을 했다. 저 변호사를 통하면 밀린 월급과 퇴직금을 받을 것 같다는 그런 생각을.

사람들은 서로를 쳐다보다가 하나둘 고개를 끄덕였다. 정혁민 변호사에게 사건을 맡기자는 데 다들 동의한 것이다. 그런데 그것으로 이야기가 끝난 건 아니었다. 사람들의 의견이 갈리는 한 가지 조건이 있었다. 바로 성공 보수였다.

"저기 다른 건 다 괜찮은데 성공 보수가… 이게 40%는 너무 많은 게 아닌가 싶은데……."

사람들의 대표가 머뭇거리다가 조심스럽게 이야기했다.

정혁민은 그럴 줄 알았다는 듯 씨익 웃었다.

'사람이란 이런 동물이지.'

사무실에 들어왔을 때 저들은 그 돈을 일부라도 받을 수만 있다면 바랄 것이 없다고 했었다. 하지만 막상 돈을 전부 받을 수도 있다는 생각이 드니 변호사에게 줄 성공 보수가 아깝게 느껴지는 것이다.

정혁민은 말을 툭 내뱉었다.

"그럼 다른 데 알아보시든가."

혁민은 그렇게 말하고는 의자를 빙글 돌렸다. 사람들은 의자 뒷면을 보면서 웅성거렸다. 계약하지 않겠다는 건 아니었다. 돈을 받을 수 있다고 한 변호사는 이 사람뿐인데 선택의 여지는 없었다.

하지만 돈이 아까웠다. 월급이나 퇴직금은 원래 자기들 돈인데 거기서 40%나 줘야 한다니까 무언가 생돈을 빼앗기는 것 같은 기분이 들었다. 그리고 원래 계약이 그렇지 않은가. 처음에는 높이 불렀다가 서로 이야기를 하면서 타협점을 찾아가는 거다.

게다가 아직 변호사의 나이가 어려서 살짝 얕본 것도 있었다. 애처롭게 사정하면 성공 보수를 조금 낮출 수 있을 것도 같았다. 그래서 이야기를 꺼냈는데, 상대의 반응은 전혀 예상 밖이었다.

"아니… 저… 그렇게 너무 그러시면… 그러지 말고 얘기를 좀 하시죠."

대표가 절절매면서 이야기했다. 하지만 아무리 말을 해도 의자는 요지부동이었다. 사람들은 당황해서 어쩔 줄을 몰라 했다.

끼이이익.

사람들이 조바심을 내고 있을 때, 의자가 삐걱대는 소리를 내면서 서서히 돌아가기 시작했다. 사람들은 침을 삼키면서 의자에 모든 신경을 집중했다. 지금까지 살면서 의자가 돌아가는 걸 이렇게 가슴 졸이면서 본 적이 있었나 싶을 정도였다.

사람들은 침을 삼키면서 의자가 돌아가는 걸 뚫어지라 지켜보았고, 이내 혁민의 얼굴을 보게 되었다. 그런데 그는 조금 전까지와는 사뭇 다른 분위기였다. 아까와는 다르게 혁민의 얼굴은 딱딱하게 굳어 있었고, 눈매는 매섭게 변해 있었다.

"40%가 많다? 그럼 저 말고 돈을 받아줄 수 있는 곳을 찾아가면 됩니다."

혁민은 아주 담담한 투로 이야기했다. 하지만 사람들은 갑자기 한기를 느꼈다. 입가에는 미소가 살짝 보였는데 표정이나 눈빛은 사람을 잡아먹을 것 같았기 때문이었다.

사람들은 그제야 왜 다른 사람들이 정혁민에 대해서 이야기를 할 때 이를 갈면서 말하는지를 알 수 있었다.

'돈 엄청나게 밝히는 싸가지 없는 독종.'

사람들의 머리에 떠오른 말이었다. 하지만 대안은 없었다. 그들에게 돈을 줄 가능성이 있는 건 오로지 정혁민뿐. 그들은 정혁민이 요구한 대로 계약을 할 수밖에 없었다. 그래서인지 계약을 하면서도 사람들의 표정은 그리 밝지만은 않았다.

"확실히 이길 수는 있는 거유?"

계속해서 의문을 제기했던 남자가 날카롭게 쏘아보면서 물었다. 혁민은 다시 전과 같은 느물느물한 표정이 되어 대답했다.

"저는 승산이 없는 게임은 하지 않습니다. 상대가 누구든 말이죠."

조용하게 읊조리듯 한 말이었지만, 사람들은 그의 말에서 강한 자신감을 느낄 수 있었다. 혁민은 몸을 앞으로 쑥 내밀면서 말했다.

"제가 이깁니다. 그리고 상대는……."

혁민은 하얀 이를 드러내면서 말했다.

"영혼까지 탈탈 털어드리죠."

*　　　*　　　*

"형님, 저 새끼 믿을 수 있는 거예요? 돈만 밝히고 새파랗게 어린 새끼가 싸가지도 없고."

"맞습니다. 말할 때 은근슬쩍 반말하는 거. 아우, 지금 생각하니까 열 받네?"

사람들은 변호사 사무실이 있는 건물 밖으로 나오면서 투덜거렸다.

직원들의 대표 역시 화가 난 표정이었다. 하지만 갑자기 껄껄 웃기 시작했다.

사람들은 어리둥절한 표정으로 눈을 껌뻑이며 그가 웃는 걸 지켜보았다. 잠시 웃던 직원들의 대표는 질문을 던졌다.

"야, 우리 사장이 어떤 새끼냐?"

사람들은 서로의 얼굴을 보다가 대답했다.

"사장이요? 씨발, 그거 아주 개새끼죠."

"악질 아뇨? 아주 개악질. 니미."

직원들의 대표는 히죽 웃으면서 말했다.

"그런 사장을 잡으려면 저 정도는 되어야 할 것 같지 않냐? 나는 둘이 싸우면 볼만할 것 같은데?"

대표의 말에 사람들은 잠시 생각하다가 피식피식 웃기 시작했다. 악질 사장이 대단하기는 하지만 저 변호사라면 뭔가 시원하게 한 방 먹일 것 같은 생각이 들어서였다.

"낄낄, 정말 그러네요. 아이고 둘이 붙으면 엄청 재미지겠는데요?"

"그려, 그렇겠구만."

그리고 지금까지 한마디도 하지 않던 안경을 낀 남자가 조심스럽게 입을 뗐다.

"그리고 저… 저는 마음에 드는 구석도 있어요. 다른 변호사들은 사무적으로 일한다는 느낌이 들었거든요. 음… 뭐랄까 열의가 없는 것 같달까? 그런데 저 사람은 좀 다른 것 같아요."

"그건 그래. 확실히 뭔가 할 것 같은 느낌이 들긴 하더만."

한 사람이 피식 웃으면서 말했다.

"맞아, 나도 저렇게 돈 밝히고 싸가지 없는 인간 즈응말 싫어하는데, 하나는 확실한 것 같다. 아군인 건 싫지만, 적군인 건 더 싫은 타입."

모두 그 말을 듣더니 몸을 부르르 떨었다. 저런 인간이 적이라면 정말 짜증스러워서 미쳐 버릴 것 같았으니까. 그리고 누가 시킨 것도 아닌데 자연스럽게 변호사 사무실 창문을 쳐다보았다.

사람들의 표정은 제각각이었다. 약간 짜증스럽다는 기색이 느껴지는 사람도 있었고, 재수 없다거나 호기심이 생긴다는 게 얼굴에 보이는 사람도 있었다. 하지만 모든 사람에게서 공통적으로 느껴지는 감정이 있었다. 그건 바로 희망이었다.

정혁민이라는 변호사라면 사건을 해결할 것 같다는 희망. 사람들은 햇빛을 받아 반짝이는 유리창을 계속해서 쳐다보았다.

　그리고 그 유리창 안쪽에는 변호사 정혁민이 의자에 앉은 채 골똘히 생각에 잠겨 있었다.

　"11년인가? 후, 타임 슬립한 지가 벌써 11년이라니."

　2022년에서 1997년으로 타임 슬립한 남자 정혁민. 그는 2008년 달력을 보면서 중얼거렸다. 그는 그 말을 중얼거리면서 의자에 기대어 눈을 감았는데, 굉장히 피곤했는지 금방 잠에 빠져들었다. 그리고 잠이 든 그의 뇌리에는 지금까지 지나간 시간이 다시금 스쳐 지나갔다.

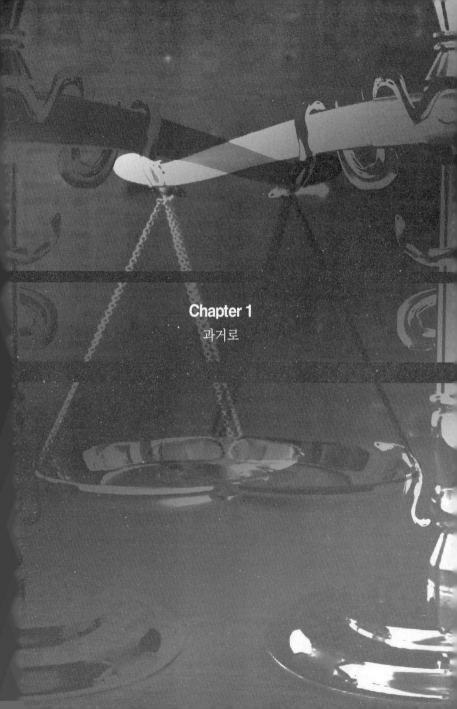

Chapter 1

과거로

정혁민이 타임 슬립하기 전 2022년 어느 병실.

"미안해요, 오빠. 항상 신세만 지고."

―무슨 소리야? 몸은 좀 어때?

"그냥 그래요. 오빠는요?"

―나야 항상 똑같지 뭐. 더 필요한 건 없고?

"아니에요. 지금까지 해준 것만 해도 충분해요."

율희는 힘없이 웃으면서 통화했다. 목소리가 너무 작아서
잘 들리지 않을 정도였고, 이야기하는 중간에 통증을 느끼는
지 가끔 얼굴을 찌푸렸다.

―무슨 소리야. 너 지금 상태 별로 좋지 않다던데. 내가 의
사하고 얘기해 볼게.

"괜찮아요. 제가 알아서 할게요. 이제 혁민 씨도 일하니까 걱정하지 않아도 돼요."

—그래?

혁민을 언급하는 율희의 말에 전화기 너머로 들리는 윤태의 목소리가 급격하게 어두워졌다. 하지만 율희는 몸의 통증으로 그런 사실을 감지하지 못했다.

—알았어. 무슨 일 있으면 바로 연락하고.

율희는 고맙다는 말을 거듭하면서 통화를 마쳤다. 아주 어릴 적부터 친하게 지낸 윤태. 혁민과 결혼한 이후로는 거의 연락을 하지 못하고 지냈지만, 윤태는 어떻게 알았는지 율희에게 큰 문제가 있기만 하면 연락을 해왔다. 매번 도움도 주었고.

형제가 없는 율희에게 윤태는 친오빠나 다름없는 사람이었다. 율희는 자신은 행복한 사람이라는 생각을 했다. 혁민과 같은 좋은 남편도 있고, 윤태와 같이 친오빠처럼 자신을 위해주는 사람도 있었으니까.

율희는 그런 생각을 하면서 침대에 천천히 눕고는 눈을 감았다. 그렇게 잠시 휴식을 취하고 있는데 귓가에 조심스럽게 문이 열리는 소리가 들렸다. 무거운 눈꺼풀을 들어 올리니 망막에는 맺히는 반가운 남편의 모습. 율희의 입가에는 저절로 편안한 미소가 그려졌다.

"당신 왔어요?"

창백한 얼굴에 옅은 웃음기. 게다가 귀를 기울여야 들릴 정도로 작은 목소리. 모든 것이 혁민의 가슴을 찢어놓았다. 차라리 저 자리에 자신이 있었으면 좋겠다고 생각한 것이 하루에도 한두 번이 아니었다. 하지만 그는 그런 감정을 마음 깊숙이 숨기면서 웃었다.

누워 있는 아내를 위해서라도 그런 마음을 표정에 드러낼 수는 없었다. 그는 침상과 주변을 정리하면서 이야기했다.

"조금만 기다려. 곧 당신 수술 날 잡을 테니까."

혁민은 정작 말하고 싶었던 건 속으로 삼켰다. 당신을 이렇게 만든 새끼는 무슨 일이 있어도 잡을 거라는 말을. 율희는 천천히 고개를 저었다.

"내 걱정 하지 말고 당신 일 신경 써요. 난 버틸 만해요."

혁민은 의자를 가져다 앉으면서 말없이 아내의 손을 잡았다.

언제나 이런 사람이었다. 자기가 힘들어도 내색하지 않는 사람. 자신보다는 다른 사람을 먼저 위하는 사람.

혁민은 율희의 손을 쓰다듬다가 너무나도 거칠고 꺼끌꺼끌한 감촉에 가슴이 더욱 시렸다.

이 손이 이렇게 된 것이 모두 자신 때문이라고 생각하니 가슴이 미어지는 것 같았다. 혁민은 대장암에 걸렸을 때 죽어도 이상하지 않은 상황이었다. 힘든 항암 치료를 버티고 겨우 목숨을 건질 수 있었던 건 전적으로 아내인 율희 덕분이었다.

3년이 넘는 시간 동안 힘든 일을 하면서 치료비를 벌어야 했고, 혁민의 회복을 위해 수고와 정성을 아끼지 않았던 율희. 헌신적이라는 말도 그녀가 혁민에게 한 일을 제대로 표현하기에 부족했다.

"무슨 소리야? 나는 당신 없었으면 이미 죽은 목숨이야. 내가 평생 업고 다녀도 모자랄 판인데… 그러니까 그런 소리 하지 말라고."

혁민의 목소리가 살짝 커졌다. 혁민의 말에 율희는 아련한 미소를 지으면서 가녀린 손을 들어 남편의 머리카락을 부드럽게 쓰다듬었다. 혁민은 그녀의 손길이 그 어떤 것보다 따스하고 포근하다고 느껴졌다.

혁민은 그녀의 손을 잡아 자신의 뺨에 가져다 댔다. 그리고 차갑게 느껴지는 그녀의 손에 자신의 온기를 나누어 주려는 듯 뺨에 손을 꼭 붙였다. 둘은 아무런 이야기를 하지 않았지만, 서로를 느낄 수 있었다.

서로의 눈동자에 들어온 상대방의 모습은 세상에서 가장 사랑스러운 모습을 하고 있었다. 대머리에 주름진 얼굴을 한 남자도, 수척하고 창백한 여자도 서로에게는 세상 무엇보다 아름다운 존재였다.

하지만 둘 사이의 오붓한 시간은 혁민의 옆구리를 간지럽히는 핸드폰의 진동에 깨지고 말았다.

"여보, 미안. 잠깐만 나갔다가 올게."

액정을 확인한 혁민은 한숨을 내쉬면서 말했다. 어지간한 전화면 곧바로 끊었을 텐데, 꼭 받아야만 하는 전화였다. 그는 핸드폰을 들고 병실을 나왔다.

"예, 선배님."

—그래, 정 변호사. 내가 보내준 자료 검토해 봤나?

"그거 완전히 깡치 사건이던데요?"

—그렇지? 음, 자네가 보기에는 어때?

"포인트만 제대로 잡고 가면 승산이 있어 보입니다."

깡치 사건이란 양측의 주장이 첨예하게 대립해서 검토해야 할 자료도 어마어마하고 처리하기도 쉽지 않은 사건, 즉 일은 많고 돈은 안 되는 사건을 일컫는 말이다. 혁민은 자신이 생각한 포인트가 무엇인지를 차분하게 설명했다. 그러자 핸드폰 너머에서 웃음소리가 들렸다.

—자네 보통이 아니군. 그 짧은 시간에 핵심을 제대로 캐치하다니 말이야.

혁민은 슬며시 웃었다. 대법관을 지낸 김문환 변호사는 엄격하기로 유명해서 이런 이야기를 잘하는 사람이 아니었으니까. 실제로 김문환 변호사와는 알고 지낸 지가 꽤 되었지만, 이런 말을 들은 건 이번이 처음이었다.

혁민은 자신의 의견을 조금 더 피력했고, 사건에 관련된 이야기가 잠시 이어졌다.

어느 정도 이야기가 정리되자 김문환 변호사가 혁민에게 단도직입적으로 물어왔다. 사건을 맡겠느냐고.

혁민은 잠시 망설이다 대답했다.

"선배님, 생각을 좀 해보고 연락드려도 될까요?"

—빨리 결정하는 편이 좋을 건데? 이게 손은 많이 가겠지만, 상당히 상징적인 사건이라 군침 흘리는 사람이 여럿 있어. 자

네한테도 분명히 도움이 될 거야.

그건 혁민도 알고 있었다. 하지만 이 사건을 맡게 되면 시간도 많이 빼앗기게 된다. 혁민에게 지금 중요한 건 시간과 돈이었다. 뺑소니를 치고 도망친 놈들을 잡을 시간과 율희의 수술비를 마련하는 것보다 중요한 건 없었다.

"제가 생각을 더 해보고 연락드리겠습니다. 오늘 내로는 알려 드리겠습니다."

─그래, 알았네.

혁민은 통화를 마치고 병실로 들어왔고, 율희가 야릇한 미소 짓고 있는 걸 보았다. 그녀는 차분한 목소리로 이야기했다.

"당신, 그 사건 하고 싶죠?"

혁민은 곧바로 대답하지 못했다. 사실 맡고 싶은 소송이었다. 하지만 현실적인 이유 때문에 거절하려고 마음먹은 상태였다. 하지만 율희는 전부 알고 있었다. 남편이 곧바로 거절하지 않은 건 그 사건을 정말 맡고 싶다는 생각이 있기 때문이라는 걸.

"내 걱정 하지 말고 해요. 나는 당신 일하는 모습이 가장 멋있어요."

혁민은 울컥 하고 치밀어 오르는 것이 있어서 고개를 잠시 돌렸다. 아내 앞에서 마흔이 넘는 남자가 우는 모습을 보일 수는 없지 않은가?

율희는 그런 여자였다. 혁민을 누구보다 잘 알고 있는 여자. 그리고 항상 조용히 그를 응원하는 사람.

감정을 추스르고 다시 고개를 돌린 혁민은 그녀의 머리를 쓸어내리면서 이야기했다.

"미안해, 여보."

율희는 그런 혁민을 향해 선연한 미소를 보내면서 말했다.

"사랑하는 사람들끼리는 미안하다는 말 하는 거 아니에요."

율희가 자주 쓰는 말이었다. 하지만 미안했다. 죽도록 미안했다. 혁민은 아무런 말 없이 그녀의 거친 손을 잡았다. 온기조차 잘 느껴지지 않는 가녀리고 거친 손을. 그는 손을 잡고서 맹세했다.

'내가 꼭 행복하게 해줄게. 반드시! 무슨 일이 있더라도 꼭 행복하게 해줄게.'

*　　　　*　　　　*

사무실 근처에 도착한 혁민은 시계를 확인했다. 아홉 시가 되려면 아직 여유가 조금 있었다.

"후우~"

사무실로 들어가려고 바쁘게 움직이고 있는 사람들 사이에서 혁민은 한숨을 돌렸다. 율희가 뺑소니 사고를 당해 입원한 이후로 혁민은 매일 아침에 병실에 들렀다. 아내의 모습을 확인하고 하루를 시작해야 마음이 놓였기 때문이었다.

아내에 대한 걱정으로 병실에서 나올 때는 항상 발걸음이 쉽사리 떨어지지 않았다. 마음이야 계속해서 그녀의 곁에 있고 싶었지만, 어디 현실이 그리 녹록한가. 뺑소니를 치고 달아난 범인에 대한 것도 알아봐야 하고, 당장 율희의 수술비도 마련해야 했다.

그것이 아니더라도 해야 할 일도 쌓여 있었다. 그래서 더욱 골치가 아팠다. 어느 것 하나 속 시원하게 해결되는 일이 없었다.

"도대체 누가 뒤에 있는 거지?"

혁민은 누군가가 아내의 뺑소니 사건을 덮으려고 한다는 걸 느끼고 있었다. 나름대로 조사를 하고 있었지만 어떤 사람이 손을 썼는지는 몰라도 정보를 얻기가 쉽지 않았다. 하지만 포기할 수는 없는 일.

혁민은 이빨을 까드득 갈았다. 율희를 치고 달아난 놈이 어떤 놈인지는 몰라도 절대로 그냥 두지 않을 거라고 생각하면서. 하지만 그것보다 수술비를 마련하는 게 더 급했다.

"내 치료비만 아니었더라도 이 정도는 아니었을 텐데."

자신의 투병 생활로 남은 재산이 없었다. 정확하게 이야기하면 남은 재산은커녕 빚도 아직 다 갚지 못해서, 대출도 할 수 없는 상황이었다. 그래서 어디서 급전을 빌려야 하는데 그게 생각처럼 쉽지 않았다.

"어떻게든 해봐야지. 어떻게든."

하지만 혁민에게는 믿는 구석이 있었다. 대장암이 완치된 이후로 혁민에게는 큰 변화가 있었다.

'리걸 마인드! 그게 좋아졌으니 앞으로는 더 나아질 거야.'

리걸 마인드. 그건 법적인 시각이나 법학적 사고를 통해 본질을 파악하는 지혜를 말하는 것인데, 그것이 어느 순간 급격하게 발달해서 혁민은 예전과는 전혀 다른 사람이 되었다.

모든 상황이 명쾌하게 보였다. 법전이나 법률과 관계된 내용을 보면 핵심적인 내용이 눈에 확 들어왔고, 소송 내용을 보면 무엇이 쟁점인지, 어떻게 풀어가야 하는지가 확연하게 보였다.

왜 수학을 잘하는 사람은 문제만 봐도 어떤 식으로 풀어가야 할지가 보이지 않는가. 그것과 비슷했다. 예전에는 안개가 자욱하게 낀 곳에서 앞을 더듬는 느낌이었는데 지금은 모든 것이 또렷하게 보였다.

리걸 마인드는 그런 개념이 아니라고 말하는 사람도 있었지만, 적어도 혁민은 그렇게 생각하고 있었다. 그리고 그런 개념이든 아니든 무슨 상관이란 말인가. 중요한 건 혁민의 법률적인 감각이나 센스가 좋아졌다는 거였다. 그리고 그걸 통해서 예전보다 더 많이 승소하고 있다는 사실이 중요했다.

'왜 그런 것인지 이유는 알 수 없지만 말이야.'

종종 생각해 보았지만, 이유는 짐작조차 가지 않았다. 항암 치료를 받다가 방사선이 뇌에 영향을 준 것일 수도 있고, 죽음의 고비를 넘기고 나서 세상을 바라보는 시선이 바뀐 것일 수도 있다.

혁민은 상념을 떨쳐 버리고 다시 걸음을 옮겼다. 햇빛이 가득해서 한없이 밝았지만, 그에게 아직은 어렵고 어둡기만 한 세상 속으로. 하지만 그는 힘차게 걸어 나갔다. 모든 것이 잘되리라 생각하면서.

그런데 사무실에서 그를 기다리고 있는 건 전혀 뜻밖의 상황이었다.

"아이고오, 선상님. 제 아들은 절대로 사람을 죽일 녀석이 아닙니다. 절대로 아니에요오오흐흐흑."

혁민이 사무실 문을 열자 허리도 제대로 펴지 못하는 노파가 그에게 다가왔다. 노파는 혁민의 소매를 붙잡고는 거의 울다시피 하면서 하소연했다. 자기 아들이 억울하게 살인범으로 몰렸다고 하면서.

혁민은 난처했다. 다른 사건은 맡지 않으려고 생각하고 있었는데, 이렇게 간절하게 애원하는 노파를 어떻게 외면한단 말인가.

혁민은 한숨을 내쉬다가 사무장 오성만에게 눈치를 주었다.

"저기, 할머니. 진정하시고 이쪽으로 오세요."

성만은 할머니를 자리로 안내했다. 자리에 앉은 주름이 가득한 얼굴의 노파는 돈은 얼마든지 들어도 좋으니 아들의 무죄를 밝혀달라고 이야기했다. 시골에 있는 집과 땅도 팔려고 내놓았다고 했다. 노파의 얼굴에는 아들에 대한 근심으로 가득했다.

'어머니란 존재는 이런 거겠지.'

아들이 죄가 있다고 생각하는 어머니가 어디 있겠는가. 살인 현장에서 피 묻은 흉기를 들고 있는 걸 보고도 자기 아들은 살인했을 리가 없다고 이야기하는 게 어머니란 존재다. 그리고 자식을 위해서는 대신 죽어줄 수도 있는 게 어머니이고.

"제가 알아볼 테니까 일단 돌아가 계세요."

"아이구, 아이구. 고맙습니다, 선상님."

노파는 정말 감사하다고 하면서 혁민의 손을 꼭 부여잡았다. 그런 모습을 보니 만약 무죄라면 자신이 꼭 밝혀야겠다는 생각이 들었다. 그리고 어느 정도 자신도 있었다. 자신은 예전과는 많이 달라졌으니까.

혁민이 그런 생각을 하는 사이, 노파는 갑자기 품에서 주섬주섬 무언가를 꺼내서 혁민이게 주었다. 무슨 부적 같아 보였는데, 혁민은 그런 걸 별로 좋아하지 않는 터라 정중하게 거절했다.

하지만 노파는 굉장히 귀중한 거라면서 굳이 그것을 혁민에게 주려고 했다. 주려는 자와 받지 않으려는 자 사이에 살짝 실랑이가 있었지만, 노파는 기어코 혁민의 양복 윗주머니에 그걸 넣었다.

사실 충분히 제지할 수 있었다. 그리고 실제로 혁민은 웃으면서 노파의 손을 잡았었다. 하지만 그 손을 막지 못했다. 농사를 지어서 그런지 갈라지고 꺼끌꺼끌한 손. 그 손을 잡는 순간 갑자기 율희가 떠올랐기 때문이었다.

"선상님, 이것이 엄청 귀한 겁니다. 집안에서 제일 어른이 전에 외국에 자주 댕기셨는데, 돌아가시기 전에 저한테 천만 금을 주고도 바꿀 수 없는 거라면서 주신 거예요. 그러니 제 아들 꼭 살려주세요."

혁민은 노파의 말에서 어머니의 사랑을 절절하게 느낄 수 있었다. 혁민은 노파의 자식에 대한 사랑을 수임료 대신 받기로 결정했다.

*   *   *

"그게 말이야, 쉽지가 않네."

조창우는 낄낄거리면서 말했다.

"생각보다 윗선에서 누르고 있는 모양이야. 잘 알지? 이런 건 잘못 건드리면 그냥 좆 된다니까."

조창우는 그 이야기를 하면서 계속해서 혁민을 향해서 손가락을 비볐다. 알려줄 수는 있지만 그만큼 돈을 내라는 뜻이었다.

조창우는 원래 이런 놈이었다. 쓰레기 중에서도 상 쓰레기. 하기야 어떤 조직이나 이런 사람은 있게 마련 아닌가. 하지만 그런 만큼 돈만 주면 얻기 힘든 정보도 잘 물어다 주었다.

"얼마면……."

"에헤, 이 양반이 왜 이러셔? 시세 대충 알면서."

조창우는 낄낄대며 웃다가 혁민에게 손가락 하나를 내보였다.

"그럼 준비되면 연락하셔. 잉? 아 냐, 오늘 일이 워낙 바빠놔서……."

조창우는 그 말을 남기고는 자리에서 일어나서 카페 밖으로 나갔다.

혁민은 걸어가는 조창우에게 달려가 뒤통수를 후려치고 싶다는 마음을 꾹꾹 눌렀다. 정보를 알려주는 데 천만 원이나 요구하다니. 울화통이 터졌다.

이게 다 혁민이 간절하게 그 정보를 원한다는 사실을 알고 있기에 하는 짓이다. 혁민은 거들먹거리면서 휘적휘적 걸어가는 조창우를 계속해서 노려보았다.

근처 가게 주인들이 그에게 인사를 하는 모습이 보였다. 하나같이 떨떠름한 표정으로 인사를 하고는 조창우가 지나가면 경멸하고 멸시하는 눈빛으로 그를 노려보았다. 평소에 그가 주변 사람들에게 어떤 짓을 하고 다녔는지 보지 않아도 뻔히 알 수 있었다.

혁민은 개새끼보다 속 시원하게 저런 놈을 욕할 수 있는 말이 있었으면 좋겠다고 생각했다.

"개가 불쌍해서 개새끼라고 못하겠다 이 드러운 새끼야…
저런 새끼가 경찰을 하고 있으니……."

혁민은 카페 밖으로 나와서 이를 갈면서 중얼거렸다. 그리고 고개를 들어 하늘을 쳐다보았다. 하늘은 저렇게 맑고 푸르기만 한데 세상은 왜 이렇게 더럽고 추악하기만 한 것인지.

세상에는 더러운 일이 너무나도 많았다. 소송하면서도 그런 일을 너무나도 많이 경험했다. 법을 잘 알고 그걸 교묘하게 이용하는 사람도 너무나도 많이 보아왔다.

누가 악당인지 뻔한데도 법으로는 처벌할 수 없는 경우도 많았고, 누가 보더라도 잘못된 것인데도 법적으로는 어찌할 수 없는 경우도 많았다. 그게 다 법을 잘 알고 이용해서 그런 거였다.

"참, 세상이 왜 이런지……."

혁민은 크게 한숨을 내쉬었다.

*   *   *

"뭐, 어쩔 수 없지. 알았어."

혁민은 크게 실망하면서 통화 종료 버튼을 눌렀다. 물론 혁민도 잘 안다. 남에게 돈을 빌리는 게 쉽지 않다는 걸. 하지만 모두 자신에게 큰 도움을 받은 사람들이었다. 그래서 기대를 했었다.

다들 사건이 해결되었을 때 은혜는 꼭 갚겠다고 했던 사람들이었다. 그런데 정작 도움을 요청하니 도와주겠다는 사람이 한 명도 없었다.

'애 교육비 때문에. 알잖아, 요새 애들 교육비 많이 드는 거. 미안해.'

'하필이면 이사를 해서. 모자라서 대출까지 받았어.'

'요즘 워낙 경기가 좋지 않아서 나도 허덕허덕거려. 미안. 담에 술이나 한잔하자.'

오늘 연락을 한 녀석들도 모두 핑계를 대기 바빴다. 대기업에 다니고 있는 녀석이나 사업을 하는 녀석도. 하지만 혁민은 계속해서 연락처를 확인하면서 전화를 걸었다.

—미안하다. 지금 그거밖에 여유가 없어.

드디어 반가운 소리를 들었다. 고등학교 동창인 신용찬이었는데, 그 녀석은 자기 살림도 넉넉지 않은데 선뜻 천만 원이나 빌려주었다. 게다가 그 녀석은 자신에게 도움을 받은 적도 없는 녀석이었다.

만약 그 녀석이 아니었다면 정말 미쳐 버렸을지도 모른다고 혁민은 생각했다.

"얌마, 무슨 소리야? 빌려주는 것만 해도 감지덕진데. 내가 돈 생기는 대로 바로 갚을게. 근데 여유 좀 있는 애들 없냐?"

—형태나 영근이한테 연락해 봐. 형태는 이번에 차 바꾼다고 했고, 영근이는 저번에 만났는데 이자 수익이 너무 많아서 고민이라고 자랑하더라.

그 얘기를 듣자마자 혁민은 동상처럼 굳었다. 애들 교육비 때문에 돈이 없다는 놈이 형태였고, 사업이 허덕허덕한다는 놈이 영근이였다. 혁민은 전화기를 으스러지게 쥐었다.

통화를 끝내고 그는 핸드폰을 집어 던질 뻔했다. 사람 좋기로 소문난 그였지만, 이건 해도 해도 너무한 거였다. 혁민은 감정이 폭발해서 공원에 굴러다니던 빈 깡통을 마구 짓밟았다.

"개새끼들. 지들 어려울 때는 그렇게 아쉬운 소리를 하더니 이런 식으로 나와?"

아니, 돈을 그냥 달라는 것도 아니지 않은가. 게다가 자신에게 받은 도움을 생각한다면 이럴 수는 없는 거였다.

지나가던 사람이 이상한 눈초리로 씩씩대며 소리를 지르고 있는 혁민을 쳐다보았다. 하지만 그는 분노에 가득 차서, 그리고 돈을 구하는 일이 급해서 다른 사람의 시선에 신경을 쓸 만큼 여유가 없었다.

* * *

혁민은 커다란 음식점 앞에서 걸음을 멈추었다. 집 근처에 있는 이 고깃집을 하는 사람은 자신에게 정말 큰 빚이 있다.

자신이 아니었다면 꼼짝없이 폭행으로 형을 살았을 것이다. 대놓고 가게를 차지하려는 자들에게 제대로 걸렸으니까. 혁민이 뛰어다니면서 잘 대처하지 않았더라면 가게도 빼앗기고 실형을 살았을 것이다.

'그래, 이 부부는 언제든 찾아오라고 말했었지. 빚은 꼭 갚겠다고 하면서.'

혁민은 그 당시의 기억이 생생하게 떠올랐다. 주인과 그의 아내가 눈물을 글썽이면서 그의 손을 잡고는 자신이 할 수 있는 건 뭐라도 할 테니 어떤 거라도 말만 하라고 했던 기억이. 그 후로도 장사는 계속 번창해서 날마다 돈을 쓸어 담는다는 소문이었다.

'그래, 설마 여기서는 어느 정도 빌릴 수 있겠지.'

혁민은 마음을 진정하고 문을 열고 안으로 들어갔다. 하지만 그것이 헛된 희망이었다는 걸 얼마 지나지 않아 깨달았다.

"아이고, 이를 어째. 저희가 이번에 다른 데다가 가게를 내느라고 여윳돈을 전부 써서요. 그렇지, 여보?"

"어? 뭐, 그렇지."

혁민은 자신이 도와준 남자의 아내를 물끄러미 쳐다보았다. 남편이 잡혀갔을 때 울고불고 자신에게 매달렸던 여자였다. 그리고 무죄로 풀려났을 때 둘이 자신에게 뭐라고 했던가.

'이럴 거면, 연기라도 제대로 하든가.'

혁민은 정말 자신의 눈앞에서 지껄이고 있는 연놈들에게 주먹을 날리고 싶었다. 울화가 치밀어서 참을 수가 없었다. 하지만 어쩌겠는가. 마음으로는 벌써 저들을 때려눕히고도 남았지만, 그는 씁쓸한 표정으로 가게에서 나올 수밖에 없었다.

문밖으로 나오자 맥이 풀렸는지 다리에 힘이 하나도 없었다. 그래서 잠깐 벽에 기대서 쉬는데 부부가 이야기하는 소리가 들렸다. 둘은 혁민이 멀리 갔다고 생각했는지 목소리를 낮추지 않고 대화를 했다.

"그래도 좀 도와야 하는 거 아닌가? 은행에 넣어둔 것도 꽤 되잖아."

"이 양반이 무슨 소리를 하는 거예요? 아니, 변호사가 어디가서 돈 빌릴 데가 없을 것 같아서 그래요?"

"하긴, 그렇겠지? 그건 그렇고 이러면 다음에 무슨 부탁하기가 어려운데."

"당신도 참. 괜찮아요. 괜히 호구 변호사라고 사람들이 할까. 무슨 일 생기면 찾아가서 안쓰러운 표정으로 부탁하면 다

들어준다니까. 호호호."

혁민은 피가 거꾸로 솟구치는 느낌을 받았다. 벽을 움켜쥔 손톱에서 피가 흘러나왔고 시뻘게진 얼굴에서 눈이 튀어나올 것 같았다.

'니들이 사람이냐? 니들이 사람이야?'

혁민은 당장에라도 뛰어들어 가서 멱살을 잡고 소리치고 싶었다. 어떻게 그럴 수가 있느냐고. 그러고도 사람이라고 할 수 있느냐고. 그리고 마음껏 두들겨 패고 싶었다. 어떻게 남의 호의를 이런 식으로 이용할 수가 있단 말인가.

그동안 자신이 한 행동이 올바른 일이라고 생각했다. 하지만 그는 깨달았다. 세상 사람들이 자신을 이용하고 있었다는 걸. 자신의 호의는 그저 이용하기 편한 도구에 불과했다.

그도 어느 정도는 알고 있었다. 자신이 쉽게 거절하지 못하고 잘 도와주는 편이라 사람들이 찾아온다는 사실을. 그도 사회 물을 얼마나 먹었는데 그걸 모르겠는가. 하지만 그래도 자신의 호의를 사람들이 기억하리라 생각했다.

자신이 어려울 때 도움을 받기를 바라고 한 행동은 아니었지만, 당연히 도움을 주는 사람이 있으리라 생각했다.

하지만 이제는 깨달았다.

"은혜는 물에 새기고, 원수는 돌에 새긴다더니, 크크큭. 아니지, 아예 은혜라고도 생각하지 않는 거야."

세상에는 자신 같은 사람보다는 이기적인 인간들이 훨씬 많았다. 그리고 그들은 자신 같은 사람들을 이용해 먹으면서 호의호식하고 있었다. 호의나 선의로 한 행동이 그렇게 이용당한다는 걸 확실하게 깨닫고 나니 그저 허탈하다는 생각만 들었다.

*　　*　　*

혁민은 비틀거리면서 거리를 걸었다. 어느새 해가 저물어가고 있었다. 태양의 모습은 찾아볼 수 없었고, 건물 틈새로 불그스름한 태양의 흔적만이 지금이 아직 낮이라고 주장하고 있었다.

혁민은 하늘을 올려다보았다. 붉은 구름이 하늘을 가득 메우고 있었다.

"하늘을 본 건 정말 오랜만인 것 같은데?"

혁민은 눈을 게슴츠레 뜨고서 중얼거렸다. 너무나 땅만 보면서 살아온 것 같았다. 그리고 참 바보같이 살아온 것 같았다. 그것이 행복한 거라고 착각하면서. 그것이 올바른 길이라고 착각하면서.

혁민은 미친 사람처럼 피식피식 웃으면서 걸었다. 그러다 갑자기 두 가지 사실을 깨달았다. 자신이 걷고 있는 곳이 집 근처라는 것. 그리고 누군가가 자신의 뒤를 쫓아온다는 사실을.

혁민은 의아한 표정으로 뒤를 돌아다보았다. 자신보다 목이 하나는 더 있는 것 같은 거한이 마스크를 하고 서 있었다. 바로 자신의 뒤에. 그리고 그의 뒤에도 사람이 몇 명 더 있었다.

"누구?"

혁민의 말은 거기까지였다. 그는 승합차 안으로 끌려 들어갔고, 날카로운 칼이 복부를 파고들었다. 소리를 지르려 했지만, 그의 입은 이미 다른 사람이 막고 있었다. 혁민은 자신을 찌른 거한의 옷을 움켜잡았지만, 시간이 지날수록 손아귀의 힘이 빠져나갔다.

낮도 아니고 밤도 아닌 시각. 집 근처 한적한 골목에서 혁민은 아무것도 해보지 못하고 쓰러졌다. 그의 눈에 보이는 건 사람들의 모습과 자동차 창문 너머로 보이는 붉은색이 가득 칠해진 하늘뿐이었다.

그리고 잠시 후 그의 움직임이 멎었다. 심장이 멎은 것이다.

한 남자가 혁민의 목에 손을 대보더니 고개를 끄덕였다.

하지만 심장이 멈추었음에도 혁민의 뇌는 아직 살아 있었다. 그래서 그들의 대화를 들을 수 있었다.

"저놈 마누라는?"

"다른 팀이 갔으니 곧 처리할 겁니다."

"그러니까 차로 뭉갤 때 제대로 했어야지. 왜 일을 두 번 하게 만들어."

혁민의 귀에 그 소리를 천둥소리처럼 크게 들렸다. 교통사고가 뺑소니가 아니었다니. 누군가 율희를 죽이려고 한 것이다. 그리고 그자들이 율희를 또 해치려고 하고 있었고.

"안 돼, 율희는 안 된다고 이 새끼들아."

혁민은 소리를 지르면서 손을 뻗어 근처에 있는 사람을 부여잡으려 했다. 하지만 모기가 앵앵거리는 정도의 소리에 손이 약간 꿈틀거리는 정도가 전부였다. 심장이 멈춘 사람이 그리했다는 사실이 믿어지지 않는 일이었지만, 그랬다고 바뀌는 건 아무것도 없었다.

혁민은 너무나도 원통했다. 왜? 누가? 여태껏 잘못한 일 하나 없이 살아온 자신과 착하기만 한 아내가 왜 이런 꼴을 당해야 한단 말인가?

'왜애애!!!'

'이 새끼들 다 죽여 버리겠어. 전부 죽여 버리겠다고오오!!!'

[정말 그러길 원하나?]

'당연하지. 내가 왜? 그리고 율희가 왜 이런 더러운 꼴을 당해야 하는데?'

혁민은 누구의 말인지도 모르고 말했다. 너무나도 흥분한 상태라서 그런 건 생각조차 하지 못했다. 그의 피는 옷을 모두 적셨고, 그의 가슴에 있는 물건도 그의 피로 흠뻑 젖었다. 노파가 아주 귀중한 거라고 하면서 양복 윗주머니에 넣어준 바로 그 물건이.

그리고 그 물건은 흐물흐물해지면서 혁민의 몸속으로 점차 스며들었다. 그가 엎어져 있어서 사람들의 눈에는 그 광경이 보이지 않았지만, 분명히 일어나고 있는 일이었다.

[원하는 걸 말해라. 제물을 받았으니 네가 원하는 걸 이루어 주겠다.]

'내가 원하는 거?'

혁민은 자신이 원하는 게 무언지 순간적으로 생각했다. 그건 자신과 율희가 이런 더러운 꼴을 당하지 않고 행복하게 사는 것. 그것이 자신과 율희를 괴롭히는 것들에게 그에 상응하는 대가를 치르게 해주는 것.

'그러기 위해서는 뭘 해야 하냐고?'

아마도 다른 방법도 있었을 것이다. 하지만 혁민의 머리에 떠오른 건 과거로 돌아가면 되겠다는 거였다. 그리고 과거로 돌아가면 된다는 생각을 하자마자 목소리가 들렸다.

[그대가 원하는 대로 이루어질 것이다. 위대한 신의 문을 지키는 자의 이름으로.]

그리고 혁민의 의식도 끊어졌다. 그리고 혁민은 과거로 돌아가게 되었다. 자신이 고등학교 3학년에 올라가기 직전인 1997년 1월 싸락눈이 날리던 날로.

*   *   *

"후아~ 후아~"

혁민은 약수터에 도착해서는 가쁜 숨을 골랐다. 아직은 추위가 기승을 부리고 있어서 숨을 쉴 때마다 그의 입에서는 허연 김이 맹렬하게 뿜어져 나왔다. 크게 심호흡을 하던 그는 문득 앙상한 나뭇가지에 쌓인 눈과 허연 입김이 잘 어울린다는 생각이 들었다.

'처음에는 정말 미치는 줄 알았는데…….'

그는 스트레칭을 하면서 생각했다.

처음 과거로 돌아왔다는 걸 알았을 때는 정말 어찌할 바를 몰랐다.

사람은 전혀 대비하지 않고 있던 상황에 직면하면 공황 상태에 빠진다. 버스에서 자다가 눈을 떴는데 처음 보는 장소라면 어떨까? 그 정도의 일에도 당황하게 되는 게 사람이다. 술을 떡이 되도록 마신 후에 일어났는데 낯선 곳이면 그 정도가 더 심할 테고.

그런데 무려 과거로 돌아왔다. 그게 어디 상상이나 할 수 있는 일인가. 게다가 마흔 살이 넘은 사람이 갑자기 열아홉 살이 되었다. 바로 적응이 된다면 그게 더 이상한 일이다. 그나마 방학 때이고 부모님이 여행을 간 상황이라 마음을 추스를 수 있었다.

'흐이구, 만약 학교에 다니던 중이었다거나 가족들이 모두 있었더라면 어땠을까?'

그랬다면 아마도 무언가 일이 벌어져도 벌어졌을 것이다. 하지만 부모님이 여행을 가 있던 열흘이라는 시간은 혁민이 적응하는 데 큰 도움을 주었다. 아직도 말투라든가 어색한 부분이 있었지만, 그래도 제법 잘 적응해 가고 있었다.

"카아~"

냉기가 느껴지는 약수를 쭉 들이켜니 내장까지 얼어붙는 느낌이었다. 하지만 그 느낌 자체가 너무나도 즐거웠다. 그만큼 자신의 몸이 건강하다는 표시였으니까. 과거로 돌아와서 가장 좋다고 느낀 건 팔팔한 몸이었다.

온갖 풍상을 겪고 대장암까지 걸렸다가 겨우 살아난 몸이었다. 그러니 그 몸이 오죽했겠는가? 정말 망가진 몸이라는 게 어떤 것인지를 가장 끝까지 몸소 체험했던 혁민이다. 자신의 몸이 죽어간다는 느낌은 정말 끔찍했다.

그런데 지금은 열아홉 살의 파릇파릇한 육체. 느낌 자체가 완전히 달랐다. 물을 주면 살에서 새싹이 돌아날 것 같은 느낌마저 들었다.

혁민은 활력이 넘치는 몸뚱이를 이리저리 움직이면서 자신이 다시 젊어졌다는 사실을 만끽했다. 이렇게 건강하고 튼실한 육체가 얼마나 소중한 것인지 또래 아이들은 절대로 모를 것이다.

하지만 좋은 것만 있는 건 아니었다. 일단은 엄청나게 답답했다. 정신을 차리고 혁민이 가장 먼저 한 일이 무엇이겠는가. 바로 검색을 하려고 했다. 그건 그냥 습관이었다. 하지만 곧바로 깨달았다.

검색을 할 방법이 없었다. 핸드폰이 있는 것도 아니고. 컴퓨터는 있었지만, 인터넷은 할 수 없었다. 인터넷이 없는 세상? 2022년에는 상상도 할 수 없는 세상이다. 하지만 1997년은 그렇지 않았다.

사람들이 입고 다니는 옷도 촌스럽게 보였고, 영화 포스터나 TV 프로그램도 전부 촌스러움 그 자체였다. 예전 배우들의 젊었을 적 모습을 볼 수 있다는 건 색다른 재미였지만, 노래도 드라마도 볼 수가 없었다. 그리고 컴퓨터. 정말 한숨밖에 나오지 않았다.

'하아~ 컴퓨터에 전원을 넣었다가 기절하는 줄 알았지.'

과장을 좀 보태서 제대로 작동되는 데 몇십 분은 걸리는 것 같았다. 전원을 넣고 샤워를 하고 오면 되겠다 싶은 정도랄까?

만약 뚜렷한 목표가 없었다면 답답해서 미쳐 버렸을지도 몰랐다. 2022년의 문화생활에 익숙해진 사람이 1997년에 적응하기란 결코 쉬운 일이 아니었다.

하지만 혁민은 1997년으로 돌아온 것을 오히려 기쁘게 생각했다.

인생을 다시 살 기회를 얻었으니까. 그걸 위해서라면 다른 건 얼마든지 참을 수 있었다. 자신의 장래는 그다지 밝지 않았다. 10년 넘는 고시 생활을 하다가 정말 천운으로 사법시험에 합격했다.

불행은 끝나고 행복의 시작인 줄 알았다. 하지만 세상은 그렇게 만만하지 않았다. 사법시험에 합격한 정도로 세상은 바뀌지 않았다. 변호사를 하면서도 사건을 맡지 못해서 고생했고, 어렵사리 자리를 잡고 결혼을 하게 되자 이번에는 대장암에 걸렸다.

그렇게 3년 넘게 거의 죽다가 살아나고 이제 좀 살 만해졌다 싶었는데 그런 일을 당하게 된 것이다.

'그래, 이번에는 정말 제대로 살아보는 거다. 정말 제대로.'

그래서 혁민이 정신을 차리고 나서 처음 한 행동은 담배를 끊는 일이었다.

"그럼, 체력이 우선이지. 으갸갸갸."

다리를 쭉 찢는 스트레칭을 하자 입 밖으로 저절로 소리가 나왔다. 체력 관련해서는 예전에 고시 공부를 하면서도 뼈저리게 느낀 일이었다. 체력이 받쳐 주지 않으면 집중력도 쉽게 떨어지고 오래 버티지도 못한다. 그래서 고시 공부를 하면서 담배를 끊었었다.

"그때 끊으면서는 진짜 손도 막 떨고 그랬는데."

그 당시를 생각하면 저절로 욕지기가 나왔다. 얼마나 힘들었던지 생각을 떠올리는 것조차 하기 싫었다. 하지만 지금은 담배를 시작한 지 얼마 되지 않아서인지 금단 증상도 크게 느껴지지 않았다.

그리고 새벽에 운동을 시작했다. 운동선수가 된다거나 하는 생각은 전혀 없다. 하지만 암에 걸린 이후로 건강이 얼마나 중요한지 뼈저리게 느꼈던 그였다. 그래서 운동을 시작했고, 식단도 신경 썼다.

다시는 암 같은 거에 걸리고 싶지 않았다. 정말 저승 입구까지 한 번 다녀온 셈이었다. 그리고 그 고통스러운 치료 과정.

"그래, 이번에는 절대로 그런 경험은 후우우~ 하지 않는 거야아앗!"

혁민은 푸시업을 하면서 중얼거렸다. 힘이 들어가 팽팽하게 부푸는 근육을 느끼면서. 몸 전체가 살아 있다는 느낌만으로도 혁민은 즐거웠다.

"그래도 좀 아쉽기는 해. 소설에 보면 이런 경우에는 뭐 엄청난 능력 같은 걸 가지고 돌아가던데."

투병 생활을 하면서 즐겼던 게 판타지 소설이었다. 괴로운 현실을 잠시나마 잊게 해주었으니까. 거기 보면 그런 경우가 대부분이었다. 특별한 능력이 아니라면 미래와 관련된 지식으로 크게 성공하든가.

하지만 자신은 특별한 능력도 없었고, 지식도 많지 않았다.

고시생의 생활은 무척이나 단조롭다. 다른 데 신경을 쓸 여유가 없다. 사법시험을 준비하는 고시생이 받는 압박은 엄청나다. 혁민은 서울대 졸업생 중에서도 사법시험에 합격하지 못해서 망가지는 사람을 여럿 보았다.

사법시험에 합격하지 않으면 그냥 고시생일 뿐이다. 둘 사이에는 어마어마한 차이가 있다. 그래서 다들 오로지 사법시험 합격을 향해 달려간다. 주변에 신경을 쓸 여유가 없다. 그런 여유가 있는 사람은 정말 실력이 있거나 포기한 사람들뿐이다.

그건 혁민도 마찬가지였다. 그래서 공부를 했던 때 밖에서 무슨 일이 일어났는지 잘 모른다. 그래서 다른 방향은 생각하지도 않았다. 예전에야 고시 공부를 10년 넘게 하다가 간신히 붙었지만, 지금은 상황이 다르다. 자신에게는 법률적인 지식과 경험도 있고, 리걸 마인드도 굉장히 발달한 상태다.

"일단 사시 패스!!"

사법시험에 합격하는 것 정도는 문제도 아니었다. 그리고 변호사를 하더라도 누구보다 잘할 자신이 있었다. 그리고 다른 지식이야 보통 사람보다 못했지만, 법률이나 사건 관련해서는 누구보다 잘 알고 있다. 그걸 활용하면 자신의 미래는 탄탄대로일 터.

혁민은 예전처럼은 살지 않겠다고 다짐했다. 호의? 선의? 그런 거 전부 쓸데없는 일이다. 혁민은 자신을 위해서 살겠다고 결심했다. 그리고 그것보다 우선순위가 높은 일이 하나 있었다.

"율희! 그래, 율희한테 잘해줘야지."

죽도록 고생만 시키고 힘들게만 했다는 게 가슴에 맺혔다. 율희가 자신을 위해서 얼마나 헌신을 했던가. 그래서 이번에는 그녀와 결혼해서 정말 잘해줘야겠다고 다짐했다. 그리고 자신에게 잘해준 다른 사람들도 좀 챙겨주고.

혁민은 율희 생각을 하자 저절로 히죽히죽 웃게 되었다. 그녀를 행복하게 해줄 생각을 하니 가슴이 마구 뛰었다.

"커흠! 커흠!"

혁민은 헛기침 소리에 뒤를 돌아보니 할아버지 한 분이 물통을 든 채 자신을 쩨려보고 있는 게 보였다. 할아버지뿐 아니라 근처에서 나무에 등을 탁탁 두들기고 있는 할머니와 등산복을 입은 아주머니도 이상한 눈초리로 혁민을 쳐다보고 있었다.

새파랗게 어린놈이 약수터 앞에서 무언가를 중얼거리면서

히죽히죽 웃으니 그게 정상으로 보이겠는가.

"이런, 죄송합니다."

혁민은 얼굴을 붉히고는 재빨리 약수터에서 내려왔다. 주위에 있는 사람들이 이상하게 쳐다보는 시선에 얼굴이 붉어졌다. 하지만 이내 사람들은 자기 일에 열중했다. 약수를 뜨는 할아버지는 물을 통에 넣기에 바빴고, 뒤로 손뼉을 치며 걷는 아주머니는 계속 그렇게 움직였다.

살짝 창피하다는 생각이 들긴 했지만, 기분은 상쾌했다. 확실히 몸도 가벼웠고, 마음은 더 가벼웠다. 자신의 앞에는 멋진 인생이 기다리고 있는데 뭐가 문제겠는가.

혁민은 타다닥 하는 경쾌한 발소리를 내면서 계단을 내려갔다. 그리고 집까지 제법 빠른 속도를 유지하면서 달렸다. 한겨울의 차가운 바람이 얼굴을 때렸지만, 매서운 칼바람이 아닌 시원한 미풍으로 느껴졌다.

지나가는 사람들은 모두 옷깃을 여미고 잔뜩 움츠러든 채로 걸었지만, 혁민은 가슴을 펴고 환하게 웃으면서 달렸다. 즐거운 마음과 희망이라는 부푼 감정이 심장의 펄떡거림과 같이 요동치는 걸 느끼면서.

*　　　*　　　*

"다녀왔습니다."

"그래, 씻고 아침 먹어야지."

어머니의 모습은 보이지 않았지만, 주방에서 목소리가 들렸다. 그리고 풍겨오는 김치찌개의 독특한 냄새. 현관문을 열자마자 자신도 모르게 침이 꿀떡 넘어갔다. 혁민은 재빨리 샤워를 하고 방에서 옷을 갈아입었다.

"율희가 해준 김치찌개도 끝내줬는데."

예전 생각이 났다. 그리고 율희를 생각하니 갑자기 여러 가지 생각이 떠올랐다. 생각은 이리저리 떠돌다가 왜 지금으로 돌아온 것인가까지 이르렀다.

'그런데 왜 1997년으로 돌아온 거지?

그는 서랍에서 옷을 꺼내면서 스스로에게 질문을 던졌다. 자신이 죽기 전에 떠올린 건 아내를 살리기 위해서 과거로 돌아가야 한다는 거였다. 가만히 생각해 보면 이렇게 먼 과거가 아니라 2~3년 정도만 돌아갔어도 어떻게든 대처를 할 수 있었을 것 같았다.

그런데 왜 굳이 이 시기로 돌아온 것일까? 그 이유는 아무리 생각해도 알 수 없었다. 그리고 생각해 보면 이상한 점이 한둘이 아니었다. 자신과 율희를 해치려 한 것이 누군지도 알 수 없었고, 죽음의 문턱에서 떠오른 소리가 누구의 목소리인지도 알 수 없었다.

그나마 의문의 목소리는 할머니가 준 물건과 무슨 연관이 있을 것 같다고 느껴졌다. 확실치는 않지만, 그 물건이 자신의 몸속으로 파고들었다는 게 어렴풋이 기억났다. 모든 게 환각일 수도 있었지만, 아무래도 그 물건과 연관이 있는 것 같다는 게 그의 생각이었다.

'그런데 어떤 문양이었더라?'

언뜻 봐서 잘 기억이 나지 않았다. 처음에는 부적 같은 거라
고 생각했는데, 가만히 생각해 보니 부적과는 다른 거였다. 재
질도 종이가 아니었던 것 같았고, 그려진 것도 무언가 기하학
적인 느낌이 들었던 것 같았다.

하지만 확실한 건 아니었다. 워낙 찰나의 기억이라 만약 다
시 그 물건을 본다고 하더라도 맞는지 아닌지도 판단할 수 없
을 것 같았으니까. 그리고 그 목소리도 다시는 들리지 않았다.

'그리고 도대체 어떤 놈들이 그런 거지? 내가 살해당할 만
큼 원한을 산 적도 없는 것 같은데 말이야. 그리고 나만 그런
것도 아니고 율희까지 왜 해치려고 한 거지?'

변호사 생활을 하면서 특별히 원한 같은 걸 살 일은 없었다.
악감정을 갖게 된 사람이야 있겠지만, 자신의 목숨을 노릴 정
도의 일은 아무리 생각해 봐도 없었다. 백번 양보해서 자신이
야 그렇다고 쳐도 율희의 목숨까지 왜 노린단 말인가?

거기에는 분명히 자신이 모르는 무언가가 있는 것 같았다.
하지만 이제는 그런 건 중요하지 않았다. 어차피 지금부터는
많은 것이 바뀔 테니까.

목표는 뚜렷했다. 사법시험에 합격해서 변호사가 되고 율희
와 결혼해서 행복하게 사는 것. 정말 남부럽지 않게 살면서 그
녀에게 잘해줘야겠다고 다짐했다.

"사실 얼마든지 잘나갈 수 있으니까 연예인하고 결혼하는

것도 가능하긴 할 텐데."

불가능한 일은 아니다. 자신이 이상형이라고 생각했던 배우나 가수와 잘하면 결혼할 수도 있을 것이다. 예전의 자신이 아니었으니까.

하지만 그럴 때마다 율희가 떠올랐다.

거의 죽어가던 자신을 위해서 고생하던 그녀의 모습이. 그리고 그것 때문에 꺼끌꺼끌해진 그녀의 손이. 그리고 그러면서도 자신을 향해 웃어주던 그녀의 미소가.

그런 걸 생각하면 울컥 하고 자꾸 눈물이 나왔다.

"그래, 그런 거 다 잊어버리고 예쁜 여자나 쫓아다니면 사내새끼도 아니지."

하지만 좀 아쉽다는 생각도 들었다. 갑자기 혁민의 뇌리에는 아름다운 배우와 가수들의 얼굴이 떠올랐다.

"그냥 연애만 좀 할까?"

그런데 그런 생각을 하자 갑자기 기분이 좋아졌다. 예전에는 정말 쳐다보기만 했던 연예인들과 데이트를 할 생각을 하니 저절로 치아가 노출된 것이다. 하지만 혁민은 고개를 도리도리 저었다.

"아니지, 아니지. 그래도 율희를 배신할 수는 없지."

혁민은 율희를 저버릴 수는 없다는 생각과 황홀한 미래 사이에서 방황하다가 갑자기 움직임 딱 멈추었다. 그리고 고개를 갸웃거렸다.

"가만, 율희하고 나하고 열 살 차이잖아. 그러면 지금 율희는 아홉 살?"

* * *

전혀 예상하지 못했던 상황이 벌어졌다.

"이게 무슨……."

법대에 가서 맹활약을 할 생각과 사법시험을 멋지게 통과할 생각을 했었다. 거기에는 아무런 문제도 없을 것 같았다. 충분히 해낼 자신이 있었으니까. 그런데 문제는 수능이었다. 수능을 어지간히 봐야 법대에 가든가 말든가 할 것 아닌가. 그런데 교과서를 보니 눈앞이 캄캄했다.

"기억이 나는 게 없어!!!"

당연한 일이다. 이십 년 넘게 잊고 살았던 과목들이다. to 부정사니 과거완료 시제니 하는 것도 그랬고, 확률이나 삼각함수도 마찬가지였다. 생각나지 않았다. 혁민은 갑자기 겁이 더럭 났다.

"이런 제길. 큰일이다, 큰일이야."

자신의 앞에는 장밋빛 미래만 펼쳐져 있을 줄 알았는데, 그게 아니었다. 눈앞에 커다란 강이 있어서 그걸 건너지 못한다면 자신이 원하는 행복한 미래로는 갈 수 없었다. 혁민은 곧바로 대책을 마련했다.

"독서실?"

"예. 학기 시작하기 전에 준비를 좀 해둬야죠."

독서실. 익숙한 곳이다. 고시 공부를 할 때 틀어박혀 있던 곳과 비슷한 환경이었으니까. 집에서는 어쩐지 공부가 잘되지 않았다. 조금만 피곤하면 바로 눕게 되고 자꾸만 딴짓하게 되어서 생각한 것이 바로 독서실이었다.

그런데 그 말을 들은 어머니의 표정이 조금 이상했다. 웃는 표정인 것 같기도 하고 무언가 의심스럽다는 표정인 것 같기도 했다. 혁민은 어머니가 왜 그런 표정을 하는 건지 알 것 같았다.

자신은 소극적이고 조용한 편이었다. 숫기도 없어서 다른 사람들과 잘 어울리는 편도 아니었고. 독서실보다는 조금 불편해도 집에서 혼자 공부하는 스타일이었다.

그런데 갑자기 새벽에 운동한다고 하더니 이제는 독서실에 간다고 하니 좋기도 하면서 무슨 일이라도 있는 건가 싶은 거였다. 어머니는 혁민을 요리조리 살피다가 입을 열었다.

"혹시 여자 친구 생겼니?"

"예? 아니에요, 무슨. 이제 고3이잖아요. 공부해야죠."

혁민은 펄쩍 뛰면서 손사래를 쳤다. 격한 반응에 어머니는 여전히 의심스럽다는 눈초리를 지우지 않았지만, 독서실에 가는 걸 허락했다. 혁민이 엉뚱한 짓을 할 아이도 아니었고, 요즘 밝아지고 적극적이 된 것이 좋아 보였기 때문이었다.

그렇게 혁민은 독서실에 가게 되었고, 가보니 정말 잘했다는 생각이 들었다. 익숙한 환경이라서 그런지 집중도 잘되었고, 공부 외적으로도 도움이 되었으니까.

'그냥 학교에 갔으면 많이 어색할 뻔했는데 잘됐다.'

아마도 계속 집에서 공부하다가 학교에 갔으면 애들하고 말하는 것도 어색하고 학교생활에 적응하기도 쉽지 않았을 것같았다. 그런데 여기서 애들과 어울리니 조금 편해졌다. 미리 예방주사를 맞는 그런 느낌이랄까.

물론 애들을 보면 또래로 보이지 않고 마냥 어리게만 보였다. 하기야 겉은 십 대지만 속은 마흔이 넘었는데 애들과 섞이는 게 어디 쉽겠는가. 하지만 사람들 사이에서 살아가려면, 어차피 적응해야 한다.

"야, 씨발 니들 PC 통신 해봤냐?"

예나 지금이나 애들 대화의 절반쯤은 욕이다. 새파랗게 어린 녀석이 자신에게 욕을 하니 처음에는 기분이 상당히 불쾌했다. 하지만 그건 욕이 아니라 그냥 자연스러운 말투라고 생각하면서 적응하려 애썼다.

PC 통신. 참 낯선 이야기이다. 혁민은 하이텔이나 천리안, 나우누리라는 단어가, 그리고 모뎀을 사용해서 접속하던 것이 떠올랐다. 삐이익거리는 소리. 그리고 엄청난 전화비. 그리고 이야기나 새롬 데이터맨이라는 이름도.

혁민도 모뎀을 사용한 적이 있었다. 대학교에 들어가고 난 후였는데, 금방 인터넷 망이 깔려서 사용한 기간은 길지 않았다. 그래도 밤에 그 삐이익거리는 소리가 들릴까 봐 이불을 덮어서 소리가 새나가지 않게 하면서 01410에 접속하던 일이 자연스럽게 생각났다.

'그 당시에는 PC 통신이란 게 엄청난 거였지.'

채팅이란 것도 신기한 일이었고. 무척이나 신기하고 가슴 두근거리던 일이었고, 그래서 아직도 기억 속에 남아 있는 듯했다. 하지만 2022년에 살다가 온 혁민에게 PC 통신이란 골동품과 같은 의미였다.

물론 그런 티를 낼 만큼 어리석지는 않았다. 혁민은 적당히 분위기를 맞춰주었다.

"얌마, 그게 뭔데?"

요령도 생겼다. 애들과 이야기할 때는 가능하면 말은 길게 하지 않았다. 대신 리액션을 확실하게 했다. 그러면 분위기에 동참하면서도 실수를 할 일이 많지 않았다. 간혹 길게 이야기를 해야 하는 경우도 있었지만, 적당히 하다가 화제를 돌리는 방법을 썼다.

아무래도 이야기를 길게 하다 보면 애들과는 조금 다른 말투가 나왔다. 애들이 그런 걸 딱히 이상하게 생각하지는 않았지만, 그래도 굳이 티를 내고 싶지는 않았다.

혁민은 한 아이가 PC 통신이 얼마나 대단한 것인지를 떠드는 것을 보고 실소를 금하지 않을 수 없었다.

'포크레인 앞에서 삽질하냐?'

초고속 인터넷도 느리다고 짜증을 낸 적이 있는 자신이었다. 아마 모뎀을 쓰라고 하면 기계를 부숴 버릴지도 몰랐다. 생각은 그랬지만 겉으로는 정말 궁금하다는 표정을 해 보였다.

애기하며 쉬다가 시간이 되자 혁민은 다시 독서실로 들어갔다. 사실상 애들과 어울리는 시간은 많지 않았다. 하루에 한 차례 정도, 아니면 한 번도 없는 경우도 있었다. 대부분 공부에 집중했기 때문이었다.

자신이 고등학교 때 얼마나 공부했는지는 정확하게 기억나지 않는다. 하지만 적어도 지금처럼 열심히 하지는 않았을 것이다. 마음가짐이 다르고 집중력이 달랐다.

그래서 독서실에서 붙은 별명이 껌이었다. 한번 자리에 앉으면 껌이 붙은 것처럼 일어나지 않는다고 해서 붙여진 별명이었다. 혁민은 그 별명이 마음에 들었다. 예전같이 흐물흐물하지 않고 독종이 된 것 같아서였다.

'이제는 예전처럼 살지 않아. 절대로.'

혁민은 지금까지 배웠던 내용을 익히는 데 몰두했다. 독서실이라고 다들 열심히 하는 건 아니다. 소설책을 보는 사람도 있고, 잠을 자는 사람도 있다. 혁민도 그런 유혹을 가끔 느꼈다. 하지만 그런 것에 흔들리지 않고 자기 일에 전념했다.

당장 편한 것보다 앞으로가 더 중요하다는 걸 잘 알고 있었으니까. 화려한 미래가 보장되어 있는데 한눈을 팔 수 없었다.

"할 수 있다! 나는 할 수 있어!!"

죽음까지 경험한 남자의 결심은 무게감부터가 달랐다. 같은 독서실에 있는 사람들도 혀를 내두르며 말했다.

"와, 저렇게 독한 새끼는 또 처음 보네. 저렇게 공부하면 사시도 합격하겠다."

＊　　　＊　　　＊

　고등학교 3학년 교실. 시작하기 전에는 긴장감이 감돌고 애들도 무언가 집중도가 높아진 상황일 것으로 생각했었다. 수능을 앞둔 고3 교실이니 당연히 그러리라 생각했다.

　"그러기는 개뿔."

　똑같았다. 아직은 학기 초라서 그런지 몰라도 여전히 시끄럽고 떠들썩하고 긴장감이라고는 찾아볼 수 없었다. 물론 쉬는 시간에도 책을 들여다보는 그런 학생도 극소수 있었지만, 다른 학년 교실과 별다른 차이가 없었다.

　"야, 아우 씨부랄. 어제 그거 봤냐?"

　"뭐, 이 새끼야."

　무척이나 정겨운 대화로 교실이 시끌벅적했다. 처음에는 너무 시끄러워서 이런 곳에서 어떻게 지내나 싶었는데, 역시나 사람은 적응의 동물이었다. 이제는 그냥 그러려니 했고, 그럭저럭 지낼 만해졌다.

　애들은 드라마 '별은 내 가슴에' 이야기를 하면서 멋있다고 난리였다. 자신이 보기에는 헤어스타일이나 모든 게 다 촌스럽게 보였는데 말이다. 그래서 그냥 아무 말 없이 조용히 있었다.

　원래 혁민이 나대는 성격도 아니었고, 존재감 없이 조용히 있는 스타일이라서 무난하게 넘어갈 수 있었다. 그래도 주로 어울리는 친구들은 있었다. 2학년 때도 같은 반이었고, 자리도 근처에 앉은 녀석들이었다.

'형태, 영근이, 용찬이.'

혁민은 침을 튀겨가며 드라마 이야기를 하는 애들을 쳐다보았다. 정말 신이 나서 낄낄대며 이야기하는 게 딱 애들이었다. 예전 같았으면 자신도 저들 사이에 끼어서 저런 대화를 나누고 있었을 것이다.

하지만 지금은 적당한 거리를 두고 있었다. 미래에 어떤 일이 일어났는지를 알고 있는 혁민으로서는 그들이 마냥 편하지만은 않았다. 다행스러운 점은 워낙 말이 없는 혁민이었기에 애들은 별다르게 생각하지는 않는 듯하다는 거였다.

'아직 고딩인데 내가 너무 속 좁게 구는 게 아닐까?'

한편으로는 아직 애들인데 자신이 너무 과민 반응하는 게 아닐까 싶기도 했다. 그래서 친하게 지내려고도 해봤는데, 애들 얼굴만 보면 자꾸 좋지 않은 기억이 떠올랐다.

'용찬이야 좋은 녀석이지만 둘은 참… 이걸 지금 뭐라고 할 수도 없는 일이고.'

혁민은 피식 웃었다. 어차피 나중에 일어날 일이다. 그러니 지금은 그냥 적당히 친하게 지내면 될 일. 그리고 지금은 그런 문제보다 더 중요한 게 있었다. 빨리 수준을 끌어 올리는 일이었다.

방학 내내 공부했지만, 아직은 부족했다. 이십 년 넘게 잊고 있던 거라서 그런지 한두 달 만에 교과 과정을 전부 따라잡는 건 불가능했다. 그래도 집중력이 좋아서인지 생각보다는 빠르게 회복하는 중이었다. 아마도 그렇지 않았다면 대학을 포기했을지도 몰랐다.

'1학기가 가기 전에 어느 정도는 되겠지?'

지금까지 페이스로 보면 1학기가 가기 전에 어느 정도 회복이 될 것 같았다. 하지만 방심할 수는 없는 일이다. 그래서 자신이 알고 있는 노하우를 총동원해서 24시간을 최대한 활용하고 있었다. 그중에서 그가 가장 신경 쓰는 건 쉬는 거였다.

사람들이 착각하는 게 있는데, 많이 하고 오래 하면 성과가 다 나오는 줄 안다. 절대로 그렇지 않다. 얼마나 많은 시간을 했느냐는 그다지 중요하지 않다. 정말 집중한 시간이 얼마인지가 더 중요하다.

한 시간을 공부해도 집중도가 높다면, 열 시간 대충 공부한 것보다 효과가 더 클 수 있다. 그러기 위해서는 잘 쉬어야 한다. 사람의 집중력은 한계가 있다. 그러니까 휴식을 취해서 다시 집중할 수 있는 여건을 만들어주어야 한다.

독서실 사람들은 그가 오래 앉아 있다는 사실에만 주목했지만, 사실은 그것보다 중간중간 적절한 타이밍에 쉬어주는 게 더 큰 비법이라면 비법이었다.

'고시 공부를 하다가 보니 알게 된 거였지.'

나중에 고시 공부를 하다가 깨달은 거였다. 잘 쉬는 놈이 좋은 성과를 낼 수 있다는 걸. 그걸 깨달아서 그나마 사법고시에 합격할 수 있었던 것인지도 몰랐다.

'담배를 끊은 것도 좋았지만, 패턴을 바꾼 것도 분명히 영향이 있었을 거야.'

그래서 혁민은 수업이 끝나고 쉬는 시간이 되면 무조건 가장 편한 자세로 쉬었다. 애들은 그런 혁민을 조금 이상하게 보았지만, 어차피 말수가 많은 녀석도 아니어서 그런지 그를 귀찮게 하는 애들은 없었다.

*　　　*　　　*

"결국은 모교로 가야 하는 건가?"

정말 잠자는 시간을 제외하고는 모든 시간을 쏟아부어서 예전 수준을 따라잡을 수 있었다. 1학기 기말고사 결과 예전과 비슷한 등수가 되었다. 하지만 상승세를 타고 있으니 수능 전까지는 점수를 상당히 높일 수 있다고 생각되었다.

하지만 그렇다고 서울대와 같은 명문대에 갈 수 있을 만큼의 점수는 아니었다. 예전보다는 확실히 높은 점수를 받을 수 있을 것 같았지만.

"살짝 아쉽긴 하네. 서울대에 가서 계속 잘나가는 것도 나쁘지 않을 것 같은데."

하지만 내신도 그렇고 수능 점수도 그러기에는 부족했다. 그래서 1997년이 아니라 1996년에만 돌아왔어도 좋았을 거라는 생각도 들었다. 2년이라면 어떻게든 서울대에 들어갈 수 있을 것 같았으니까.

하지만 어쩔 수 없는 일. 포기할 건 빨리 포기하는 게 속 편하다. 그리고 혁민이 수능을 본 이후로 집이 어려워진다는 점도 조금 걸렸다.

1학년 때까지는 그래도 버틸 만했는데, 아버지가 다니던 회사 사정이 급격히 나빠지면서 집 전체가 어려워졌다. 어떻게 방법이 없을까 했는데, 이건 개인이 어찌할 수 있는 게 아니었다. IMF를 무슨 수로 피해 간단 말인가.

그래서 목표를 모교에 장학생으로 입학하는 것으로 잡았다.

"그래, 학교가 뭐 중요해. 사람이 중요하지. 그리고 사시 합격은 확실하니까 오히려 아는 사람들이 있는 모교에서 학창 생활을 하는 게 편할 거야."

혁민은 서울에 있는 중위권 대학인 제현대학 출신이었다. 다시 모교에 간다고 생각하니 조금은 설레는 기분이 들었다. 모교. 듣기만 해도 아련한 그리움 같은 게 떠오르는 단어 아닌가.

그리고 대학에 합격하면 율희를 한번 찾아가리라 생각하고 있었다. 그녀가 너무나도 보고 싶었으니까.

"아유, 우리 율희 완전 귀엽겠네."

아직은 어린아이겠지만, 그래도 너무나도 사랑스러울 것 같았다. 다른 사람들이 보기에는 조금 이상하게 보일 수도 있겠지만. 아니, 아주 많이 이상하게 보일 수도 있겠지만.

Chapter 2
대학, 아내 그리고 라이벌

그렇게 산만하던 분위기도 시간이 지나자 정돈되었다. 사실 수능이란 이름은 스물도 되지 않은 아이들이 감당하기에는 너무나도 무거운 짐이었다. 그것이 어떤 것인지는 지금은 정확하게 모를 것이다. 하지만 아이들은 점점 더 많은 부담감을 느끼고 있었다.

그런 분위기가 정말 피부로 느껴질 정도였다. 학기 초에는 그렇게 웃고 떠들던 녀석들의 표정이 날이 갈수록 심각해졌다. 수능을 아예 포기한 애들이야 여전히 똑같았지만, 다른 애들이 심각한 분위기를 만드니 그 녀석들도 덩달아 조심스러워하는 분위기가 되었다.

그리고 2학기가 되자 조그만 일에도 신경이 날카로워졌다.

그러지 않은 척하고 있었지만, 애들을 보면 누군가가 건드리기만 하면 폭발할 준비가 되어 있는 폭탄들이라는 느낌이 들었다.

세상을 살다 보면 이것보다 훨씬 힘들고 괴로운 일이 많겠지만, 애들에게는 지금까지 살아오면서 지금이 가장 힘겨운 순간일 것이다. 하지만 혁민에게는 이 정도 일은 특별할 것도 없는 일이었다. 그래서 차분하게 수능 준비를 하면서 지내고 있었다.

"야 혁민아, 이거 좀 풀어봐. 뭔지 잘 모르겠어."

형태가 수학 참고서를 가지고 와서는 혁민에게 내밀었다. 그리고 영근이와 용찬이도 같이 와서 혁민이 문제를 풀기를 기다리고 있었다. 서로에게 시답지 않은 장난을 치면서.

큰 차이는 없었지만, 넷 중에 그래도 혁민의 성적이 가장 좋았다. 그래서 잘 모르는 건 주로 혁민에게 물어보곤 했다. 그리고 혁민도 이런 걸 가져오면 웃으면서 전부 알려주었다. 자신이 알고 있는 한도 내에서는.

애들을 보면 마냥 어리게 느껴져서 보살펴 주고 싶은 마음이 들었다.

"아, 이건 말이지……."

혁민이 종이에 숫자와 기호를 적어가면서 이야기를 하자 애들은 거기에 집중했다. 넷은 전부 중상위권이라 어떻게든 점수를 올리려고 아등바등했다. 혁민은 연습장에서 눈을 떼지 못하고 있는 애들을 보면서 묘한 기분이 들었다.

나중에 좋지 않은 일이 벌어지는 거야 알고 있었지만, 지금은 그냥 애들이고 친구였다. 아직 벌어지지도 않은 일로 애들한테 악감정을 품는 건 너무 유치한 발상 아니겠는가. 그래서 어지간하면 애들에게 잘해주려고 했다.

그리고 애들도 나쁘지 않았다. 서로 잘하는 과목이 달라서 정리한 노트 같은 걸 돌려 보기도 했고, 잘 모르는 부분은 서로 알려주기도 했으니까. 그래서 혁민도 상당히 도움을 받았다. 아무래도 혼자 하는 것보다는 같이 하는 게 효율 면에서 월등했으니까.

그리고 혁민은 자신의 미래가 탄탄하다는 생각이 있어서 여유가 있었다. 아이들에게 신경을 써주어도 상관없을 거라는 생각을 한 것이다. 그래서 예전처럼 살지 않겠다고 다짐했지만, 예전과 비슷한 삶을 살아가고 있었다.

누군가가 부탁하면 거절하지 못하고, 자기보다 다른 사람을 먼저 챙기는 그런 삶을. 어차피 자신은 아주 풍요롭고 즐거운 인생을 살아갈 테니까 조금 인정을 베풀어도 상관없다는 생각을 하면서.

그런데 그런 혁민의 생각을 송두리째 바꿔놓는 일이 벌어졌다.

"형태야, 영어 노트 좀 빌려줘. 오늘만 보고 돌려줄게."

혁민은 영어가 유독 약했다. 그래서 시간을 많이 투자하고 있었다. 영어는 어차피 사법시험을 볼 때도 시험을 봐야 하는 과목이라서 더욱 신경을 썼다.

"아, 미안해. 내가 오늘 이거 꼭 봐야 해서… 다음에 빌려줄 게."

아마도 예전의 혁민이었다면 그러냐고 하면서 그냥 웃고 넘어갔을 일이다. 하지만 지금의 혁민에게는 예전에는 보지 못했던 것들이 보였다. 지금 형태가 거짓말을 하고 있다는 걸 알 수 있는 게 바로 그런 거였다.

약간 어색한 표정에 멋쩍은 듯한 웃음. 거기다가 불안해서인지 가만히 있지 못하는 손과 자꾸만 입술을 핥고 자신을 똑바로 보지 못하는 눈까지.

'뭐지? 왜 이런 거짓말을 하는 거지?'

변호사 일을 하면서 수많은 사람과 이야기를 나누어 보았다. 그러다 보니 자연스럽게 사람에 대해서 알게 되었다. 그 사람의 말이 거짓인지 아닌지에 대한 감도 상당히 좋아졌다.

물론 100% 확실한 건 아니었다. 하지만 지금 형태가 거짓말을 하고 있다는 것 정도는 아주 분명하게 보였다. 그리고 그 이유도 대충은 알 것 같았다.

수능이 얼마 남지 않은 상황이라 혁민이 경쟁자로 보이는 것도 이유 중 하나일 것이다. 그리고 꼭 자신이 오늘 볼 게 아니더라도 가지고 있어야 마음이 편한 것도 있을 테고. 그리고 그런 생각을 하다 보니 예전의 일이 떠올랐다.

혹시나 자신이 착각하고 있는 게 아닌가 싶어서 그냥 웃으면서 알았다고 하고는 영근이와 용찬이에게도 똑같은 이야기를 해보았다. 설마설마했다. 하지만 우려했던 것처럼 예전과 똑같은 반응이 나왔다.

영근이는 형태와 마찬가지로 핑계를 대면서 빠져나갔고, 용찬이는 선뜻 자신의 노트를 빌려주었다. 그런 걸 보면서 혁민은 확실하게 깨달았다.

'사람은 쉽게 변하지 않는구나. 내가 지금까지 완전히 착각하고 있었어.'

지금까지는 서로 이야기도 잘 통하고 서로 도움도 되어서 원래 그런 애들이 아닌 줄 알았다. 하지만 그건 자신의 착각이었다.

'위급한 상황에 처하면 그 사람은 본성이 나온다더니.'

평소에는 누구나 다 선하고 좋은 사람들이다. 하지만 그 사람의 본성은 정말 위급하고 좋지 않은 상황에 직면했을 때 나온다. 바로 수능을 코앞에 둔 지금과 같은 상황처럼.

사실 인생에서 돌이켜 보면 수능이란 게 그렇게까지 엄청난 일은 아닐 수도 있다. 하지만 열아홉 살짜리 애들에게는 수능은 인생에서 처음 맞이한 엄청난 고비이다. 인생에서 처음 맞이한 고난의 시기.

아마도 그래서일 것이다. 자신에게 노트를 빌려주지 않으려는 것이. 내가 이걸 빌려줬다가 상대방이 더 좋은 점수를 받아서 내가 떨어지는 건 아닐까. 내가 오늘 갑자기 이 노트를 볼 일이 생기는 건 아닐까.

그렇다고 그런 생각을 곧이곧대로 이야기할 수는 없는 일. 그러니 자연스럽게 핑계를 대면서 거절하는 것이다.

혁민은 섬뜩한 생각이 들었다. 지금도 자신은 예전과 같이 사람들에게 이용당하고 있다는 생각이 들어서였다.

'애 교육비 때문에. 알잖아. 요새 애들 교육비 많이 드는 거. 미안해.'

'요즘 워낙 경기가 좋지 않아서 나도 허덕허덕거려. 미안. 담에 술이나 한잔하자.'

머릿속에서 예전에 들었던 말소리가 들렸다. 자신의 도움을 거절했던 애들의 목소리가.

'형태나 영근이한테 연락해 봐. 형태는 이번에 차 바꾼다고 했고, 영근이는 저번에 만났는데 이자 수익이 너무 많아서 고민이라고 자랑하더라.'

그리고 마주하고 싶지 않았던 사실을 말해주던 용찬이의 목소리도. 혁민의 표정이 석고처럼 점점 딱딱해져 갔다.

혁민은 그렇게 당하고도 아직도 정신을 제대로 차리지 못한 자신을 끊임없이 자책했다. 자신의 장래가 밝다고 생각해서 한껏 풀어진 마음을 추슬렀다. 이대로 가다가는 예전과 마찬가지일 거라는 생각을 하니 진저리가 쳐졌다.

'야!! 정혁민!!! 너 아직도 정신 못 차렸구나. 그렇게 호구 소리 들으면서 이용만 당했으면서 아직도 그래?

정혁민이 제대로 변한 건 바로 그날부터였다. 사람은 쉽게 변하지 않는다. 그렇게 큰일을 겪은 혁민도 변하겠다고 생각했지만, 예전과 비슷하게 살았다. 희망이라는 약에 취해서. 하지만 이제는 아니었다. 그는 확실하게 변했다.

＊　　＊　　＊

"혁민아!"

수업이 끝나고 집으로 가는데 익숙한 목소리가 들렸다. 고개를 돌리니 신용찬이 자신에게 부리나케 뛰어오고 있었다. 아주 밝은 얼굴을 하고서. 혁민은 걸음을 멈추고 용찬을 기다렸다.

둘 사이의 거리는 제법 되었지만, 순식간에 좁혀졌다. 가방을 들썩거리면서 뛰어온 용찬은 혁민의 어깨에 척 하고 팔을 올렸다.

"야, 너 점수 어떻게 나왔어?"

용찬은 맑은 웃음을 보이면서 말했고, 혁민은 따라 웃으면서 대답했다. 혁민이 친하게 지내는 건 신용찬 한 명뿐이었다.

혁민은 성적이 꾸준하게 올랐다. 그래서 같은 반 애들이 무척 부러워했다. 특히나 형태와 영근이는 비법이 뭐냐면서 캐물었다. 하지만 대답은 항상 같았다. 그냥 집중해서 열심히 하는 게 전부라고.

그리고 사실이 그랬다. 약간의 요령은 있었지만 그런 거야 사람에 따라서는 잘 맞지 않는 사람도 있었다. 그리고 그런 걸 굳이 애들에게 알려줄 필요성도 느끼지 못하고 있었고. 혁민의 조언을 들은 건 용찬뿐이었다.

"저번보다는 조금 올랐어. 너는?"

"나도!"

혁민의 조언 덕분인지 용찬의 성적도 꾸준히 오르고 있었다. 그리고 기억이 정확하지는 않았지만, 형태와 영근의 성적은 예전보다 못한 것 같았다.

"야, 뭐 좀 먹고 갈까?"

"좋지."

열아홉 살. 혁민이 지내다 보니 이 나이 때의 특징은 크게 두 가지인 것 같았다. 먹어도 먹어도 배가 고프다는 것이 하나였다. 정말 마음만 먹는다면 한없이 먹을 수도 있을 것 같았다.

그리고 다른 하나는 야한 생각을 많이 한다는 거였다. 수능을 앞두고 있으면서도 애들은 여자 이야기를 많이 했다. 물론 결혼까지 했었던 혁민이 듣기에는 헛웃음만 나오는 그런 이야기였지만, 애들은 호기심에 눈을 밝히면서 이야기를 했다. 24시간 내내 야한 생각을 하는 것도 가능한 게 이 나이일 것이다.

"떡볶이 콜?"

"콜."

둘은 어깨동무를 하고는 분식집으로 향했다. 혁민은 용찬과 이야기를 하면서 조금 이상한 기분이 들었다.

전에는 친구라고는 하지만 애들처럼 생각되었는데, 이야기를 나누면 나눌수록 점점 정말 친구처럼 느껴졌다. 분명히 많은 차이가 있다. 자신은 용찬보다 훨씬 오랜 세월을 살았으니까. 하지만 그런 시간과 상관없이 무척 가깝고 친근하게 느껴졌다.

'나이를 떠나서 잘 맞는 건가?'

인연이란 게 이런 것일 수도 있겠구나 하는 생각이 들었다. 그리고 그렇게 느낀 게 정말이라면 무척 다행이라는 생각도 하게 되었다. 사실 율희와 만났을 때, 전과는 다르게 느껴지면 어쩌나 싶었다.

겉으로 보기에는 열아홉 살이지만, 속은 겉모습과는 달랐으니까. 하지만 용찬에게서 느껴지는 걸 보니 걱정하지 않아도 될 듯했다. 정말 인연이라면 나이나 그런 건 상관없는 것 같았다.

*　　　*　　　*

수능은 크게 어렵지 않았다. 이게 다 작년 수능 때문이었다. 작년 수능은 정말 역대급이었다. 특히나 수학 시험에서는 만점자가 한 명도 나오지 않았을 정도로 극악의 난이도를 자랑했다. 수학 시험 시간이 끝나고 수험생들의 얼굴이 모두 퍼렇게 질렸다는 말이 나올 정도였으니까.

그래서인지 올해 시험은 쉬운 편이었다. 그 덕인지 혁민은 자신이 생각한 것보다 조금 더 좋은 점수를 받을 수 있었고.

"조금 더 좋은 학교에 가는 게 어떠니?"

어머니는 혁민이 제현대학교에 가겠다고 하자 조금 아쉬운 듯했다.

"아예 서울대 가지 않을 거면 똑같아요. 그리고 법대는 사시 패스하면 그걸로 끝이에요."

"후우~ 사시가 그게 우리나라에서 가장 어려운 시험인데… 그냥 경영학과 같은 데 가면 안 되겠니? 그게 취직하기도 좋고 무난할 것 같은데."

"저 자신 있어요. 이제 변호사 아들 덕 좀 보실 테니까 걱정하지 마세요."

혁민의 모친은 요즘 들어 부쩍 아들이 달라졌다는 생각이 들었다. 전에는 조용하고 내성적인 아이였는데, 요즘은 굉장히 자신감이 넘치고 활동적이 되었다. 물론 좋은 변화이기는 했지만, 어떨 때는 자신의 아이가 아니라 다른 사람인 것같이 느껴지기도 했다.

하지만 저렇게 강단 있게 소신을 말하는 걸 보니 이제 정말 어른이 되었구나 싶었다. 그리고 요즘 회사가 어려워져서 풀이 죽어 있는 남편보다 아들이 훨씬 듬직하게 느껴졌다.

혁민은 어머니를 안심시키고 자기 방으로 돌아왔다. 어차피 제현대학 법학과에 합격하는 건 떼놓은 당상이었다. 장학생이 될 수 있느냐 아니냐 정도가 문제랄까. 그리고 이제부터는 자신의 능력을 마음껏 펼칠 수 있게 되었다.

혁민이 가장 아쉬워하는 건 주변에 자신의 능력을 선보일 문제가 그동안 없었다는 거였다. 그런 일이 있었다면 자신이 나서서 멋지게 해결했을 터인데 말이다.

"꼭 그렇게 생각할 일도 아니지. 그런 일이 없다는 게 오히려 좋은 걸 수도 있는 거니까."

법적으로 해결해야 할 문제? 그런 게 생긴다는 것 자체가 삶에 불행이 찾아왔다는 것이다. 아무리 잘 해결이 된다고 하더라도 그동안 받게 되는 심적 고통은 생각보다 크다. 그러니 차라리 그런 일이 아예 일어나지 않는 편이 더 좋은 일이다.

하지만 그런 일을 만날 수 있을 것이다. 세상은 언제나 탐욕과 지저분한 사건들로 가득하니까. 그리고 자신은 남들과는 다른 방식으로 그런 문제를 풀어갈 것이다.

"법을 잘 알고 이용해 먹는 놈들. 그런 놈들을 조지는 거야. 그리고 그 대가를 확실하게 챙기는 거지."

그렇게 하면서 아내와 행복하게 살아가는 것. 그게 바로 혁민이 생각하고 있는 미래였다.

"그렇긴 한데 그래도 이제 대학생인데 미팅 정도는 해도 되지 않을까?"

혁민은 그렇게 본능과 이성 사이에서 심각한 갈등을 했다. 그 문제는 사법고시보다 더 어려웠고, 답을 찾을 수도 없었다.

혁민도 남자다. 어떻게 욕망이 없겠는가. 원래 고기도 먹어 본 놈이 더 잘 먹는 법이다. 그 욕망을 너무나도 잘 아는 터라 그걸 제어하는 게 더 어려웠다. 지금이야 독수리 오 형제의 도움을 받아서 해결하고 있지만, 대학생이 되면 어떻게 될지 모르는 거였다.

"에라, 모르겠다. 닥치면 그때 생각하지 뭐."

*　　　*　　　*

산뜻한 초록색으로 뒤덮인 캠퍼스는 보고만 있어도 젊어지는 것 같은 느낌이 들었다. 물론 몸의 나이는 스물이지만, 정신 연령은 마흔이 넘은 혁민에게만 적용되는 말이겠지만.

첫 수업이 시작되기 전, 혁민은 벤치에 앉아서 봄을 만끽하고 있었다.

"좋구나."

좋다는 말이 절로 나왔다. 혁민은 여유롭게 캠퍼스를 바라보았다. 봄볕이 가득한 캠퍼스에 한껏 젊음을 뽐내는 대학생들을 보니 가슴이 두근거렸다.

특히나 여대생들을 보면 몸과 마음이 저절로 반응을 보였다. 옷이나 화장은 촌스럽고 어색했지만, 젊음의 상큼함과 싱그러움은 그 모든 것을 덮고도 남았다.

'대학에 오길 정말 잘했다.'

남고에 다닐 때야 언제 이런 기분을 느껴보았겠는가. 자신은 나이도 있으니까 이러지 않으리라 생각했었다. 하지만 육체가 한창때라서 그런 것일까? 공연히 싱숭생숭하고 별의별 생각이 다 떠올랐다.

정말 마음만 먹으면 희대의 카사노바로 살아갈 수도 있을 듯했다. 그렇지 않겠는가. 스무 살의 육체에 풍부한 경험을 가진 노련한 영혼. 충분히 가능한 일이었다.

"아니지, 아니야. 내가 지금 무슨 생각을."

혁민은 고개를 크게 휘저었다. 아내와 행복하게 살아가겠다고 결심한 자신이 이런 상상을 하다니. 있어서는 안 될 일이었다. 하지만 그런 생각은 의식하면 할수록 더 또렷하게 떠올랐다.

혁민은 자리에서 벌떡 일어섰다. 그리고 가방을 둘러메고 강의실을 향해 걸어갔다. 계속 앉아 있다가는 계속 야릇한 생각이 떠오를 것 같아서였다.

"혁민아~"

자신을 부르는 가녀린 목소리에 뒤를 돌아다보니 동기인 여자아이 한 명이 자신에게 손을 흔들고 있었다. 청바지에 약간 헐렁한 티를 입고 있는 송슬기는 혁민을 향해 사뿐사뿐 뛰어왔다.

오리엔테이션에서 그녀가 먼저 말을 걸어왔을 때, 혁민은 조금 놀랐었다. 전에는 졸업할 때까지 말을 한 적이 거의 없었으니까. 법학과 98학번 퀸. 그것이 사람들이 송슬기를 부르는 말이었다.

'사시에 떨어지고 검찰 쪽에 가서 일했다고 들었는데.'

그녀는 자신이 예쁘다는 것도 잘 알았고, 자존심도 제법 강한 편이었다. 그래서 동기들과는 그다지 친하게 지내지 않던 것으로 혁민은 기억하고 있었다.

'하기야 1학년 마치고 바로 군대에 가서 볼 기회가 거의 없었지만.'

남자 법대생에게 군대 문제는 상당히 심각하다. 물론 가장 좋은 방법은 사법시험에 합격해서 법무관으로 군대 문제를 해결하는 것이다. 하지만 그건 합격했을 때 이야기이다. 합격하지 못한다면 어쩔 수 없이 군대에 끌려가게 된다.

그래서 크게 두 부류로 나뉜다. 빨리 군대에 다녀와서 사법시험에 도전하는 부류. 이런 부류는 빠르면 1학년 1학기만 마치고 바로 군대에 가기도 한다. 하지만 1학년을 마치고 군대에 가는 사람이 가장 많다.

그리고 버티면서 합격하는 걸 노리자는 부류는 보통 휴학을 만땅으로 쓰면서 최대한 졸업을 늦게 한다. 마음이야 한두 번만에 척하니 합격하고 싶겠지만, 어디 현실이 그런가. 그러고도 모자라서 대학원까지 가면서 시험에 도전한다.

그런데 그렇게 하는 건 굉장히 리스크가 큰 일이다. 만약 20대 후반까지 합격하지 못해서 군대에 가게 되면 그것으로 사법시험에 대한 도전은 끝난 거나 마찬가지니까. 혁민도 동기 중에 버티고 버티다가 스물아홉에 군대에 간 녀석을 보았다.

'녀석은 정말로 울면서 훈련소에 들어갔지. 세상이 끝난 것 같은 얼굴을 하고서.'

전에는 1학년을 마치고 바로 군대에 간 혁민이었지만, 이번에는 그러지 않을 것이다. 사법시험에 합격할 자신이 있었으니까.

"수업 들어가?"

송슬기가 환한 미소를 보이면서 물었다. 그녀의 가지런한 치아와 커다란 눈망울을 보니 혁민은 마음이 살짝 흔들리는 걸 느꼈다. 하지만 이내 차분한 어조로 대답했다.

"그럼 이 시간에 뭐하겠어? 수업 가지."

"너 너무 까칠한 거 아냐? 여자들은 상냥하고 젠틀한 남자 좋아해, 이 바보야."

혁민이 약간 퉁명스럽게 대답하자 슬기는 조금 샐쭉해져서는 투덜거렸다.

"그런 건 한 사람한테만 하면 되는 거지."

혁민은 빙긋 웃으면서 그 말을 하고는 강의실을 향해서 터벅터벅 걸어갔다. 슬기는 눈이 동그래져서 혁민의 뒷모습을 쳐다보았다. 그리고 그가 한 말을 곱씹어보았다. 뺨이 살짝 발그레해진 슬기는 자신도 모르게 중얼거렸다.

"멋지당……."

그녀가 보기에 혁민은 좀 이상한 애였다. 사실 슬기는 이곳보다 좋은 학교를 목표로 하고 있었다. 그리고 모의고사 성적도 잘 나왔었다. 그런데 짜증 나게도 수능을 망쳤다. 점수에 맞춰서 이 대학교에 들어오기는 했지만, 자신의 성에는 차지 않았다.

그래서 반수를 할까 고민 중이었는데 조금 더 다녀보고 결정해야겠다고 마음먹었다. 혁민이라는 동기 때문이었다.

장학생이란 말을 들었을 때는 그냥 그런가 보다 했다. 딱히 관심이 있거나 하지는 않았다. 그런데 선배들과 이야기를 하는 모습을 보고는 생각이 바뀌었다. 보통 애들은 선배 앞에서는 알게 모르게 주눅이 들어 있었다.

하지만 혁민이는 달랐다. 모든 동기가 그랬는데, 오로지 혁민이만 선배나 교수와 이야기를 하면서도 자신감이 넘쳤다. 그리고 굉장히 어른스럽고 무언가 달라 보였다. 슬기는 혁민을 향해서 달려가면서 외쳤다.

"야, 같이 가!"

하지만 혁민은 그 소리를 듣지 못했는지 계속해서 걸어갔다. 사실 그는 다른 생각을 하고 있었다.

혁민은 처음부터 사법시험 준비를 하는 데 집중할 생각이었다. 하지만 오리엔테이션과 입학식. 그리고 수강 신청, 첫 수업. 모든 것이 새로웠다. 오랫동안 잊고 있었던 풋풋하고 가슴 설레는 느낌.

대학 생활. 사실 그것보다 낭만적인 단어가 또 있을까? 사실 1학년 때는 법대생이라고 해서 다를 건 없다. 아직 사법시험이라는 건 먼 미래의 일이라는 생각만 들고, 그저 새로운 환경이 신기하고 좋기만 한 시기.

자유를 만끽하면서 젊음을 즐기는 시기가 바로 대학교 신입생 때다. 혁민도 살짝 그런 분위기에 취한 듯했다. 그래서 마음을 잡아야겠다고 생각했다.

"내가 지금 이러고 있을 때가 아니지."

혁민은 오늘 율희를 보러 가야겠다고 마음먹었다. 그녀를 보면 마음가짐이 달라질 것이라는 생각이 들어서였다.

그녀가 어렸을 때 살던 동네와 다녔던 초등학교는 알고 있었다. 그녀를 직접 보게 되면 어떤 기분이 들까 궁금했다.

혁민은 기대감과 약간의 불안함을 동시에 느끼면서 걸어갔다. 그리고 그의 뒤로는 슬기가 빠른 걸음으로 그를 향해 오고 있었다. 샐쭉한 표정을 한 채로.

*　　　*　　　*

"씨벨, 재수 없게 아침부터 물총 사건이야."

조창우는 짜증이 가득한 목소리를 내뱉었다. 물총 사건은 강간 사건을 뜻하는 은어였는데, 조창우는 유독 물총 사건을 싫어했다. 이런 지저분한 사건을 좋아하는 형사는 없겠지만, 그는 그 정도가 유독 심했다.

그가 잔뜩 얼굴을 구긴 채 무언가를 찾기 위해서 신경질적으로 책상을 뒤지고 있는데, 뒤에서 우레와 같은 소리가 들렸다.

"야, 조 형사야. 내가 시킨 게 왜 아직 내 책상 위에 없냐?"

"아, 저 지금 바쁜 거 안 보이세요? 이거 끝내고 하면 되잖아요."

우락부락한 얼굴의 고참 형사의 말에 조창우는 얼굴을 붉히면서 소리 질렀다. 그러자 고참 형사는 어이가 없다는 듯 크게 콧김을 내뿜더니 아까와는 비교도 되지 않을 정도로 목청을 높여 말했다.

"야, 이 새끼 봐라. 이제 형사 밥 좀 먹었다고 고참이 우습게 보이지? 얌마, 내가 형사 옷 입고 먹은 소금이 니가 형사 되고 나서 처먹은 밥보다 많아, 이 새꺄. 어디서 말대꾸야? 엉?"

"아, 좀 봐줘요. 안 그래도 오늘 꼬미 서는 날이라서 짜증 나 죽겠는데."

꼬미 선다는 건 잠복근무를 하는 날이라는 말이다. 조창우의 말에 고참 형사는 주먹을 쥐었다 풀었다 하다가 꼬미 서는 날이라서 봐준다고 말했다. 그래도 같이 고생하는 동료이고, 잠복근무가 얼마나 고된 일인지 누구보다 잘 알았으니까.

조창우는 구시렁대면서 일을 했고, 그러는 사이에도 시간은 계속해서 흘렀다. 바쁠수록 시간은 빨리 지나간다. 조창우가 여기저기 돌아다니면서 일을 하는 동안 벽에 걸린 시계는 미친 듯이 빠르게 돌아갔다.

"뭐야? 벌써 세 시야?"

조창우는 시계를 보고는 깜짝 놀랐다. 방금 점심을 먹고 온 것 같은데 벌써 두 시간 넘게 일을 한 거였으니까. 그는 기지개를 켜고는 자리에서 일어났다. 잠깐 바람이라도 쐬고 오려는 생각에서였다.

"씨벨, 괜히 형사를 해가지고. 어떻게 방범이나 보안 쪽으로 빠질 수 없나?"

그는 담배를 꼬나물면서 투덜거렸다. 조창우는 폼 난다고 생각해서 형사가 되었는데 일은 고되고 적성에도 맞지 않았다.

그래서 방범이나 보안국 쪽으로 빠졌으면 좋겠다는 생각을 하고 있었다. 방범 부서에서는 유흥업소 단속을 한다. 당연히 짭짤한 게 많이 떨어진다. 물론 걸리지 않는다면 말이다.

그리고 보안국 쪽도 아주 좋다. 보안국은 간첩 관련 업무를 하는 곳인데, 경찰 월급이 나오고, 안기부에서 따로 월급을 받는다. 월급을 두 군데서 받는 셈이다.

그래서 어떻게 좋은 곳으로 옮길 방법이 없을까 생각하면서 길거리를 걷고 있었는데, 그의 눈에 이상한 게 보였다.

"저 새끼는 뭔데 초등학교 앞에서 실실 쪼개고 있는 거야?"

조창우는 히죽거리면서 웃고 있는 청년을 향해서 걸어갔다.

한편, 혁민은 무작정 율희가 다녔던 초등학교 앞으로 왔다. 98년이니 율희는 지금 초등학교 3학년일 것이다. 그는 학교 근처에서 정문을 바라보았다.

마침 하교 시간이어서 그런지 아이들이 세상이 떠나갈 듯 와글거리면서 교문 밖으로 쏟아져 나왔다. 여러 가지 생각이 들었다. 혹시라도 그녀를 알아보지 못하는 것이 아닐까? 저렇게 많은 아이 중에서 과연 그녀를 찾을 수는 있을까?

하지만 그건 모두 기우에 불과했다. 아주 멀리 떨어져 있는데도 혁민은 한눈에 율희를 찾을 수 있었다. 솔직히 말해서 율희는 눈이 번쩍 뜨일 만큼 미녀는 아니었다. 오히려 아주 평범했다.

하지만 혁민의 눈에는 그녀의 주변에 후광이 있는 것처럼 보였다. 다른 사람은 전혀 보이지 않고 그녀의 모습만 그의 눈에는 보였다. 아직 어리고 앙증맞은 모습이었지만, 분명히 자신이 기억하는 율희의 모습이 있었다.

"아, 그래서 97년으로 돌아온 거구나."

그리고 왜 1997년 1월로 돌아온 것인지도 알 수 있었다. 혁민은 그날의 기억이 또렷하게 났다. 싸락눈이 날리던 그날, 혁민은 버스를 타고 가면서 어린아이가 동냥하는 사람에게 목도리를 감아주는 광경을 보았다.

그때는 참 착한 아이구나 하고 넘어갔는데, 오늘 율희를 보니 확실하게 알 수 있었다. 그날 본 아이가 바로 율희였다.

'내가 율희를 처음 본 날이었어. 그래서 그날로 돌아온 거야.'

혁민은 가슴이 뭉클해지는 걸 느꼈다. 방긋 웃으면서 친구들과 이야기하는 율희의 모습은 세상에서 가장 예뻐 보였다. 그리고 이렇게 율희를 보러 오길 정말 잘했다고 생각했다.

율희에게서 눈을 뗄 수가 없었다. 그리고 자연스럽게 입가에는 미소가 그려졌다. 아주 흐뭇한 미소가. 그녀를 보고 있는 것만으로도 마음이 편안해지고 치유받는 것 같은 느낌이 들었다.

그런데 혁민의 행복한 순간을 방해하는 사람이 있었다.

"저기, 신분증 좀 봅시다."

정말 행복감에 한껏 젖어 있는 순간이었다. 그걸 누군가가 방해하니 갑자기 짜증이 확 치밀어 올랐다. 그래서 짜증이 잔뜩 묻어나는 표정으로 고개를 돌렸다.

혁민은 깜짝 놀랐다. 거기에는 조창우의 얼굴이 보였다. 예전과는 달리 주름도 없고, 세월의 흔적이 느껴지지 않는 젊은 얼굴이었다. 하지만 확실했다. 조창우였다. 저 얄팍하고 간사한 얼굴을 어떻게 잊을 수 있단 말인가.

그런데 혁민이 깜짝 놀라서 당황한 표정을 보이자 조창우는 더욱 의심스럽다는 눈초리로 쳐다보았다. 그리고 혁민에게 아주 강압적으로 말했다.

"이봐, 신분증 좀 보자니까?"

그는 혹시라도 혁민이 도망칠 것을 우려해서인지 몸으로 혁민을 슬쩍 가로막고 있었다. 하지만 혁민에게서는 그가 전혀 예상하지 못했던 대답이 튀어나왔다.

"싫은데요?"

"뭐? 싫어? 하아, 이 새끼 아주 꼴통 새끼구만."

조창우는 어이가 없다는 듯 눈앞에 있는 혁민을 노려보았다. 형사가 신분증을 좀 보자는 데 싫다? 그것도 초등학교 애들을 보면서 실실 쪼개다가 불심검문을 하자 당황스러운 표정을 지은 놈이?

갑자기 왜 이렇게 반항적으로 나오는지는 모르겠지만, 확실히 수상한 놈이었다. 겉으로 보기에야 딱히 범죄형으로 보이지는 않았지만, 어디 범죄자가 얼굴에 써 붙이고 다닌다든가.

'잘해야 20대 초반인데…….'

보통 사람들, 특히 이렇게 나이 어린 애들은 형사가 신분증을 보자고 하면 두려워한다. 그런데 이 녀석은 무척이나 뻣뻣하게 굴고 있었다. 그러면서도 자꾸만 다른 쪽으로 눈길을 돌

리는 폼이 아주 수상했다. 그가 보기에는 여차하면 튀겠다는
걸로 보였다.

'학교 갔다가 온 놈이거나 운동권인 것 같은데… 수배 떨어
진 놈일지도 모르고.'

형사에게 이렇게 대차게 나올 수 있는 부류는 몇 없다. 조창
우가 아는 한도 내에서는 학교 혹은 빵이라고 불리는 감옥에
갔다 온 놈. 그놈들이야 형사들과 워낙 많이 부대껴서 느물느
물하게 구는 놈들도 있었다.

그런 놈들이 아니라면 운동권 정도가 전부였다. 그리고 조
창우는 최근에 이 근처에서 도난 사건 신고가 많았다는 사실
이 생각났다. 그는 슬그머니 수갑으로 손을 뻗었다. 잘하면 한
건 올리겠다는 생각을 하면서.

한편, 혁민은 계속해서 짜증이 치밀어 올랐다. 조창우가 자
꾸 방해해서 그녀의 모습을 제대로 볼 수 없었기 때문이었다.
어떻게 보면 참으로 운명적인 순간 아닌가. 아내가 될 사람과
처음으로 만나는 순간이니 말이다.

드라마라면 꽃가루가 날리면서 로맨틱한 음악이 쫘아악 깔
려야 하는 시점이다. 그런데 갑자기 인상도 더러운 인간이 나
타나서 초를 치고 있으니 말이 곱게 나오겠는가. 게다가 예전
에 좋지 않은 감정을 가지고 있었던 쓰레기 같은 형사였으니
말이 더 퉁명스럽게 나갔다.

'불심검문을 하려면 자기 신분부터 밝히고 하는 거야, 이 아
저씨야.'

2022년이라면 상상도 할 수 없는 일이었다. 혁민은 엄연히 상대가 잘못한 것이니 문제가 없으리라 생각하고는 계속해서 형사의 뒤쪽을 쳐다보았다. 율희의 모습을 보기 위해서. 그리고 율희가 점점 자신이 있는 방향으로 다가오고 있다는 걸 볼 수 있었다.

그런데 학교에서 나온 율희는 자신의 근처까지 오더니 어떤 남자와 알은척을 했다. 그 남자도 반가운 표정으로 그녀에게 인사를 했고. 혁민은 도대체 어떤 놈팡인지 확인하기 위해서 눈을 부릅떴다.

'저놈은 또 뭐야? 나이도 나랑 비슷해 보이는데?'

멀끔하게 잘생긴 남자였고, 나이는 혁민과 비슷해 보였다. 둘은 잘 아는 사이처럼 보였고, 무척 가까워 보였다. 자신의 아내가 다른 남자, 그것도 자신과 나이가 비슷한 남자와 다정하게 이야기하는 모습을 보니 엄청나게 신경이 거슬렸다.

'저 새끼는 왜 남의 여자하고. 아니, 아니지. 아직은 뭐 율희하고 내가 그런 사이는 아니지만.'

아무튼, 기분이 좋지 않았다. 그래서 얼굴이 구겨지고 주먹에 슬쩍 힘이 들어갔다. 그런데 보면 볼수록 자꾸만 어디서 봤다는 느낌이 들었다.

'맞다. 강윤태 판사잖아?'

기억이 났다. 자신과 율희의 결혼식 때도 왔던 사람이었다. 서울대 출신에 사법시험 1차 수석 합격자. 집안도 준재벌에 엘리트 중의 엘리트인 데다 법조계에서의 평판도 좋았다. 외모도 수려했고. 정말 모든 걸 가진 남자였다.

'아내와 어렸을 때부터 제법 친하게 지냈다는 이야기를 들었는데, 그게 정말이었구나.'

사실 그가 판사가 아니라 변호사였다면, 율희가 아버지 사건 때 혁민에게 찾아오지 않았을 수도 있었다. 아버지에게 문제가 생겨 변호사를 급히 알아보다가 혁민에게 찾아오게 되었고, 그 인연으로 결혼까지 하게 된 것이다.

혁민도 그런 사정이야 대충 알고 있었지만, 그래도 아내와의 첫 대면인데 다른 남자와 웃으면서 얘기하는 모습을 보니 기분 상하는 일이었다. 그런데 혁민의 구겨진 표정과 주먹을 조창우는 다른 식으로 받아들였다. 수작을 부리고 튀겠다는 신호로 받아들인 거였다.

"이 새끼가."

조창우는 재빨리 혁민의 손을 잡고 뒤로 꺾었다. 혁민이 뿌리치려고 했지만, 형사가 작정하고 덤벼드는데 어떻게 당할 수가 있겠는가. 속절없이 손이 꺾였고, 손에는 수갑이 채워졌다.

"어? 뭐야? 지금 뭐하는 겁니까?"

혁민은 어처구니가 없었다. 자신이 뭘 했다고 수갑까지 채우는 것인지 이해를 할 수가 없었다. 하지만 조창우는 득의양양한 표정이었다.

"가만있어, 이 새꺄. 너 요즘 이쪽에서 작업 중이지? 그렇지?"

그 순간 혁민은 분노가 확 치밀어 올랐다. 아내와의 첫 만남을 방해하는 것도 모자라서 이제는 이놈 때문에 율희에게 민망한 꼴을 보이게 생겼다. 혁민은 조창우를 강하게 노려보면서 이를 갈면서 이야기했다. 아주 단호한 음성으로, 그리고 한 글자 한 글자를 또박또박 힘주어.

"경찰 장구! 그걸 사용할 때는 적법한 이유가 있어야 한다! 사용하더라도 최소한에 그쳐야 한다! 잘 알고 계시죠?"

"뭐? 그게 무슨 소리……."

조창우는 순간적으로 말을 더듬었다. 보통 이럴 때 잡힌 놈들이 하는 말은 뻔하다. 선량한 시민에게 이럴 수 있느냐는 말을 가장 많이 한다. 그리고 그런 말을 하는 놈들은 대부분 선량하지 않은 놈들이다.

아니면 너무 당황해서 왜 이러는 거냐며, 자신은 무조건 아니라고 하든가. 그런데 적법한 이유 같은 걸 이야기하는 사람은 처음 보았다.

무언가 심상치가 않다는 느낌이 들었다. 한마디로 쎄한 느낌이 뒷골을 스치고 지나간 것이다. 그리고 멀지 않은 곳에서 그 이야기를 들은 강윤태도 관심을 보였다. 그는 천천히 다가오더니 말을 걸었다.

"저는 법대에 재학 중인 강윤태라고 합니다만, 무슨 일인지 여쭤봐도 되겠습니까?"

조창우는 여전히 정신을 차리지 못하고 있었다. 혁민의 말도 혼란스러웠는데, 윤태라는 청년까지 끼어드니 머리가 더 복잡해졌다. 평소라면 막말을 퍼부으며 삿대질을 했겠지만, 그는 함부로 하지 못하고 우물쭈물거렸다.

윤태가 범상치 않아 보였기 때문이었다. 척 보기에도 귀티가 나는 청년이었고, 워낙 무표정한 얼굴이라 그런지 무언가 무게감이 있었다. 게다가 법대생이라고 하니 어쩐지 께름칙한 느낌도 들었고.

'이런 제길. 쟤는 왜 자꾸 여길 보는 거야? 아우, 정말 미치겠네.'

하지만 곤란한 건 조창우만이 아니었다. 혁민은 혁민대로 곤란한 상황이었다. 강윤태가 이곳으로 오자 율희가 이쪽을 기웃거리고 있었다. 이럴 수는 없었다. 아내와 처음 만나는 자리인데 범죄자처럼 수갑을 찬 모습을 보여줄 수는 없지 않은가.

그래서 슬그머니 몸을 돌렸다. 자신의 얼굴을 율희가 보지 못하게. 그리고 어떻게든 이 자리를 빨리 벗어나야겠다고 판단했다.

"자기 신분도 밝히지 않았고 위급한 상황도 아니었는데, 수갑까지 채운 건 적법하지 않은 행동 아닙니까. 그러니 특별한 사유가 없으면 풀어주시죠?"

혁민은 빨리 수갑을 풀고 상황을 끝내자고 넌지시 말했다.

하지만 조창우는 난처한 표정을 지었다. 그런 말을 한다고 수갑을 풀어줄 생각은 없었는데, 무언가 계속해서 찝찝했다.

강윤태의 눈빛에는 호기심이 살짝 어렸다.

"그 말은 맞는 것 같네요. 헌법에 보장된 신체의 자유가 있으니까요."

얼굴에는 드러나지 않았지만, 강윤태는 자신과 비슷한 또래로 보이는 혁민에게 강한 호기심을 느꼈다. 그는 서울대 법대 합격 발표가 나기 전부터 이미 사법시험 준비를 하고 있었다. 합격에 만족할 생각이 없었기 때문이었다.

수능이 끝난 뒤부터 아버지 회사의 법률팀에 부탁해서 변호사들로부터 과외를 받고 있었다. 사실 보통 사람은 법률적인 거 잘 모른다. 그래서 어지간한 사람들보다는 법적인 지식이 풍부하다고 자신하고 있었다.

그런데 자신과 비슷한 또래로 보이는 이 친구는 무언가 달라 보였다. 굉장히 능숙했다. 만약 자신이 저런 상황에 부닥쳤다면 저런 말이 나오지는 않았을 것 같았다. 집에 연락하게 해달라거나 다른 말을 했을 것 같았다.

"아, 귀찮네. 일단 경찰서에 가서 조사해 보면 알 일이니까 상관없는 사람은 빠지쇼. 야, 너 가 가지고 조사해서 뭐 나오기만 하면 제대로 털릴 줄 알아."

조창우도 길거리에서 계속해서 드잡이질하는 건 좀 아니라고 생각해서 빨리 경찰서로 데려가려고 했다. 이런 말을 들었다고 형사가 모양 빠지게 수갑을 풀어줄 수는 없지 않은가. 그런데 거기에서 결정타가 터졌다.

"그것도 거절하겠습니다."

혁민은 확실하게 자신의 의사를 말했다. 조창우는 이번엔

눈만 껌뻑거리며 아예 대꾸도 하지 못했고, 강윤태는 점점 흥미로워지는 상황을 호기심이 가득한 눈으로 지켜보았다.

"경찰관직무집행법에 보면 특정한 사유가 있는 경우 경찰관서로 동행을 요구할 수 있지만, 당해인은 동행 요구를 거절할 수 있습니다. 그러므로 거절합니다."

경찰관직무집행법. 당해인. 일반인의 입에서는 나올 수 없는 말이다. 그런 단어가 거론되자 조창우의 표정은 확연하게 찌그러졌다. 무언가 잘못되고 있다는 걸 확실하게 안 것이다.

"더 할까요? 형사소송에 관한 법률에 의하지 아니하고는 신체를 구속당하지 아니한다는 내용도 있죠. 지금처럼 이렇게 수갑을 채우려면 법적으로 명확한 사유가 있어야 한다는 뜻입니다. 어디 서로 가서 제대로 따져 볼까요? 법적으로?"

조창우는 당황해서 어찌할 바를 모르고 허둥거렸다. 형사 생활을 하면서 이런 경우는 처음 겪었기 때문이었다. 그런 법이 있다는 건 어렴풋이 알고는 있다. 그런데 어디 현장에서의 일이 그런가.

범죄자한테 갈지 말지를 물어보는 형사가 어디 있단 말인가. 그래서 보통은 다 윽박지르면서 끌고 간다. 지금까지는 다 그렇게 해왔다. 그런데 오늘은 뭔가 된통 걸린 것 같다는 느낌이 들었다.

혁민은 혁민대로 빨리 수갑이나 풀고 이곳에서 벗어나고 싶었다. 혹시나 율희가 자신을 오해하기라도 할까 두려웠기 때문이었다. 애들이 뭘 알겠는가. 수갑 차고 있으면 다 나쁜 놈인 거다.

'지금 이런 모습을 보고 나를 범죄자로 잘못 기억하면 큰일이야. 절대로 이런 모습을 보여줄 수는 없어.'

율희는 계속해서 주변을 얼쩡거리면서 혁민이 있는 곳을 살폈는데, 혁민은 필사적으로 율희에게 얼굴을 보여주지 않으려고 몸을 계속해서 움직였다. 그러면서 조창우에게 빨리 수갑을 풀라고 다그쳤다.

"무슨 일이야?"

"아, 선배님."

조창우는 뒤를 돌아다보고는 안도의 한숨을 내쉬었다. 아까는 그렇게 구박을 하던 고참이 이렇게 반가울 수가 없었다.

"아이고, 이거 명현그룹 막내 도련님 아닙니까."

고참 형사인 김준복은 조창우는 내버려 두고 강윤태에게 다가가서는 알은척을 했다. 명현그룹 오너의 집이 이 근처에 있었는데, 모종의 일 때문에 집에 갔다가 인사를 한 적이 있었다.

"안녕하세요."

강윤태도 김준복 형사를 알아보고 인사를 했다. 조창우의 표정은 더욱 썩어 들어갔다. 안 그래도 뭔가 잘못되어서 문제라도 생기는 게 아닌가 걱정스러웠는데, 유력가 집안의 자제까지 얽혀 있으니 한숨이 절로 나왔다.

명현그룹 오너라면 자신도 잘 알았다. 집도 어디인지 알고 있었고. 이 동네에서는 그 집안이 가장 유력한 유지였다. 그러니 혹시라도 저 청년이 좋지 않은 말이라도 하는 날에는 자신은 옷을 벗어야 할지도 몰랐다.

하지만 특별한 일은 벌어지지 않았다. 사건의 자초지종을 들은 고참 형사가 중재에 나섰기 때문이었다.

김준복 형사 입장에서도 일을 키우는 건 좋지 않은 일이었다. 이야기를 들어보니 조 형사가 혼자 오해해서 난리를 친 거였다. 문제는 상대가 나이는 어려도 법에 관해서 빠끔하다는 거였다.

이런 사람이 제대로 민원을 제기하면 일이 아주 복잡해진다. 그러니 이런 문제를 그대로 경찰서까지 가져가는 건 반드시 피해야 할 일이다. 만약에 서장의 귀에라도 들어가는 날에는 날벼락이 떨어질 게 뻔하다.

"이거 미안해서 어쩝니까? 이 친구도 고의로 그런 건 아닙니다."

김 형사는 굵고 거친 목소리로 이야기를 시작했다.

"하아~ 그리고 이런 말 하기 뭐하지만, 요즘 여기가 좀 시끄러워요. 도둑들도 많고 이상한 놈들도 있고. 거기다가 이놈이 일도 많았고 오늘 꼬미서는… 아니 저기 어, 그래, 잠복근무하는 날이라서 신경이 좀 날카로워서 그래요."

김준복 형사는 사정을 봐달라면서 부탁했다. 잘못한 건 알지만, 고된 형사 일을 하다 보니 그런 거라고 양해 좀 해달라고 하면서.

"얌마, 빨리 사과드려. 그러니까 내가 이런 건 제대로 알아보고 하라고 그랬지?"

김 형사가 소리를 버럭 지르자 조창우는 슬며시 고개를 숙이면서 사과했다. 하지만 진정성이 느껴지지는 않았다. 오히려 아까 김준복 형사가 양해를 구하는 말에 더 진심이 담겨 있었다.

김 형사의 말에는 삶의 애환과 일에 대한 열정이 그대로 느껴졌지만, 조창우의 말은 입으로만 하는 거였다.

하지만 혁민은 받아들였다. 그가 사과를 받아들인 건 오로지 한 가지 이유 때문이었다. 율희에게 이런 모습으로 기억되기 싫다는 그 이유였다.

백마를 탄 왕자와 같은 모습으로 만나는 것까지는 바라지도 않는다. 그래도 첫 만남인데 이런 모습은 아무리 생각해도 아니었다. 자신에게 소중한 사람인 만큼 조금이라도 더 좋은 인상을 남겨주고 싶었다.

그래서 빨리 상황을 정리하고 율희가 없는 곳으로 가는 게 우선순위 1위였다. 하지만 조창우가 한 행동을 이런 식으로 마무리 지을 생각도 없었다.

'사과만 제대로 했어도 한 번은 넘어가 주려고 했는데 말이지.'

혁민은 율희가 저쪽에서 고개를 빼꼼히 내밀자 잽싸게 몸을 움직였다. 수갑을 풀려던 조창우는 갑자기 혁민이 움직여서 열쇠를 떨어뜨렸는데, 지은 죄가 있는지라 뭐라고 하지도 못하고 열쇠를 주웠다.

"야, 수갑 하나를 제대로 못 풀어? 빨리 풀어드려."

김 형사는 버럭 소리를 질렀고, 조창우는 속으로 구시렁거렸다.

'씨벨. 이번에는 내가 잘못한 거 아닌데.'

두 형사는 혁민에게 미안하다고 하고는 먼저 자리를 떴다. 혁민은 구박을 받으며 끌려가는 조 형사를 쳐다보면서 작년에 개봉한 영화 '넘버3'가 생각났다.

'하기야 지금은 1998년이지. 정말 예전하고는 많이 다르긴 다르네.'

아직도 가끔 자신이 살았던 때와 착각을 하는 경우가 있었다. 하기야 다시 어려진 게 이제 겨우 1년 정도. 이 생활에 적응했다고는 하지만 예전 생각이 모두 지워지기에는 아직은 부족한 시간이다.

사실 오늘 일어난 일은 자신이 살았던 2022년에는 상상도 할 수 없는 일이었다. 하지만 지금은 1998년이다. 형사가 저렇게 행동하는 게 그다지 이상하지 않은 시절. 그래서 언뜻 보기에는 큰 문제가 없어 보이기도 했다.

하지만 미래까지 알고 있는 혁민은 알 수 있었다. 조창우의 문제가 어떤 것인지를. 그것은 바로 조 형사가 자신의 이익만 생각하는 사람이라는 거였다.

'자기 욕심만 채우려는 사람. 소시오패스에 가깝다고 해야 하나?'

일하다 보면 실수할 수도 있다. 사람이 어떻게 완벽할 수 있겠는가. 문제는 조 형사는 무엇이 잘못되었는지를 모른다는 거였다.

그는 자신이 하는 일은 무조건 옳다고 생각한다. 그래서 사과도 건성으로 한 것이다. 그리고 지금처럼 무언가 문제가 생겨도 그저 재수가 없었다고 생각하는 사람이다. 자신의 잘못이 아니라.

지금 보니 정신 상태가 좀 이상한 놈이라는 게 확실했다. 게다가 돈을 무지하게 밝혔다. 지금이야 형사를 하고 있지만, 언젠가는 자리를 옮기고 나서는 엄청나게 챙길 것이다.

혁민은 다시 한 번 느낄 수 있었다. 사람은 쉽게 변하지 않는다는 걸. 그는 앞으로도 계속해서 자기 욕망을 채우기 위해서 살아갈 것이다. 주변 상황이나 다른 사람은 신경 쓰지도 않은 채.

'그리고 내가 경험한 것 같은 짓을 하겠지? 예전에도 그런 것처럼.'

그러니 그냥 이대로 넘길 수는 없었다. 하지만 지금은 이 자리에서 벗어나는 게 더 급했다. 조창우에 대한 응징은 따로 하기로 하고 급히 자리를 떴다. 혁민은 율희의 시선을 등진 채 앞으로 걸어갔다. 그런데 뒤에서 강윤태가 급히 쫓아왔다.

"잠깐만요."

혁민은 고개를 돌리지 않고 제자리에 서서 기다렸다. 그리고 윤태가 쫓아와서 모습이 시야에 들어오자 대답했다.

"왜 그러시죠?"

"혹시 법조계에서 일하시나요?"

"아뇨, 그런 건 아니고 올해 법대 들어간 신입생입니다."

윤태가 깜짝 놀라서 되물었다.

"신입생이요?"

그런데 혁민은 조금 이상하다는 생각이 들었다. 말투만 들으면 무척 놀란 것 같았는데, 표정은 거의 변화가 없었다. 마치 가면을 쓰고 있는 사람처럼.

강윤태는 이내 차분해진 목소리로 반갑다면서 손을 내밀었다. 자신도 법대 신입생이라고 하면서. 그는 가볍게 악수를 하면서 학교를 물었고, 혁민은 제현대학이라고 대답했다.

"아, 그러시군요."

그는 자신의 대학을 이야기하지 않았다. 물론 이야기하지 않았어도, 혁민은 그가 서울대학교에 다닌다는 걸 알고 있었지만. 아마도 혁민을 생각해서 서울대학교라는 말을 꺼내지 않는 것 같았다.

'배려심인가? 하기에 예전에도 모범생 스타일에다가 젠틀한 걸로 정평이 나 있었지.'

예전에도 강윤태 판사의 평은 무척 좋았다. 정말 결점이 없는 사람 같았다. 모든 사람에게 좋은 이야기를 들었으니까. 혁민이 직접 보니 정말 예전 평판대로 상당히 괜찮은 사람이라는 느낌을 받았다.

약간 애늙은이 스타일에 이상하게 얼굴에서 감정이 잘 느껴지지 않는다는 게 조금 이상하기는 했지만, 그래도 꽤 좋은 인물인 듯했다. 하지만 그와의 대화는 거기까지였다. 혁민은 멀리서 율희가 다가오는 걸 힐끗 보고는 재빨리 인사했다.

"저는 바빠서. 다음에 좋은 인연으로 만났으면 좋겠군요."

"예, 저도 오늘 무척 인상 깊었습니다. 어쩐지 또 만날 날이 있을 것 같군요."

혁민은 뒤도 돌아보지 않고 아주 급한 일이 있는 듯 후다닥 앞으로 달려갔다. 다음번에는 율희에게 정말 멋진 모습을 보여주어야겠다고 다짐하면서.

"설마 얼굴을 보지는 않았겠지? 그래 혹시 봤다고 하더라도 어렸을 적 기억이니까 성인이 되면 다 잊어버릴 거야."

하지만 세상일이란 게 모두 자기 생각대로 돌아가지는 않는 법이다.

"아이구, 율희 집에 안 가고 왜 아직 있었어?"

윤태는 입가에 미소를 지으면서 물었다. 다른 사람과 있을 때와는 확연하게 다른 표정이었다. 다른 때는 가면을 쓴 것처럼 무표정했다면, 지금은 그 또래의 평범한 청년처럼 보였다.

"그냥요. 저 오빠 어디서 본 것 같아서."

"그래? 율희가 저 똑똑한 오빠를 어디서 봤을까?"

"몰라요. 그런데 그냥 어디서 본 것 같아요."

율희는 혁민이 뛰어가는 모습을 계속해서 쳐다보았다. 그리고 강윤태는 그런 율희를 웃으면서 지켜보았고. 그러다 혁민의 뒷모습을 쳐다보면서 살짝 고개를 갸웃거렸다. 하지만 혁민의 모습은 곧 그들의 시야에서 사려졌고, 윤태는 율희와 눈을 마주하고는 얘기했다.

"오빠는 가봐야 하니까 다음에 보자. 알았지?"

"네."

율희는 조막만 한 손을 흔들었고, 윤태는 환하게 웃으면서 손을 마주 흔들었다. 그리고 뒤돌아서 근처에 있는 집으로 걸어갔다.

집이 가까워지면 질수록 윤태의 표정은 점점 무표정해졌다.

어렸을 적 어머니가 교통사고로 죽은 후, 아버지의 손을 잡고 오게 된 집으로. 집에 처음 왔을 때, 배다른 형과 누나들이 반갑다고 웃으면서 반겨주었다. 하지만 그들의 입은 웃고 있었지만, 눈은 한없이 차가웠다.

그날 이후로 윤태는 지금과 같은 표정이 되었다. 그는 가면을 쓴 것 같은 얼굴을 하고는 계속해서 걸어갔다.

한편, 혁민은 경찰서에 들러 김 형사를 찾았다. 김 형사는 혁민을 보더니 의아하다는 표정을 지었다.

"아니 법대생 청년이 여기는 어쩐 일로 왔어?"

"저기 형사님."

혁민은 조용한 곳으로 움직이면서 그에게 이야기했다.

"제가 좀 이상한 걸 봐서요. 아무래도 얘기를 드려야 할 것 같아서……"

"이상한 거? 뭔데?"

김 형사는 약간 귀찮다는 표정으로 말했다. 바빠 죽겠는데 공연히 사람을 찾아와서 왜 시간을 빼앗느냐는 투로. 하지만 혁민은 자신의 이야기를 들으면 완전히 달라질 것이라는 걸 확신하고 있었다.

"제가 조금 전에 본 건데요."

혁민은 주택가를 지나가다가 어떤 사람이 앉아 있는 걸 보았다고 말했다. 그때까지만 해도 김 형사의 표정은 심드렁했다. 그런데 그다음 말이 나오자 갑자기 눈빛을 번쩍였다.

"좀 이상한 행동을 하고 있더라고요. 손을 바닥에 계속 문지르고 있더라니까요."

"손을 문질러?"

"예. 콘크리트 바닥에 문지르고 있더라고요. 처음에는 그냥 그런가 보다 했는데 양손을 번갈아가면서 그래서 이상하다고 생각했죠."

혁민은 모르는 척 이야기를 했지만, 사실 전에 변호사 생활을 하다가 들은 이야기였다. 사건 해결을 하는데 가장 큰 단서는 뭐니뭐니해도 지문이다. 지금보다 상당한 시간이 흐른 뒤에도 그랬으니 1998년에는 훨씬 더했을 것이다.

그래서 범죄자 중에는 지문을 없애려고 틈만 나면 손을 문지르는 사람이 있다는 거였다. 거의 습관적으로. 혁민도 실제로 보지는 못했는데, 오늘 이곳에 오다가 보니까 그런 사람이 우연히 눈에 띄었다.

"양손을? 그거 지문 가는 거 같은데. 혹시 어떻게 생겼는지 봤어?"

김 형사는 곧바로 수첩을 꺼냈다.

그런 짓을 하는 놈이라는 건 범죄자라는 소리였고, 최근 이 부근에서 일어난 사건과 연관이 있을 가능성이 컸다.

그는 볼펜을 꺼내 침을 묻히고는 기대가 가득한 시선으로 혁민을 바라보았다.

"이십 대 중후반 정도? 얼굴이 좀 긴 편인데……."

혁민은 상당히 자세하게 설명했다. 그 사람을 워낙 유심히 살펴본 터라 그런 거였는데, 설명을 적던 김 형사가 놀랄 정도였다.

"가만. 이 새끼, 이거 저기 똥파리 새끼 같은데?"

김 형사는 설명을 듣더니 누군가가 생각난 모양이었다.

"그런데 기억력이 무지하게 좋네? 하기야 법대 갈라믄 머리가 좋긴 해야겠지."

"그 사람이 뭐 이상한 사람인가요?"

"아, 그게… 이걸 뭐라고 설명을 해야 하나……."

김 형사는 껄껄 웃으면서 혁민에게 자세하게 이야기해 주었다.

사실은 다 알면서도 혁민은 흥미진진하다는 듯한 표정을 지으며 그의 이야기를 들었다.

지문을 없애려고 습관적으로 손을 문지른다는 얘기. 지문은 없애도 다시 나와서 한번 그런 녀석들은 계속 그런다는 얘기. 그리고 똥파리라는 녀석이 벽이나 관을 타고 올라가서 집을 터는 놈이라는 얘기도.

"아, 그렇구나. 그러면 요즘 도난 사건도 그 사람이?"

"그거야 조사해 보면 알겠지. 아이고, 암튼 정말 고마워. 잘하면 학생 덕분에 골칫거리 하나 해결할 수 있겠어."

김 형사는 해결할 사건은 많고 일손은 부족하다는 얘기를 시작으로 푸념을 늘어놓았다. 그는 고맙다면서 자판기에서 커피를 뽑아 주었는데, 그 덕에 둘은 자연스럽게 커피를 마시면서 이야기를 하게 되었다.

혁민은 이런저런 이야기를 하다가 슬쩍 화제를 돌렸다.

"경찰서에 사람이 굉장히 많네요."

좋은 단서를 제공해서 그런지는 몰라도 김 형사는 신이 나서 말을 했다. 경찰서에 관한 이야기도 시시콜콜 해주었는데, 혁민이 이런 이야기를 묻는 데는 다 이유가 있었다.

만약 아까 고집을 부려서 경찰서에 와서 항의했으면 어떻게 되었을까? 아마도 조 형사는 약한 징계를 받았을 것이다. 심각할 정도로 문제를 일으킨 건 아니었고, 더군다나 지금은 1998년이었으니까.

그리고 기본적으로 어떤 조직이든 식구는 감싸는 습성이 있다. 그렇다는 건 혁민은 경찰서 사람들에게 좋지 않은 이미지로 찍힌다는 게 된다. 물론 혁민이 사는 지역의 관할 서도 아니니 큰 문제가 되는 건 아니다.

하지만 사람 일이라는 건 어찌 될지 모르는 것이고, 척을 지기보다는 자신의 편으로 만들어두는 것이 좋은 법이다.

'아까 사과도 받아들이고, 이렇게 괜찮은 정보까지 주었으

니 빚을 단단히 만든 셈이지.'

이런 관계를 만들어두면 나중에 어떤 일이 있을 때, 분명히 도움이 될 것이다. 그리고 경찰서 내부의 상황을 파악하려는 데는 다른 이유도 있었다.

조 형사를 가만히 두지는 않을 생각인데, 그건 상당히 조심해야 한다. 그래서 어떤 식으로 움직여야 좋을지를 알기 위해서 내부 사정을 물어보는 거였다. 그리고 이야기를 듣다가 방법을 찾을 수 있었다.

"우리야 강력계 출신 서장님이 있는 편이 좋지. 아무래도 서장님 스타일 따라서 분위기가 좀 다르거든."

당연한 일이다. 우두머리의 성향에 따라서 조직 전체가 영향을 받는다. 형사 출신 서장은 사건 수사 쪽에 아무래도 신경을 많이 쓴다. 그들의 입장도 누구보다 잘 이해하고. 그러니 형사 출신 서장이 있는 경우 형사들의 어지간한 허물 같은 건 덮어줄 가능성이 높았다.

"지금 서장님은 어디 출신이신데요?"

"하이고, 감찰 출신이야. 아주 골치 아파요."

김 형사는 고개를 절레절레 저었다. 그런데 조금 켕기는지 말을 하고는 주변을 슬쩍 둘러보았다. 그는 사람이 없는 걸 확인하고는 혁민에게 신신당부했다.

"지금 들은 건 절대 다른 사람한테는 얘기하지 말라고. 알았지?"

"그럼요. 제가 뭐 어디 가서 이런 얘기를 하겠어요."

감사관 출신. 혁민에게 아주 좋은 일이었다. 감사관은 말 그대로 경찰을 감찰하는 사람이다. 사실 경찰 내에서 감사관은 인기가 없다. 쉬운 말로 자신들의 비리를 캐고 다니는 사람인데 좋아할 사람이 누가 있겠는가.

감사관 출신이 다른 부서로 가면 같이 얘기도 하지 않을 정도였다. 그리고 이런 사람이 서장일 경우 지휘하는 스타일이 좀 다르다.

'당연히 감사를 받을 때 문제가 될 만한 걸 싫어하지.'

자신이 그런 일을 해보았으니 너무나도 잘 아는 것이다. 그러니 그런 꼬투리를 잡히는 걸 아주 싫어한다.

혁민은 어떻게든 방법을 찾으려고 했는데, 생각보다 손쉽게 해결이 될 듯했다.

투서 정도면 될 듯했다. 당장 조 형사가 징계를 받지는 않겠지만, 서장은 조 형사를 유심히 살필 것이다. 골칫덩이로 생각하고. 그러니 돈을 챙길 수 있는 부서로 이동하는 것도 어려워질 테고, 진급도 쉽지 않을 것이다.

만약 정의감에 불타는 사람이었다면 무조건 경찰서까지 와서 난리를 피웠을 것이다. 그리고 예전의 혁민 같았으면 사과만 받고 그냥 넘어갔을 테고. 하지만 이제는 아니다.

'챙길 건 챙기고 갚아줄 건 갚아주는 거지.'

혁민은 상쾌한 기분으로 경찰서를 나섰다. 따스한 봄볕과 겨울을 뚫고 나오는 푸른 향기를 맡으면서. 그렇게 웃으면서 걸어가던 혁민이 갑자기 딱 멈추었다.

"그건 그런데 이거 강윤태라는 사람 은근히 신경 쓰이네?"

생각해 보니 기분이 아주 묘했다. 뭐라고 설명하기는 어려웠다. 이걸 아내가 다른 남자와 만나는 거라고 해야 할지, 아니면 뭐라고 해야 할지 도무지 알 수 없었다.

이런 건 이 세상 누구도 이해할 수 없는 감정일 것이다. 혁민은 생각하면 할수록 머리가 복잡했다. 율희는 아직 어린아이고 자신과는 일면식도 없는 사이. 그런데 자신은 그녀와 결혼을 하겠다고 하고 있고.

"아, 뭐가 이렇게 복잡하냐."

그때 거센 바람이 불어서 혁민의 머리카락을 이리저리 흔들고 지나갔었는데, 그의 머릿속은 바람에 헝클어진 머리카락보다 더 복잡하게 꼬여 있었다.

"그래, 단순하게 생각하자. 단순하게!"

혁민은 헝클어진 머리를 정리하고는 다시 걸음을 옮겼다. 일단은 성공부터 하리라 생각하면서. 그러면 자연스럽게 모든 일이 해결되리라 생각했다.

혁민은 따사로운 봄볕을 받으면서 걸어갔다. 그가 가는 길에는 파릇파릇한 새싹이 돋아나는 나무가 줄지어 서 있었다.

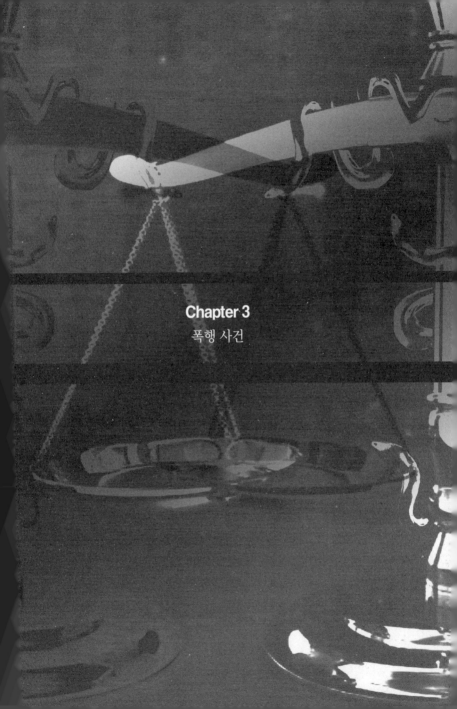

Chapter 3
폭행 사건

"왜애?"

슬기는 의아하다는 표정으로 물었다. 혁민이 사법시험 준비반에 들어가지 않겠다고 했기 때문이었다. 혁민은 군대에 가지 않고 사법시험을 볼 거라고 했었는데, 그런 말을 하니 이상했던 것이다.

"일단은 나 혼자 준비하려고."

혁민은 슬기와 함께 캠퍼스를 걸어가면서 대답했다. 5월이 코앞으로 다가온 시점이라 캠퍼스의 녹음은 더욱 짙어졌고, 학생들의 옷은 점점 짧아지고 있었다. 슬기는 방금 둘 사이를 스쳐 지나간 여학생의 미니스커트와 자신의 청바지를 슬쩍 쳐다보다가 다시 질문을 던졌다.

"그러면 여름방학 때 시험 안 볼 거야?"

"그럴 거야. 이거저거 할 일도 있고."

제현대학교에도 사법시험 준비반이 있었다. 학교에서도 상당히 신경을 쓰는 곳이었다. 아무래도 사법시험 합격자가 많이 나오면 학교 위상에도 큰 도움이 되니까. 그래서 시설도 나쁘지 않았고, 지원도 괜찮았다.

그러다 보니 그곳에 들어가려는 사람은 항상 넘쳤다. 시험을 보아서 성적순으로 들어갔는데, 경쟁이 제법 치열했다. 학교의 기대에 비해서 합격자 수는 많지 않았지만. 돌아가는 상황이 그렇다는 건 누구보다 혁민이 잘 알고 있었다. 이미 경험을 해봤으니까.

"그래? 나는 바로 들어간다는 애들 있어서 생각 중인데."

전에도 슬기는 사법시험 준비반에 들어갔었다. 군대에 가지 않고 바로 도전하려는 남학생 몇 명과 함께. 하지만 남자 신입생 대부분은 군대에 갔다 와서 준비하겠다는 분위기였다.

합격자 수가 많지 않다는 것. 그건 자신이 합격할 확률도 그만큼 낮다는 뜻이다. 실제로 한 명의 합격자도 내지 못한 연도도 있을 정도였으니까. 그러다 보니 군대에 가지 않고 합격을 노리는 것은 너무 모험이었다.

'솔직하게 분위기가 그렇게 좋지만은 않았지.'

1학년 때야 어땠는지 모르지만, 적어도 혁민이 있었을 때는 그랬다. 희망과 열정이 가득한 곳이라고 하기보다는 불안하고 힘겨워하는 게 느껴지는 그런 곳이었다. 그래서 이번 생에서는 굳이 거기에 들어갈 필요가 없다고 생각했다.

오히려 혼자서 집중하기 좋은 곳에서 준비하는 편이 훨씬 효율적이라고 혁민은 판단했다. 게다가 거기에는 꼴 보기 싫은 사람이 있었다. 정말 마주치기도 싫은 인간. 바로 2년 선배인 진윤상이었다.

'아오, 진짜 예전에 그 인간한테 학을 뗀 걸 생각하면…….'

정말 상상만 해도 진저리가 쳐졌다. 남 무시하고 잘난 척은 있는 대로 해대는 인간이었는데, 자기가 필요한 건 어떻게든 얻어냈다. 예전에도 혁민의 자료나 노트 같은 걸 수시로 가져 갔다. 선배라는 권위를 내세워서.

지금 생각해 보면 그렇게 해도 혁민이 아무 소리 못 한다는 걸 알고 그런 거였다. 지금 그랬다가는 한바탕하겠지만 말이다.

그런데 더 짜증 나는 건 그런 사람이 사법시험에 붙었다는 거였다. 서른이 좀 넘어서 끄트머리로 겨우 합격한 것이긴 하지만, 그래도 합격은 합격이다. 그러고는 얼마나 거들먹거리 던지. 혁민은 그 인간이 보기 싫어서라도 거기에 들어가기 싫었다.

"선배님! 안녕하세요."

슬기가 과 선배를 발견하고는 방긋 웃으면서 인사를 했다. 신입생 여자 후배의 싱그러운 인사를 받은 남자 선배는 마냥 좋다는 표정이었다. 혁민도 살짝 고개를 숙이고는 강의실을 향해 걸어가는데 슬기가 옆구리를 툭 치더니 이야기를 했다.

"너 인사 좀 잘해. 선배들이 뭐라고 한대."

"응? 선배들이?"

"그래, 너 좀 건방지다고 소문났대."

슬기는 코를 살짝 찡그리면서 말했다. 그녀의 이야기를 듣고 보니 자신이 인사를 대충 한 것 같기는 했다. 사실 인사하는 게 별거는 아니지만, 아직 예전 기억이 남아 있어서인지 고개를 숙이는 게 좀 어색하게 느껴졌다.

고등학교 다닐 때는 문제가 없었다. 다 또래였고, 바로 3학년에 올라가서 선배가 없었으니까. 그리고 선생님에게 인사하는 거야 아무런 거부감이 없었다. 하지만 대학교 선배는 좀 그랬다. 그나마 얼굴을 아는 선배는 좀 덜했는데, 잘 모르는 선배는 그냥 애처럼 보였다.

그리고 사실 갓 고등학교를 졸업하고 온 애들한테야 선배들이 엄청난 어른처럼 보이겠지만, 혁민이야 어디 그런가. 마흔 살이 넘은 남자의 눈에는 스물이나 스물서넛이나 거기서 거기였다. 그래서 선배를 보고도 그냥 지나간 적이 꽤 있었을 것 같았다.

"신경 좀 써야겠네. 공연히 찍힐 필요는 없으니까."

혁민은 조용히 읊조리듯 이야기했다.

"그리고 너 모임에도 좀 나오고 그래. 술자리도 다 빠지고. 그리고 학회는 안 할 거야? 동아리나?"

학회. 동아리. 참 낭만적인 단어라는 생각이 들었다. 그런 대학 생활의 낭만을 조금 즐겨도 나쁘지 않을 것 같긴 했지만,

그래도 사법시험에 합격하는 게 가장 급선무였다. 그런 생각을 하는 사이에도 슬기는 옆에서 계속해서 좋알거렸다.

혁민은 그녀를 잠시 쳐다보다가 말했다.

"너, 나 좋아하냐?"

"뭐… 뭐? 갑자기 그게 무슨 말이야?"

슬기가 화들짝 놀라면서 화를 내듯 말했다. 커다래진 눈, 발그레해진 뺨. 그녀는 살짝 움츠린 채로 어쩔 줄을 몰라 하고 있었다. 그런 모습을 보니 혁민도 가슴이 조금 진탕된다는 걸 느꼈다.

요염하고 도발적인 여자에게도 끌리겠지만, 이렇게 순수하고 귀여운 모습도 남자의 마음을 흔들기에 충분했다. 혁민은 일부러 무심한 척하면서 말을 툭 던졌다.

"나한테 관심 있어 하는 것 같아서."

"아냐, 그게 아니라 그러니까… 나라 사랑 동기 사랑 몰라? 그냥 동기니까 챙기는 거라고."

슬기는 약간 화난 것 같은 목소리로 소리 질렀다. 절대로 그런 게 아니라는 듯이. 신입생 애들이야 그런 말을 믿을지 몰라도 혁민에게야 통할 리가 있겠는가. 뻔히 보였다. 이렇게 티를 내는데 어떻게 모를 수가 있겠는가.

'정말 애기구나. 그리고 순진하고.'

혁민은 그런 슬기를 보고 있으니 마냥 흐뭇했다. 알 수 없는 미소를 지은 채 가만히 이야기를 듣고 있자 슬기는 뾰로통한 표정을 지으면서 홱 토라졌다.

"흥, 나 먼저 갈 거야."

그녀는 그 말을 남긴 채 긴 생머리를 찰랑거리면서 뛰어가 버렸다. 얼른 따라가서 그녀를 잡을까 생각해 보았지만, 그러지 않았다. 그러면 오히려 더 가까워질 것 같아서였다. 혁민은 그녀와 적당한 거리를 두려고 마음먹은 상태였다.

"슬기는 내가 생각한 사람 목록에는 없었는데."

혁민은 목록을 만든 적이 있었다. 자신에게 도움이 될 만한 사람의 목록과 자신이 믿을 수 있는 사람의 목록을. 슬기의 이름은 거기에는 없었다.

사실 혁민이 모교에 오면서 중요하게 생각한 사람은 단 한 명이었다. 예전에 자신의 변호사 사무실에서 사무장을 했던 오성만 선배. 오성만은 혁민보다 2년 선배였는데, 한마디로 의리의 사나이였다.

변호사 사무실을 하면서 어렵고 힘든 적도 많았지만, 끝까지 혁민을 믿고 버텨준 사람이 바로 그였다. 그런 의리나 의협심이 너무 강해서 문제가 될 때도 있었지만, 항상 고맙다는 생각을 하고 있었다.

'그래. 성만이 형이라면 믿을 수 있지.'

혁민은 더러운 꼴을 겪고 나서 사람들을 믿지 않겠다고 다짐했다. 하지만 모든 일에는 예외가 있는 법. 적어도 세 명만큼은 믿을 수 있다고 생각했다. 한 명은 아내였던 율희, 다른 한 명은 절친인 신용찬. 그리고 나머지 한 사람이 바로 오성만이었다.

"그건 그렇고 계획을 좀 수정해야겠는데?"

혁민은 잠시 벤치에 앉아 강의실이 있는 건물을 보면서 중얼거렸다. 수업이 시작하려면 아직 시간이 십 분 넘게 남았으니 생각할 시간은 충분했다.

혁민은 털썩 앉고서 얼마 전 일을 떠올렸다. 심한 정신적 충격을 받았던 일을.

혁민은 당연히 모든 것이 자신이 알고 있는 것과 똑같이 흘러가리라 생각했다. 그리고 지금까지는 그 생각대로 특별히 바뀐 게 없었다. IMF도 그대로였고, 집이 점점 어려워지고 있는 것도 똑같았다.

그런데 사법시험이 바뀐다는 소식을 듣게 되었다. 그 소식을 듣고는 혁민은 깜짝 놀랐다. 당연히 예전과 똑같은 역사가 진행되리라 생각하고 있었는데, 변화가 생겼으니까.

주요 골자는 사법시험에 응시하려면 법학 과목을 35학점 이상 이수해야 한다는 것. 그리고 영어 시험의 경우 전문 시험 기관의 시험 성적으로 대체한다는 거였다.

'분명히 영어 시험 대체는 2004년이었고, 법학 과목 이수는 2006년이었는데.'

자신의 기억이 틀릴 리가 없다. 다른 건 몰라도 사법시험과 관련된 내용은 하나도 빼먹지 않고 기억하고 있으니까. 그런데 갑자기 두 가지가 모두 시기가 당겨졌다.

'내가 과거로 돌아와서 변화가 생긴 건가?'

영어야 어차피 봐야 하는 거였으니까 큰 문제가 아니었지만, 법학 과목을 35학점 이상 이수해야 한다는 건 조금 문제가 되었다.

사실 혁민은 2학년 때 사법시험에 합격하는 걸 목표로 하고 있었다. 그리고 사법연수원에 가기 전까지 2년 동안은 다른 준비를 하려고 생각하고 있었는데, 갑자기 일정이 틀어지게 생겼다.

2학기에 모든 과목을 법학 과목으로 들어도 사법시험 응시 기준인 35학점에는 미치지 못했다. 누가 1학년 1학기부터 전공과목을 가득 넣겠는가. 당연히 교양과목이 대부분이었다.

"어쩔 수 없지."

어차피 돌이킬 수 없는 일이다. 혁민은 새로 살아가면서 결심한 게 있었다. 한 일은 후회하지 말고, 후회할 일은 하지 말자. 그가 세운 인생의 좌우명이었다. 예전처럼 후회 가득한 삶은 살아가지 않으리라는 뜻으로 정한 거였다.

혁민은 주변에 사람들이 적어진 것을 보고는 시간을 확인했다. 삐삐를 보니 이제 곧 수업이 시작될 시간이었다. 그는 일단 머리에 있던 복잡한 생각들을 모두 떨쳐 버리고 강의실을 향해 걸어갔다.

*   *   *

"내 친구가 너하고 나 씨씨냐고 그러던데?"

슬기가 기대감이 가득한 눈으로 혁민을 쳐다보았다. 마치 캠퍼스 커플이나 마찬가지라는 대답을 어서 하라는 듯한 표정이었다. 혁민이 그렇게 말하면, '어후, 얘는 씨씨는 무슨' 그러면서 슬쩍 눈을 흘길 태세였다.

혁민은 웃기기도 하고 사실 기분이 좋기도 했다. 이렇게 상큼한 미녀가 자신에게 계속해서 좋아한다는 신호를 보내니 은근히 마음이 설레었다. 하지만 혁민은 슬기의 기대를 저버리는 대답을 했다.

"씨씨? 슬기, 너는 우리가 어떤 사이 같은데?"

대답을 하지 않고 갑자기 되물어오자 슬기는 당황해서 허둥거렸다. 혁민은 그런 모습도 너무 귀엽게 느껴졌다.

"나? 글쎄……."

그녀는 말끝을 흐렸다. 씨씨가 아니라고 하기는 싫었는데, 그렇다고 씨씨라고 하기에는 창피했으니까. 슬기는 자꾸만 짜증이 났다. 자기 좋다고 하는 남자애들 다 버려두고 혁민에게 계속 어필했는데, 아무런 반응이 없어서였다.

"몰라!"

그녀는 대답 대신 토라진 표정으로 걸어갔다. 혁민은 그런 슬기를 보면서 재미있기도 했지만, 한편으로는 고민이 되기도 했다.

사실 대학교에 오기 전까지만 해도 이런 고민을 할 줄은 몰랐다. 오로지 빨리 성공해서 율희와 행복하게 살겠다는 생각만 했으니까. 남자들, 그것도 자신보다 정신연령이 한참 낮은 애들만 우글거리는 공간에 있다 보니 다른 생각은 들지도 않왔다.

그런데 이게 대학교에 오니 상황이 완전히 달라졌다. 파릇파릇한 젊음의 향기에 자신도 모르게 취하게 되었다. 솔직히 말해서 젊고 예쁜 여자 싫다고 하는 남자 있던가. 슬기와 같은 미녀가 자꾸 대시를 해오니 마음이 흔들릴 수밖에 없었다.

'하아~ 율희는 아직 초딩이고, 나 좋다는 미녀는 자꾸 들이대고.'

예전 같았으면 얼씨구나 했을 것이다. 그런데 지금은 굉장히 묘한 상황이었다. 결혼을 한 것도 아니고, 안 한 것도 아니고. 도덕적으로도 문제가 되는 것 같기도 하고, 아닌 것 같기도 하고. 갈피를 잡을 수 없었다.

사실 지금 슬기와 연애를 한다고 해서 문제가 되는 건 아니다. 연애했다고 꼭 결혼해야 하는 것도 아니고, 율희와는 아직은 아무런 관계도 아니었으니까. 다만 마음이 좀 불편하다는 게 문제였다.

그런 마음을 가지고 있으면서 슬기와 연애를 할 수는 없었다. 그건 그녀에게 못할 짓을 하는 거라고 생각되었다. 그래서 아직은 적당한 선을 두고 거리를 유지하고 있었다.

그런데 슬기가 만약 이러다가 자신의 곁을 떠나서 다른 남자와 사귄다고 한다면 좀 섭섭할 것 같았다. 아쉬울 것 같기도 했고. 정말 웃기는 일 아닌가.

"그러고 보면 나도 아예 마음이 없는 건 아닌가?"

만약 전혀 마음이 없다면 그런 기분도 들지 않을 것이다. 혁민은 한숨을 푹 내쉬었다. 모든 게 잘 풀릴 줄 알았는데, 다시 살아도 역시나 사는 건 쉽지 않은 일이었다.

경험이 아무리 많고 어마어마한 지식을 가지고 있어도, 삶이라는 걸 완벽하게 할 수는 없는 것 같았다.

"최선을 다하는 게 전부겠지. 뭐, 그걸로 충분한 걸지도……."

혁민은 토라진 채 걸어가는 슬기를 따라가면서 캠퍼스 안을 둘러보았다. 많은 학생이 바쁘게, 혹은 아주 여유롭게 자신의 시간 속을 살아가고 있었다. 아직은 설익은 것 같지만 생기가 넘치는 그런 모습으로.

아마도 지금 보이는 사람 중에는 자신이 가장 경험이 많을 것이다. 하지만 그것이 사실 그렇게까지 대단한 것이 아닐지도 모른다는 생각이 들었다. 한 가지를 얻게 되면 한 가지는 잃는 법.

동기들이 마냥 애들처럼 느껴졌지만, 사실은 그들이 부러울 때도 있었다. 그들이 지금 느끼고 있는 그런 감정을 자신은 느끼지 못하고 있었으니까. 순수하게 설레고 호기심을 느끼고 가슴이 뛰는 그런 느낌.

'경험이 많다는 게 반드시 좋은 것만은 아닐 수도…….'

혁민은 발걸음에 속도를 더했고, 이내 슬기를 따라잡았다. 그리고 곧바로 웃고 떠들게 되었다. 살짝 토라진 것처럼 보였던 슬기였지만, 사실은 혁민이 따라오는지 은근히 신경을 쓰고 있었으니까. 그래서 혁민이 다가와서 말을 걸어주었을 때 웃으면서 이야기를 받아주었다.

그런데 혁민이 갑자기 어딘가에 시선이 고정된 채 걸음을 멈추었다. 그리고 들릴 듯 말 듯한 목소리로 중얼거렸다. 슬기는 혁민이 걸음을 멈춘 줄도 모르고 걸어가고 있었고.

"성만이 형."

혁민이 오성만의 소식을 들은 건 얼마 전이었다. 오성만은 따로 사법시험을 준비하고 있었다. 원래는 그도 사법시험 준비반에 들어가 있었는데, 진윤상과 크게 다투고 난 후에 거길 나와 버렸다고 했다. 게다가 아예 휴학까지 한 터라 학교에서 볼 수가 없었던 거였다.

그러다가 사법시험 합격자 발표가 나자 다시 학교에 나온 거였다. 그는 96학번 동기로 보이는 사람들과 같이 있었는데 1차 합격자 명단에 자신의 이름이 없었다고 말하고는 호탕하게 웃었다.

"으허허허, 내년을 노려야지 뭐. 사시가 그렇게 쉽게 되겠냐!"

워낙 목소리가 우렁차서 제법 거리가 있었는데도 성만의 목소리가 들렸다. 다른 사람들의 목소리는 잘 들리지 않는 것으로 보아 그의 목소리가 큰 것이 확실했다.

혁민의 얼굴에는 저절로 그리움과 반가움이 드리웠다.

슬기가 이상하다는 듯 혁민을 쳐다보면서 물었다.

"왜? 아는 사람이야?"

"어, 조금."

조금일 리가 있겠는가. 십 년 넘게 같은 사무실에서 일했는데. 혁민은 대답하고는 성만을 향해 뚜벅뚜벅 걸어갔고, 슬기는 눈을 동그랗게 뜨고는 그의 뒤를 따랐다.

"안녕하세요?"

"안녕하세요, 선배님."

혁민은 성만이 포함된 일행에게 인사를 했고, 뒤따라온 슬기도 거의 같이 말을 맞추었다.

"슬기구나. 야, 성만이 너는 모르지? 우리 과 신입생이야."

역시나 슬기는 유명인이었다. 1학년 중에서 단연 돋보이는 미모의 소유자였으니까. 혁민은 슬기와 같이 있는 그냥 1학년으로 소개되었다.

"니들도 오늘 시간 되면 이따 와라. 성만이 복귀 기념으로 한잔할 거거든."

혁민은 티는 내지 않았지만, 속으로는 욕을 하면서 비웃었다. 너희라고 이야기는 했지만, 슬기가 오기를 바라고 이야기하는 게 뻔히 보였으니까. 정확하게는 슬기만 오기를 바라고 있을 것이다. 남자 후배야 어디 안중에나 있겠는가.

'이거 슬기를 자꾸 힐끔거리니까 기분이 좀 그런데?'

남자 선배들은 죄다 슬기에게 시선이 가 있었다. 적절하지 않은 비유이기는 한데, 마치 내 여자를 탐내는 늑대들을 보는 느낌이랄까. 그런 기분이 들었다.

'가깝게 지내지 않으려고 했는데, 막상 이런 상황이 되니까 기분 참 묘하네. 그리고 이 양반들아, 슬기 그렇게 쉬운 여자 아니거든?

전에도 수많은 선배가 대쉬했다가 퇴짜를 맞았다. 하지만 그런 의도 덕분에 자연스럽게 성만과 이야기할 기회를 얻게 되었으니 꼭 나쁜 것만은 아니었다.

"꼭 참석할게요."

"예, 저도요."

혁민이 참석한다고 하니 슬기도 재빨리 자신도 가겠다고 했다. 슬기의 대답에 선배들은 환호성이라도 터뜨릴 것 같은 표정이 되었다. 둘이 성만 일행과 헤어지고 난 후 슬기는 혁민을 툭툭 치면서 물었다.

"니가 웬일이니? 술자리에 먼저 가겠다고 하고?"

"그냥. 가끔은 한잔하는 것도 좋잖아. 선배하고 친해지면 좋은 것도 있을 거고."

슬기는 눈을 게슴츠레 뜨고는 혁민을 보았다. 자신이 모르는 무언가가 있는 것 같아서였다. 하지만 어떤 사정이 있어서 혁민이 그런 것인지 슬기는 영원히 모를 것이다.

'그것보다 선배들이 고생 좀 할지도 모르겠는데?'

선배들은 아직 모를 것이다. 슬기가 동기들 사이에서 왜 '술기'라고 불리는지를. 어지간한 남자들보다 훨씬 술을 잘 마시는 그녀였다.

'뭐, 오늘부터 알게 되겠지.'

*　　　*　　　*

"98년에 무슨 일이 있었다고 했던 것 같은데……."

혁민은 성만의 술자리에 참석하기 위해서 약속 장소로 가면서 기억을 더듬었다. 분명히 예전에 술을 먹으면서 들은 기억이 있었다. 98년에 좋지 않은 일이 있었다고 종종 이야기했고, 그 이야기만 나오면 항상 이런저런 푸념을 했다.

그리고 그 말을 한 후에는 꼭 사시에 붙고 싶었다는 하소연을 했다는 게 기억났다. 혁민이 몇 차례 물어보았지만, 무슨 일이 있었는지는 말해주지 않았었다.

"가만있어 보자. 그런데 역사가 조금 바뀌었으니까 98년에 무슨 일을 당하지 않을 수도 있는 거 아닌가?"

절친인 용찬보다도 더 믿을 수 있는 게 오성만이었다. 긴 시간 동안 같이 일하면서 어떤 사람인지 겪어보았으니까. 그래서 오성만과는 지금부터 친분을 쌓으려는 거였다. 전적으로 신뢰할 수 있는 사람을 만난다는 건 정말 쉽지 않은 일이었으니까.

"혁민아! 여기야!"

다른 수업을 들어서 약속 장소 앞에서 만나기로 했는데, 마침 슬기도 바로 고깃집 앞에 도착해 있었다. 우연인지 아니면 슬기가 기다리고 있었던 것인지는 모르겠지만.

가게 앞에 도착하니 지글거리는 소리와 삼겹살이 익어가는 냄새가 진동했다.

아직 해가 떨어지지 않았지만, 학생으로 보이는 사람들이 제법 있었다. 선배들은 먼저 와 있었는데, 신입생이 들어오자 손뼉을 치면서 즐거워했다.

"자, 자. 여기 앉아. 너도 이리 오고."

남자 선배 한 명이 일어나서는 자연스럽게 슬기를 자신과 성만의 사이에 앉혔다. 그리고 혁민은 조금 떨어진 곳에 자리를 마련해 주었고.

분위기는 무척이나 흥겨웠다. 성만이 워낙 유쾌한 사람이기도 했고, 다들 사법시험에 떨어졌다는 공통점을 가지고 있어서인 것도 있었다.

"야! 야! 서른 넘어서 합격하는 사람도 쌔고 쌨어. 그러니까 기죽지 말자고."

"그으래, 맞는 말이지. 자 건배, 건배."

슬기는 선배들과 이야기를 하면서 잘 어울렸다. 혁민도 오래간만에 이런 분위기를 맛보는 거라서 즐겁게 대화를 나누었다. 그런데 다른 건 다 좋은데 한 가지 참기 어려운 게 있었다. 바로 담배였다.

2022년에는 흡연 구역이 따로 지정되어 있었다. 술집에서도 담배를 피우지 못하는 건 아주 당연한 일이었다. 하지만 1998년에는 그렇지 않았다. 담배를 피우지 않는 혁민으로서는 담배 연기가 아주 고역이었다.

"야, 혁민이라고 그랬지? 너는 담배는 안 피냐?"

"아예 피지 않으려구요."

"그래 인마. 아예 배우지 마라. 이거 한번 맛 들이면 아주 고

생한다, 고생해."

옆에 앉은 선배가 얼굴이 조금 붉어진 채 이야기했다. 그는 담배의 폐해에 관해서 이야기를 늘어놓았는데, 그러면서도 계속해서 담배를 피우고 있었다.

'그렇게 나쁜 걸 알면 피우지를 말든가.'

하지만 곧 선배들은 자기들끼리 이야기를 나누었다. 주로 사법시험이나 전공 관련 이야기를 나누었는데, 혁민은 조언을 해주고 싶어서 입이 근질거렸다. 하지만 그럴 수는 없는 일. 그냥 입 다물고 가만히 듣기만 했다. 간혹 술잔을 같이 기울이면서.

그렇게 불판 위의 고기도 익어가고 이야기도 무르익어 가고 있었는데, 혁민의 눈에 성만이 자리에서 일어나는 게 보였다.

"야, 나 담배 좀 사 가지고 올게."

그는 몸을 일으키고는 휘적휘적 밖으로 나갔다. 혁민은 바람도 쐴 겸해서 양해를 구하고는 그의 뒤를 따라 나갔다. 이야기라도 해볼까 싶어서였다. 앉은 자리가 멀어서 지금까지 한마디도 대화를 나누지 못해서 무척 아쉬웠기 때문이었다.

하지만 혁민이 밖으로 나왔을 때 성만의 모습은 이미 멀리 있었다. 근처에 있는 슈퍼마켓으로 향하는 그의 뒷모습을 보면서 혁민은 크게 심호흡을 했다.

"아, 좀 살겠네. 무슨 담배들을 저렇게……."

담배 연기가 자욱한 곳에 계속 있었더니 목이 컬컬했는데, 맑은 공기를 들이마시니 헐떡이던 허파꽈리가 살아나는 느낌이었다. 신선한 공기가 가슴으로 들어오니 머리도 맑아지는 느낌이 들었고.

"뭐, 들어가기 전에 잠깐 얘기하면 되겠지."

성만을 처음 알게 된 건 군대에 다녀온 후였다. 그리고 계속 같이 공부하다가 나중에는 변호사와 사무장이라는 사이가 되었다. 공식적으로야 그런 관계였지만, 거의 형제나 다름없는 사이였다.

혁민은 예전 생각이 났다. 성만과 있으니 자꾸만 예전 생각이 떠오르는 듯했다. 늦은 나이에 변호사가 되어서 무척 고생했던 기억이.

혁민은 판사가 되고자 했었다. 사실 사법연수원에 있는 사람 중에서 다수가 판사가 되기를 희망한다. 이런저런 이유로 다른 길을 택하는 사람도 있지만, 될 수만 있다면 판사가 되고 싶어 하는 게 현실이다.

법정에서 판사의 위치와 위상은 절대적이다. 자신의 손으로 직접 판결을 하는 일. 법을 공부하는 사람으로서 그것보다 더한 매력이 어디 있단 말인가. 그래서 판사 임용은 성적순으로 이루어진다. 사법연수원 성적이 우수해야 판사가 될 수 있다는 말이다.

'그래서 나는 판사가 될 수 없었지.'

판사 정원이 100명이라면 사법연수원 성적 1등부터 100등까지가 판사가 된다는 말이 있을 정도였다. 그 뒤로도 성적대로 검사 혹은 대형 로펌에 들어가게 된다. 거기에 들지 못하는 사람들은 변호사가 되는 것이고.

혁민은 일류 대학 출신도 아니고 사법연수원 성적도 좋지 않은 변호사였다. 게다가 경험도 많지 않은 변호사. 이런 사람에게 누가 일을 맡기고 싶겠는가. 그런 생각을 하니 쓴웃음이 나왔다. 그런데 갑자기 조금 이상하다는 생각이 들었다. 성만이 너무 늦었기 때문이었다.

"뭐야? 담배를 재배하러 갔나."

혁민은 슈퍼마켓 방향으로 걸음을 옮겼다. 그리고 슈퍼마켓에 가까워질수록 무언가 시끄러운 소리가 들렸다.

* * *

"디스 한 갑이요."

성만은 만 원짜리 지폐를 내밀고 담배와 잔돈을 받았다. 모든 것이 오랜만이었다. 학교에 온 것도 그랬고, 술을 마신 것도 그랬다.

"합격하고 왔으면 더 좋았을 테지만."

어차피 이번에 합격하리라고는 생각하지 않았다. 전국에서 1차 시험에 응시한 사람만 만 오천 명이 넘는다. 합격자 수는 천팔백 명 남짓. 얼핏 숫자만 보면 그리 치열한 경쟁이 아닌 것처럼 느껴질 수도 있다.

하지만 사법시험에 응시하는 사람들이 어떤 사람들인가. 우리나라에서 내로라하는 사람들이 바글바글한 곳이다. 그렇게 쟁쟁한 인재들이 모여드니 합격하는 건 정말 어려운 일이다.

하지만 그렇다고 하더라도 떨어진 일이 기분 좋을 리는 없다. 그런데 그의 신경을 더 긁는 일이 있었다. 바로 슈퍼마켓 바로 앞에 있는 놀이터에서 남자 넷이 고성방가를 하고 있었던 것이다.

"야 이 새꺄, 생일 축하한다."

"워~ 워~ 노래해. 노래해."

성만이 눈살을 찌푸린 건 놀이터 안에 아이들을 비롯한 다른 사람들도 있는데 그런다는 거였다. 다른 사람은 안중에도 없이 자기들끼리 난리를 피우고 있었다.

"저게 뭐하는 짓이야? 술집에 가서 떠들 것이지."

그들이 하는 이야기를 들어보니 이번에 성년이 된 친구가 있어서 뭉친 모양이었다. 벌써 1차를 하고 거나하게 취해서 2차를 갈 생각이었는데, 잠깐 술이나 깨고 가자고 해서 놀이터로 온 거였고.

주변 엄마와 아이들, 그리고 다른 사람들이 얼굴을 찡그리면서 하나둘 자리를 떴다.

성만은 그냥 지나치려다 그들 중 한 명이 술에 취한 채 비틀거리다가 애를 밀칠 뻔한 광경을 보고는 폭발했다.

"어이, 거기 조용 좀 합시다. 뭐하는 거요? 애들 놀이터에서."

워낙 목청이 큰 성만이라 주변이 조금 소란스러웠음에도 난동의 주인공들은 모두 그 소리를 들었다.

"뭐야, 저 새끼는?"

"야, 니가 뭔데 이래라 저래란데?"

성만은 그들에게 다가가면서 이야기했다. 이런 식으로 행동하는 건 옳지 않은 것이라는 말을. 물론 다소 흥분한 상태라서 단어 선택은 조금 거칠었다. 동물이나 성기의 명칭이 들어간 욕설이 덧붙여졌음은 물론이고. 그러자 상대방은 재깍 반응을 보였다.

"지랄. 미친 새끼, 지가 뭐라도 되는 줄 아네. 야, 분위기 잡치지 말고 좋은 말로 할 때 그냥 가라, 엉?"

"꼬우면 한번 엉겨보든가."

일행이 넷이고 상대는 혼자이니 그들은 의기양양해서 더 날뛰었다. 성만은 성만대로 자기 할 말을 했고. 그러자 분위기는 점점 험악해져 갔다.

처음에는 그저 가슴을 툭툭 미는 정도였다. 상대가 그렇게 나오자 기분이 상한 성만도 상대의 가슴을 밀었고, 그게 시발점이 되어 싸움이 붙었다.

그리고 혁민이 온 건 그보다 아주 약간의 시간이 지난 뒤, 성만이 넷에게 두들겨 맞고 있던 때였다. 혁민은 반사적으로 품에 손을 넣었다가 자신에게 핸드폰이 없음을 깨달았다. 아직은 핸드폰 없이 삐삐만 쓰고 있었던 것이다.

"뭐해요? 아저씨 경찰에 신고 좀 해주세요. 빨리요."

혁민은 밖에 나와서 구경만 하고 있는 슈퍼마켓 아저씨에게 빨리 신고해 달라고 하고는 놀이터로 달려갔다.

"야, 니들 뭐야?"

성만을 두들기고 있던 애들이 혁민을 보더니 외쳤다.

"너는 또 뭔데?"

"니들 특수 폭행이 뭔지 알아?"

혁민은 사람들과 몇 발자국의 거리를 두고 말을 툭 던졌다.

"뭐? 특수 뭐?"

성만을 때리고 있던 네 명은 하던 짓을 멈추고 혁민을 쳐다보았다. 하나같이 어안이 벙벙한 표정을 하고서. 그러고는 서로의 얼굴을 쳐다보았다. 특수 폭행? 특수한 폭행 같긴 했는데 정확하게 무슨 말인지는 모르겠다는 얼굴을 하고서.

혁민은 슬쩍 성만의 상태를 살폈는데, 다행스럽게도 심각한 상태는 아닌 듯했다. 구타가 멈추자 자세를 바로 추슬렀고, 어디가 부러지거나 한 것처럼 보이지도 않았으니까. 자세한 건 병원에 가서 검사를 해봐야 알겠지만, 일단 겉으로 보기에는 그랬다. 그런데 혁민은 조금 이상한 걸 발견했다.

'뭐가 이렇게 멀쩡해?'

성만을 둘러싸고 마구 두들겨 팬 것 같은데 겉으로 보기에는 상처가 보이지 않았다. 옷에 흙이 좀 묻은 걸 빼면 싸운 것 같지도 않았다. 그걸 보니 마구잡이로 폭행하는 놈들이 아니라는 생각이 들었다. 우연일 수도 있지만, 티 안 나게 팰 줄 아는 놈들이라는 감이 딱 왔다.

'이 새끼들 완전 상습범이구만? 좋아 니들 이번에 딱 걸렸어.'

성만이 일어난 걸 보았지만, 혁민은 일부러 그쪽으로 가지 않았다. 다 생각하고 있는 바가 있어서였다.

"하아, 니들 그런 것도 모르면서 지금 이러고 있는 거야? 단체 또는 다중의 위력을 보이는 걸 특수 폭행이라고 하는데 들어본 적이 없나 보지?"

"이 새끼 무슨 소리를 하는 거야?"

생일이었던 녀석이 리더인 듯 대부분의 대꾸는 그 녀석이 했다. 그는 단체까지는 자주 들어보았는데 다중의 위력이라는 말은 뭔가 알 것 같으면서도 생소하다고 생각했다.

당연히 알아듣지 못하라고 하는 말이다. 혁민이 단지 시간을 끌기 위해서 하는 말이었으니까. 하지만 혹시 알아들어도 별 상관 없다. 일반인들이 절대로 알아들을 수 없는 법률 용어는 얼마든지 있었으니까.

변호사 생활을 하면서 숱한 사람들을 겪었다. 이런 애들 요리하는 것쯤이야 유도 아니었다. 혁민은 계속해서 법률 용어를 들먹이며 시간을 끌었다. 하지만 가끔 아찔한 순간도 있었다. 성만이 씩씩대면서 가해자들과 다시 붙으려고 했기 때문이었다.

그럴 때마다 혁민이 끼어들어서 분위기를 식혔다. 성만이 20대 초반이라 혈기가 끓어오르는 건 잘 알겠지만, 지금 여기서 주먹질을 했다가는 문제가 커진다. 다행스럽게도 혁민의 말이 효과가 있어서 싸움으로 번지지는 않았지만, 성만이나 가해자 패거리나 자그마한 계기만 있으면 다시 뒤엉킬 기세였다.

'으이그, 가만히나 있을 것이지.'

혁민은 그들이 아웅다웅하는 사이에 슬쩍 가해자들의 가방이 있는 곳으로 움직였다. 그리고 계속해서 알아들을 수 없는 어려운 법률 용어를 들먹이면서 상대를 혼란스럽게 했다.

"아 씨발, 이 새끼는 왜 자꾸 이상한 소리만 해대는 거야?"

상대는 말은 그렇게 하면서도 혁민에게는 덤벼들지 못했다. 사실 혁민은 키도 크지 않았고, 체구도 특출 나지 않았다. 일당은 혁민과 붙으면 충분히 이길 수 있다는 생각도 들었다. 그런데 막상 붙기에는 뭔가가 찝찝했다.

별거 아닌 사람에게는 얼마든지 주먹을 날릴 수 있다. 뭐가 두렵겠는가. 자신이 우위에 있다는 것이 확실한데. 그런데 혁민이 어려운 법률 용어를 줄줄 이야기하니 어떻게 해야 할지 헷갈렸다.

그리고 그렇게 어찌할 바를 모르는 상태에서 시간이 지났고, 요란한 사이렌 소리가 울리면서 경찰차가 도착했다.

'생각보다는 빨리 왔는데?'

술집이 모인 곳이라 밤이 되면 사건 사고가 엄청나게 잦을 텐데, 아직은 사람들이 본격적으로 술을 마실 시간이 아니라서 그런 듯했다.

"니미. 야, 튀어!"

"어? 야, 저 새끼가 우리 가방 다 가지고 있는데?"

사이렌 소리에 일제히 도망치려 했는데, 그들의 표정이 일제히 일그러졌다. 혁민이 그들의 가방을 모두 손을 들고는 씨익 웃고 있었기 때문이었다.

그들은 혁민에게 달려들어 가방을 빼앗으려 했다. 하지만 혁민은 몸을 요리조리 피하면서 쉽게 가방을 내어주지 않았다. 만약 주먹을 쓰면 맞아줄 의향도 있었다. 경찰이 보는 앞에서 폭행을? 그러면 더 좋은 일이다.

가방을 빼앗기 위해 달려온 녀석들과 잠시 옥신각신했지만, 혁민은 양손에 가방을 들고 피하기만 했다. 그리고 그러는 사이에 경찰이 도착했고, 상황은 일단락되었다.

"학생이 전부 목격했다 이거지?"

"예, 그리고 신고는 저기 슈퍼마켓 주인아저씨가 했고요."

경찰은 심드렁한 표정으로 가해자 넷과 성만을 차에 태웠다. 이 동네에서 이런 일은 하루에도 몇 번씩 일어나는 일이었으니까. 혁민은 그것으로 문제가 쉽게 해결되리라 생각했다.

'일방적인 폭행에다가 여럿이 한 명을 때린 사건이야. 새끼들 제대로 걸렸어.'

그런데 혁민의 생각대로 일이 진행되지 않았다. 가해자 중 한 명이 핸드폰으로 어딘가에 연락했고, 그들이 지구대에 도착한 지 얼마 되지 않아 아줌마 한 명이 들어왔다. 그 이후의 일은 짜증의 연속이었다.

제법 비싸 보이는 옷과 장신구를 주렁주렁 걸치고 있는 아줌마였는데, 서로 매치가 되지 않아서 오히려 싼 티가 나 보였다. 그녀는 자기 아들이 맞은 거라면서 소리를 질러댔다. 경찰이나 다른 사람이 아무리 말을 해도 통하지 않았다.

"고소할 거야, 고소!! 이 새끼들이야? 니들 이제 다 콩밥 먹을 줄 알아."

경찰은 많이 다친 것 같지도 않으니 어지간하면 합의를 하라고 했지만, 아줌마는 길길이 날뛰면서 그럴 수 없다고 소리 질렀다. 물론 성만도 잔뜩 화가 난 상태라 합의할 생각이 없었고. 그래서 결국 경찰서로 사건이 넘어가게 되었다.

"야, 너 혁민이라고 했지? 설마 일이 잘못되는 건 아니겠지?"

자신을 때린 녀석들에게 본때를 보여주겠다고 마음먹은 성만이었지만, 실제로 경찰서에 오니 조금 불안한 생각이 드는 모양이었다.

"일방적인 폭행이었고 특수 폭행이에요. 형도 잘 알잖아요."

"그… 그렇지."

하지만 그가 가지고 있는 불안한 감은 지워지지 않았다. 사실 경찰서라는 곳에 처음 오면 일단 더럭 겁이 나고 위축되게 마련이다. 혁민이야 예전에 뻔질나게 드나들었던 곳이라 태연할 수 있었지만.

혹시나 해서 성만의 이야기도 들어보았는데, 전혀 문제 될 게 없는 상황이었다. 그래서 그때까지만 해도 아무런 문제가 없을 줄 알았다. 말쑥한 양복을 입은 변호사가 등장하기 전까지는.

"하 변호사, 어서 와요오."

성만을 고소하겠다고 소리 지르던 아줌마는 살짝 콧소리를 내면서 하 변호사라고 부른 남자에게 다가갔다. 변호사는 30대 중후반으로 보였는데, 무척 스마트한 얼굴을 가지고 있었다.

그는 아주 여유 만만한 표정이었다. 그는 가해자 옆에 앉았는데, 아줌마가 뭐라고 하려고 하자 손을 들어 제지하기까지 했다. 그렇게 시끄럽고 안하무인이던 아줌마도 하 변호사의 손짓 한 번에 입을 다물었다.

'히야, 저렇게 성격이 개차반인 아줌마도 꼼짝 못하네?'

혁민은 저 변호사가 꽤 파워가 있는 인물이라고 생각하면서 그들을 유심히 살폈다. 그의 시선에는 하 변호사가 계속해서 무언가를 묻고, 가해자는 생각을 더듬으면서 대답하는 게 보였다.

그렇게 한참을 하더니 하 변호사는 잠시 상황을 정리하는 듯 생각에 잠겼다. 그리고 슬쩍 성만과 혁민을 쳐다보았다. 그리고 다시 가해자를 살피더니 갑자기 가해자의 손을 가리켰다.

그 녀석이 무어라고 대답을 하자 변호사는 웃으면서 무언가 말을 했고, 아줌마와 아들의 표정이 갑자기 확 밝아졌다.

"웃어? 지금 이런 상황에서?"

혁민은 눈매를 가늘게 뜨며 이상하다고 생각했다. 성만은 혁민의 중얼거림을 들었는지 잠시 혁민을 쳐다보았다가 다시 원상태로 돌아갔다. 완전히 주눅이 들어서 안절부절못하고 있는 상태로. 혁민은 도대체 왜 저 사람들이 웃을 수 있을까 고민했다.

한 사람이 웃으면 다른 사람은 눈물을 쏟게 된다. 저들의 웃음은 성만의 불행으로 이어지는 것이니 신경이 쓰이는 건 당연한 일. 원래는 바로 조사가 이루어질 줄 알았는데, 변호사가 나서서 변화가 생겼다.

"모두 술을 마신 상태이니 내일 다시 조사하는 게 어떻겠습니까? 어차피 신원은 확인했으니 문제없을 것 같은데요."

"뭐, 그렇게 하시죠."

변호사의 말에 경찰이 바로 그러자고 했다. 서로 인사도 나누고 하는 걸 보니 안면이 있는 듯했다.

혁민은 경찰서를 나오면서 생각했다. 도대체 상대가 무슨 생각을 하고 있는지에 대해서.

'아무리 생각해도 불리한 상황이야. 그런데 이 상황을 어떻게 타개하겠다는 거지?

여러 명이 폭력을 행사하면 특수 폭행이 되어 가중처벌된다. 게다가 싸움이라고 할 것도 없는 일방적인 폭행이었고. 그런데도 저들은 웃었다. 분명히 무슨 수가 있다는 뜻. 혁민은 만약 자신이 그 변호사라면 어떻게 할 것인지 생각해 보았다.

"내가 저 변호사라면 어떻게 할까? 지금 상황에서 가장 최선의 방법은?'

그렇게 역으로 생각하자 하나둘 실마리가 떠올랐다. 상대가 무슨 생각을 하고 있는지가. 혁민은 하 변호사가 어떤 생각을 하고 있는지 대충 짐작이 갔다.

"물타기를 하시겠다?"

혁민은 곧바로 움직이기 시작했다.

*   *   *

"이게 말이 되는 거냐고."

성만은 씩씩대면서 울분을 토했다. 조사를 받는데 네 명이 성만을 폭행한 것이 아니라 성만과 혁민이 네 명과 시비가 붙어서 몸싸움을 한 것으로 사건이 둔갑했다.

"이 새끼들 그런 꼼수를 생각하느라 다음 날 진술을 하겠다고 한 거야. 어흐, 열 받아."

"형, 흥분하지 말고 우리도 어떻게 할지 생각해야죠."

성만은 더욱 흥분하면서 소리쳤다. 원래도 목청이 큰 사람이었는데, 흥분해서 고래고래 소리를 지르니 귀가 아플 지경이었다.

"당연히 맞고소해야지. 내가 그래도 사시 공부하는 사람이야. 그냥 이렇게 당할 줄 알아?"

혁민은 한숨을 내쉬었다. 저렇게 자신만만할 수 있는 건 아직 현실의 벽을 모르고 있기 때문이다. 상대는 폭행으로 성만과 혁민을 고소했는데, 전치 4주 진단서를 첨부한 상태였다. 성만은 가벼운 타박상만 있어서 전치 2주가 나온 상황.

'성만이 형, 정신 차려. 지금 헤비급 권투 선수하고 싸우려

고 하면서 이길 수 있다고 하는 거라고.'

사법고시를 준비했으니 일반인보다야 법에 관해서 잘 알기는 한다. 그렇다 하더라도 변호사, 그것도 능력 있고 경험 많은 변호사와 상대를 한다? 이길 수 없는 싸움이다.

성만이 이길 수도 있다고 생각하는 마음은 이해한다. 젊은 혈기를 가지고 있으면서 도전하지 않고 주저하는 것도 꼴사나운 일이다. 하지만 현실은 항상 냉정하다. 승패는 반드시 가려지고 패자는 그 결과를 감당해야 한다.

물론 자신이 있는 이상 쉽게 당하지는 않을 것이다. 이미 상대의 전략을 예상한 상태였으니까. 그런데 이상한 점도 있었다. 혁민이 이상하게 생각하는 건 상대가 전치 4주가 나왔다는 거였다.

'조작을 한 건가? 그럴 것 같지는 않은데.'

조작하는 경우도 있을 수 있다. 하지만 그건 그만큼 위험을 감수해야 한다. 살인 사건이나 큰 사건도 아니고 이 정도 사건에 그런 증거를 조작한다는 건 이해가 가지 않았다.

그리고 하 변호사는 그러지 않아도 충분히 상황을 풀어나갈 수 있다고 생각하는 듯했다. 그래서 어디를 어떻게 다친 것인지 알아봐야겠다고 생각했다.

"야, 후배. 넌 나만 믿어. 내가 확실하게 책임질 테니까."

성만은 혁민의 어깨를 툭툭 치면서 자신만 믿으라고 했다. 그러면서 씩씩대면서 본때를 보여주겠다고 하고는 서성거렸다. 그걸 보고는 혁민은 고개를 내저었다. 저렇게 쉽게 생각할 문제가 아니었기 때문이었다.

아니나 다를까. 성만은 검찰에 다녀온 후, 기가 완전히 죽어 있었다. 아마도 혼이 쏙 나갔을 것이다. 하 변호사도 보통이 아니었지만, 검사들도 보통내기들이 아니다. 성만같이 순진한 생각을 가지고 갔다가는 큰코다치는 게 당연했다.

"혁민아, 나 어떻게 하지?"

성만은 풀죽은 목소리로 이야기했다. 자기 생각대로 일이 흘러가지 않으니 겁이 더럭 난 것이다. 실형이야 받지 않겠지만, 상대가 고소를 취하하지 않는다면 벌금형은 확정이다. 이제야 법의 무게가 확실하게 느껴지는 모양이었다.

"일단 저도 조사받아야 하니까 그다음에 얘기하죠."

하지만 성만은 혁민의 얘기는 듣지도 않고 있었다. 머리를 감싸 쥐고 땅을 보면서 한숨을 푹푹 내쉬고 있었다.

혁민은 혀를 차고는 검찰로 향했다. 그리고 거기서 반가운 얼굴을 마주했다.

"법대 신입생?"

"예."

"하기야 신입생이 뭘 알겠냐. 너 지금 상황 개같이 돌아간다는 거 알아?"

차동출 검사는 혀를 쯧쯧 찼다.

혁민은 유명한 차동출 검사의 얼굴을 빤히 쳐다보았다. 개또라이 차동출 검사. 전에 한 번 상대를 해보았는데, 아주 지독한 검사였다. 범죄자를 지독하게 싫어하는 열혈 검사.

"아뇨, 저는 상황이 좋다고 생각하는데요?"

혁민은 싱긋 웃으면서 말했다. 그러자 서류를 보고 있던 차동출 검사의 고개가 들렸다. 그리고 아주 재미있는 걸 발견했다는 듯 눈을 번득이면서 혁민을 쳐다보았다.

"이거 재미있는 자식이네? 아니면 멍청이거나. 그래, 상황이 좋다고 생각하는 근거는?"

혁민은 차동출의 눈을 쳐다보면서 손에 쥔 걸 앞에 내놓았다.

"삐삐?"

차동출은 혁민이 내민 삐삐를 바라보다가 다시 혁민의 얼굴을 쳐다보았다. 이게 뭔지 설명하라는 듯 미간에 주름을 몇 가닥 만든 채로. 혁민은 대답하기 위해 숨을 한 번 들이마셨는데, 순간적으로 머릿속에서 경찰서에서 나올 때가 떠올랐다. 사건이 일어난 날 하 변호사와 사람들이 왜 웃었는지를 생각하면서 걸었던 그때가.

'그래, 그때부터가 시작이었지.'

*   *   *

경찰서에서 나오면서 혁민은 상대가 어떻게 나올지를 생각했다. 자신이 상대 변호사라고 바꿔 생각하니 조금씩 정리가 되기 시작했다.

"그래, 특수 폭행으로 가는 건 무조건 막으려고 하겠지."

하 변호사는 자신의 의뢰인에게 유리한 방향으로 판을 짜려고 할 것이다. 그러려면 넷이 성만을 폭행한 게 아니라 성만과 하 변호사가 의뢰를 맡은 장본인, 그렇게 둘의 다툼으로 몰고 가야 한다.

"뻔하지. 셋은 주변에서 보고만 있었고, 싸움은 둘만 했다고 하겠지."

그렇게 하면 넷이 한 명을 팬 것과는 천지 차이가 된다. 당연히 증인도 포섭할 것이다. 보아하니 재력도 제법 있어 보였고, 힘깨나 쓰는 집인 것 같으니 그런 건 일도 아닐 것이다. 그리고 이 시기에는 그런 일이 비일비재했고.

혁민은 이 시기의 사건은 아주 골치가 아프다는 걸 깨달았다. 조금만 시간이 더 흘러도 이런 식으로 사건을 처리하는 건 생각하지도 못한다. CCTV, 블랙박스 등 증거로 활용할 수 있는 게 워낙 많아졌기 때문이었다. 외진 산골이라면 또 모르겠지만, 이런 도심에서는 있을 수도 없는 일이다.

하지만 지금은 그런 게 전혀 없지 않은가. 그러니 증인만 잘 확보하면 있는 죄도 없게 만들 수 있었고, 없는 죄도 있게 조작할 수 있었다. 그리고 실제로도 그런 일이 많았고.

"거기다가 안전장치까지 하나 더 해놓으면 끝난 거나 마찬가지라고 생각하겠지."

하 변호사는 자신까지 얽어매서 들어가려는 것 같았다. 성만과 혁민이 그 녀석을 폭행한 것으로 상황을 바꾸려고 할 수도 있겠다 싶었다. 생각해 보니 그편이 더 확실했다.

원래는 넷이 하나를 때린 상황이었다. 그런데 성만과 혁민이 한 명을 공격한 것으로 몰고 갈 수만 있다면 상황은 확실하게 유리해질 것이다.

하지만 여전히 그들의 웃음은 미스터리였다. 혁민의 경험에 비추어보면 이 정도로는 그런 웃음을 보일 수가 없었다. 분명히 무언가 다른 게 있었다. 하지만 알 수 없는 정보에 연연할 때가 아니었다. 지금은 빨리 움직이는 게 가장 중요했다.

"증언! 그걸 빨리 확보하는 게 중요해."

*　　*　　*

혁민은 곧바로 슈퍼마켓 주인을 찾아갔다. 다행스럽게도 혁민이 도착했을 때, 아직 가게에는 불이 켜져 있었다. 혁민은 안으로 들어가서 사정을 이야기하고는 오늘 있었던 일을 말해달라고 이야기했다.

"에잉, 이거 했다가 괜히 귀찮은 일 생기고 그러는 거 아닌가?"

"귀찮을 일이 뭐가 있겠어요. 그냥 전화기에다 대고 얘기만 하는 건데요."

"커흠, 정말 전화기에다가 대고 얘기만 하면 되는 거야?"

"그럼요, 아저씨."

그런데 주인의 표정이 영 미적지근했다. 별로 하고 싶지 않은 눈치였다. 예전의 혁민이었다면 계속 매달렸겠지만, 이제야 눈치가 빠끔하지 않은가. 혁민은 재빨리 가게를 돌면서 물건들을 왕창 가져왔다.

"혼자 사니까 필요한 물건이 이거저거 참 많아요, 아저씨. 그죠?"

"뭐 그렇지……."

아저씨의 표정이 살짝 바뀌었다. 그리고 물건을 가져다 놓을수록 표정이 점점 밝아졌다. 그는 계산기를 두드리기 시작했다.

"계산해 주시고 잠깐 시간 내주실 수 있죠?"

"아 그럼, 학교 근처에서 장사하는데 학생 일이라면 도와야지, 그럼. 아니 꼭 물건 사서 그러는 건 아니고……."

그렇게 말은 했지만, 주인은 물건의 가격을 계산하면서 흥이 났는지 콧노래를 흥얼거렸다. 그리고 나서 혁민은 그날 있었던 일을 말하도록 했다. 자신의 삐삐에 음성 메시지를 남긴 것이다.

*　　　*　　　*

"키야~ 이놈 이거 보통이 아닌데?"

차동출은 크게 감탄했다. 증언이라고 해도 다 똑같은 게 아니다. 인간의 기억력이란 부정확한 것이어서 기억은 시간이 지날수록 사라지거나 왜곡되게 마련이다. 그런데 삐삐에 들어와 있는 음성 메시지는 상당히 강력한 힘을 가지고 있었다.

사건이 일어난 바로 그날 받았다는 점, 그리고 신고를 한 사람의 증언이라는 점에서 신뢰도가 아주 높았다. 차동출 검사는 음성 메시지를 듣고 나서 고개를 끄덕였다. 자신이 생각한 것과 상황이 비슷했기 때문이었다.

"야, 넌 앞으로 여기 올 일 없겠다. 그쪽도 증인이 있다고는 했는데, 이런 증거가 있는데 할 말 없는 거지 뭐. 게다가 출동한 경찰 얘기도 주인이 한 말과 같았고."

사실 차동출 검사는 이번 사건을 그다지 탐탁하게 여기지 않았다. 그는 강력 사건이 아니면 사건으로 취급하지 않았다. 게다가 척 보니까 무언가 수작질을 하려는 게 보였기 때문이었다.

하치훈 변호사라고 하면 제법 이름 있는 변호사였다. 수완이 좋아서 사람들이 많이 찾는 그런 변호사였다. 물론 차동출 자신과는 전혀 맞지 않는 그런 종류의 인간이었지만.

그리고 그런 인간이 움직였으니 상대방은 꼼짝없이 당하리라 생각했다. 비록 법대생들이긴 했지만, 거물 변호사를 어떻게 당하겠는가. 더 싫은 건 그런 장난질에 자신도 놀아나야 한다는 거였다. 그게 가장 싫었다.

"용케 이런 걸 받을 생각을 했네? 이게 널 살렸다. 아니었으면 너도 엮였어."

"에이, 이런 거 아니었어도 검사님이 잘 해결해 주셨을 거 아닌가요?"

차동출은 클클대며 웃었다. 그럴 가능성이 없는 건 아니었지만, 아마도 어려웠을 것이다. 지금까지의 사건 진행만 봐도 그렇다. 하 변호사는 증인까지 모두 확보하고 만반의 준비를 마치고 고소했다.

보통은 고소를 당하고 나서 부랴부랴 준비하게 된다. 그러면 아무래도 준비도 허술하고 상대방이 공격할 틈을 많이 주게 된다. 그래서 전문가가 무섭다는 거다. 그건 검사라고 해도 어찌할 수가 없다.

서로 증인을 데려와도 변호사가 데려온 증인이 준비가 더 잘되고 신빙성이 있는데 어쩌겠는가. 다른 면은 말할 것도 없고.

"얌마, 내가 맡은 사건이 몇 갠 줄이나 알아? 그리고 하 변호사 정도면 내가 손쓸 수 없을 정도로 사건을 만질 수 있는 사람이야."

하지만 말과는 달리 차동출의 눈은 매섭게 변해 있었다. 이번 사건은 한 방 먹일 수 있겠다는 생각이 들어서였다. 어차피 합의하게 되어 있는 작은 사건이다. 그러니 흥미가 없을 수밖에.

그런데 혁민이라는 신입생 덕분에 아주 재미있게 되었다.

"가만있어 보자. 그런데 손가락은 왜 다친 거지?"

어차피 합의하고 고소를 취하하리라 생각해서 대충 보았다. 성만과 혁민이라는 친구들이 손해를 본 채로.

하지만 상황이 바뀌니 없던 흥미가 미친 듯이 솟아올랐다. 하 변호사 같은 놈에게 한 방 먹일 수 있는데 이런 기회를 놓칠 수는 없었다.

그가 사각사각 소리를 내면서 종이를 넘기는 동안 혁민은 혁민대로 생각했다. 그는 이 사실을 알고 왜 그때 그들이 웃은 것인지 알 수 있었다. 그런 상처까지 있으니 자신들이 이겼다고 생각한 것이다. 하지만 과연 그럴까?

"중지 하나만 골절이라고 그랬죠?"

"그래."

혁민의 말에 무심코 대답한 차동출은 고개를 스윽 들었다. 그리고 혁민을 바라보았다. 쓰읍 하면서 입맛을 다시고 있는 혁민을.

"왜? 생각난 거라도 있어?"

"예, 이건 그냥 제 생각인데요."

혁민은 살짝 몸을 앞으로 하면서 이야기했고, 차동출도 혁민 쪽으로 몸을 조금 굽혔다.

*   *   *

하 변호사와 의뢰인은 검사실에서 차동출 검사와 마주 앉아 있었다. 그들은 혁민의 음성 사서함에 있는 메시지를 별도로 녹음해 놓은 걸 듣고 있었다.

슈퍼마켓 주인은 네 명이 고성방가하다가 성만과 시비가 붙고 그 이후 상황이 어떻게 되었는지 자세히 말했다.

내용이 길어서 메시지가 여러 개로 나뉘어 있기는 했지만,

사건이 어떻게 되었는지 대번에 알 수 있었다.

—오월. 이일. 오후 열한 시. 십삼 분. 에. 수신되었습니다.

하치훈의 얼굴이 살짝 일그러졌다. 설마하니 이런 증언을 이런 식으로 받아놓았을 줄은 몰랐으니까. 문서나 다른 거라면 어떻게든 방법이 있을 듯했는데, 이건 날짜까지 정확하게 있는 터라 손을 쓸 방법이 생각나지 않았다.

차동출 검사는 양손을 들면서 아주 얄밉게 웃는 표정으로 하 변호사를 쳐다보았다. 같이 온 학생의 표정도 좋지 않았다. 하 변호사만 철석같이 믿고 있었는데, 분위기가 묘하게 돌아가고 있었으니까.

"특수 폭행에 일방적으로 두들겨 팼으니까. 어우, 이거 장난 아니겠는데? 거기다가 이런 식으로 왔다가 합의한 게 꽤 있네? 경찰에서 합의한 것도 몇 번 있고."

차동출은 말을 하면서 학생을 슬쩍 쳐다보았다. 처음 올 때는 기고만장한 표정이더니 이제는 불안했는지 손톱을 물어뜯고 있었다.

"그래도 상대보다 의뢰인이 많이 다쳤으니 그걸로⋯⋯."

"그게 말입니다, 좀 이상합니다."

차동출은 하 변호사의 말을 싹둑 자르면서 끼어들었다. 그러고는 씩 웃더니 말을 이었다.

"중지 하나만 골절인데, 상대는 타박상만 있어서요."

"그런데요? 그러니까 상대는 전치 2주이고, 의뢰인은 전치 4주의……."

"이상하지 않아요? 손가락 하나만 골절이라는 게?"

차동출은 또 말을 잘라먹었다. 하치훈은 속이 부글부글 끓는 표정이었지만, 꾹꾹 참았다. 여기서 말소리를 높일 정도로 어리석지도 않았고, 경험이 없는 것도 아니었다. 그러나 옆에 있는 학생은 그렇지 않았다. 하치훈이 몰리는 것 같자 학생은 점점 불안해했다.

"뭐가 이상하다는 겁니까?"

"봅시다. 손가락 하나만 골절이고 나머지는 멀쩡하다는 건 어디 튀어나온 딱딱한 부분을 때렸다는 겁니다. 맞죠?"

"예, 맞습니다."

"그런데 왜 오성만이라는 학생한테는 그런 상처가 없는 걸까나?"

차동출은 양손을 번쩍 들어 보였다. 맞는 얘기였다. 손가락이 부러질 정도라면 상대도 크게 다쳐야 정상이다. 하 변호사는 입술을 깨물었다. 이렇게까지 집요하게 파고들 것이라고는 생각지 못했기 때문이었다. 하지만 아직 끝난 건 아니었다. 어떻게든 반박을 할 방법을 찾으면 되니까. 하지만 차동출은 공격의 고삐를 늦추지 않았다.

"그 학생 턱이나 광대뼈같이 튀어나온 데에 상처가 있어야지. 뼈가 부러질 정도로 때렸는데 상대방이 멀쩡하다는 건 말이 안 되잖아. 턱이든 어디든 뼈가 툭 튀어나온 곳에 멍이라도 있어야지. 아니면 안와 골절이라도 있든가. 안 그래?"

차동출은 학생을 향해 소리를 질렀다. 학생은 당황해서 아무런 말도 하지 못했다. 그러자 쉴 틈도 주지 않고 몰아붙였다.

"그렇다는 건 말이지, 원래는 없었는데 일부러 만든 거야! 그렇게 볼 수밖에 없어!!"

"아니에요, 그런 거……."

"말하지 마라. 가만히 있어."

차동출의 말에 학생이 반응을 보였다. 변호사는 황급히 그를 말렸고.

"에헤~ 말리는 걸 보니까 알겠어. 솔직하게 불어. 없던 걸 만든 거지?"

"아니라니까! 아니라고……."

"가만히 있으라니까."

차동출은 학생을 노려보면서 말했다. 하 변호사는 학생을 말렸지만, 그는 씩씩대면서 흥분을 가라앉히지 못했다. 차동출은 다시 목소리를 키우면서 속사포처럼 쏘아댔다.

"어땠어? 많이 아팠나? 혼자서? 아니면 누가 대신 해줬나? 작은 망치 같은 걸로? 망치구나, 망치!!"

"아니야! 아니라니까! 그 새끼 패다가 벤치 모서리를 때린 거라고! 어떤 미친 새끼가 자기 손가락을……."

학생은 말을 하다가 입을 막았고, 하 변호사는 머리를 짚었다. 그리고 득의양양한 표정의 차동출 검사는 얄밉게도 크게 제스처를 하면서 말했다.

"아하, 그런 거구나. 자기가 때리다가 다른 데를 잘못 때린 거구나아~"

하 변호사는 학생을 데리고 자리에서 일어섰다. 그리고 차동출을 노려보면서 말했다.

"이만하시죠. 나중에, 나중에 다시 뵙겠습니다."

"그러시든가요. 전 바빠서 배웅은 하지 않겠습니다. 살펴가세요."

하치훈은 살짝 상기된 얼굴로 검사실을 나갔다. 둘이 나가자 차동출은 크게 웃었다. 정말 방이 떠나갈 듯 큰 소리로. 마치 나가던 하 변호사가 들으라는 듯이. 한참을 그렇게 웃던 차동출은 눈을 가늘게 뜨고는 중얼거렸다.

"그 자식 정말 걸물이네, 걸물이야. 그 자식 사시에 붙으면 내 밑으로 끌고 와야겠어."

오늘 작품은 혁민과 자신의 콜라보레이션이었다. 혁민이 골절이 다른 곳을 때려 생긴 것 같다는 의견도 냈고, 변호사보다는 학생을 공략하는 게 좋겠다는 이야기도 했다. 싸울 때 먼저 주먹을 날린 거나 여러 가지를 보면 성격이 급한 것 같다는 거였다.

그 정도면 정말 대단한 거였다. 물론 자신의 전략도 있었고 실제 상대한 건 자신이었지만, 신입생이라고는 생각되지 않을 정도로 이런 일에 능숙했다.

차동출은 혁민과 나눈 마지막 대화가 생각났다.

"어차피 합의로 가겠죠?"

"그렇지. 우리 생각대로 된다면 성만이 그 친구한테 굉장히 유리하겠지."

"합의금은 듬뿍 받을 수 있겠군요."

"당연하지. 저쪽에서 몸이 바짝 달 테니까. 크하하! 그날 하 변호사 표정이 궁금하군그래."

거기까지 이야기하고는 혁민은 인사를 하고 검사실에서 나갔다. 그리고 나가면서 중얼거리는 소리를 차동출은 분명히 들었다.

"그러면 공소권 없음으로 불기소 처분이네."

법대생이면 누구나 아는 말이었다. 신입생이 알고 있다는 게 좀 뜻밖이기는 했지만, 알 수도 있는 일이다. 하지만 너무나도 자연스러웠다. 마치 이 바닥에서 십여 년은 굴러먹은 사람 같은 느낌이었다.

"그 자식, 아주 재미있는 놈이야."

차동출은 잠시 고민하더니 전화기를 들었다.

"아, 선배님. 잘 지내시죠? 예, 예, 그럼요. 저야 뭐 항상 그렇죠. 아 다른 게 아니라 선배님 학교에 재미있는 친구가 한 명 있어서요. 신입생인데요, 이름 발음하기가 좀 개떡 같아요. 정혁민인데요… 정. 혁. 민. 이요, 정혁민. 현민이 하니라 혁민."

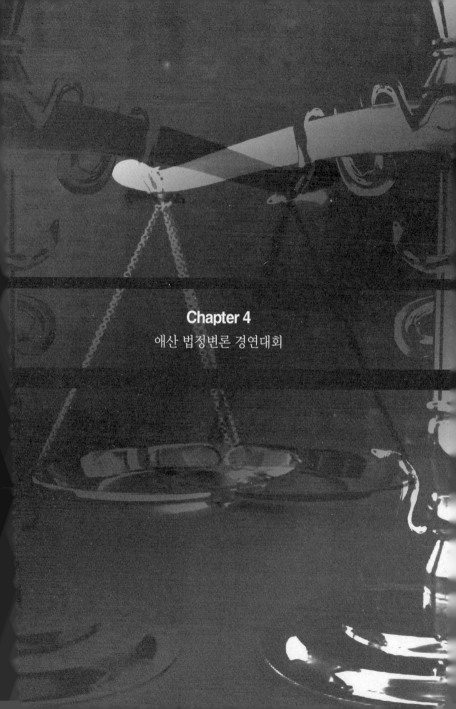

Chapter 4

애산 법정변론 경연대회

식탁 옆 창문으로 보이는 풍경은 무척이나 쓸쓸했다. 잎이 모두 떨어져 앙상한 가지만 남은 나무들과 세찬 바람이 굴러다니는 낙엽. 가을의 정취가 물씬 느껴졌다.

"이번에 대회에 나간다고?"

"예."

아버지의 대답에 윤태가 짧게 대답했다. 부자간의 대화라고는 생각되지 않는 건조한 대화였다. 정갈하게 차려진 식탁. 하지만 김이 모락모락 피어오르는 음식과는 달리 사람들 사이에서는 온기가 별로 느껴지지 않았다.

"그거 1학년이 나가는 것만 해도 정말 대단한 거 아닌가? 뭐 윤태야 본선은 무난할 테고."

"그럼요. 예선이라면 몰라도 본선에 오른 신입생은 윤태 말고는 없을 겁니다."

윤태의 큰형과 작은형은 웃으면서 윤태를 칭찬했다. 하지만 윤태는 알고 있었다. 겉으로 보기에는 동생을 향한 칭찬이었지만, 속내는 그렇지 않다는 걸. 그래서 별다른 감흥이 없었다.

윤태가 처음 이 집에 왔을 때, 특히 경계했던 것이 바로 두 형이었다. 경쟁자가 한 명 늘었다고 생각한 거였다. 물론 그런 걸 다른 사람이 알아챌 만큼 드러내지는 않았다. 하지만 윤태에게는 특별한 재능이 있었다.

그는 다른 사람들의 감정을 잘 읽어냈다. 왜 그런지는 알 수 없다. 어렸을 때부터 사람들의 눈치를 살피면서 자라서 그럴 수도 있었고, 그런 면에서 탁월했던 어머니의 유전자를 물려받아서 그런 것일지도. 아무튼, 그는 사람들의 감정을 보통 사람들보다 더 잘 읽어냈다.

'앞에서는 위하는 척하면서 어떻게든 꼬투리를 잡으려고 했지. 웃고는 있지만, 한없이 차가운 눈. 부드럽고 자상한 말 속에 숨겨진 적개심.'

그래서 윤태는 완벽한 모범생의 삶을 살게 되었다. 자그마한 약점도 보이지 않는 완벽한 생활. 윤태가 살아남으려면 그렇게 할 수밖에 없었다. 언제 쫓겨날지 모른다는 두려움. 그건 어린 윤태에게는 힘겨운 감정이었다.

형들의 경계가 풀어진 건 고등학교 때 진로를 법대로 정하고 나서부터였다. 쉽게 말해서 윤태가 경영권에서 멀어지니 안심이라는 거였다. 오히려 친한 척을 했다. 법조계에 있을 사람이니 도움이 될 거라는 의도에서였다.

그렇게 형들은 변했지만, 누나인 윤주의 태도는 지금까지도 전혀 변하지 않았다.

"윤태라면 잘할 거예요. 그렇죠, 아빠?"

딸의 애교에 무뚝뚝한 아버지의 얼굴에도 살짝 웃음기가 돌았다. 그는 국을 떠 넣으면서 윤태에게 잘하라는 이야기를 했다. 윤태는 대답하면서 윤주의 얼굴을 보았다. 그에게 상냥한 미소를 보내고 있었지만, 눈동자에는 냉기가 가득했다.

윤태는 항상 저 눈동자를 볼 때마다 소름이 끼쳤다. 하지만 윤태의 표정은 처음부터 끝까지 전혀 변화가 없었다. 그는 식사를 마치자마자 자기 방으로 올라왔고 크게 심호흡을 했다. 가족들과 함께 있는 자리는 언제나 긴장되었다.

그건 학교에서도 마찬가지였다. 외고를 다닐 때도 그랬고, 대학교에서도 마찬가지였다. 다들 자신에게 다가왔지만, 항상 무언가를 바라는 게 있었다. 그래서 항상 긴장한 채로 그들과 거리를 두었다.

그렇게 계속 긴장하면서 살아간다는 건 무척이나 피곤한 일이다. 만약 그 아이가 없었더라면 자신은 미쳐 버렸을지도 몰랐다. 어렸을 적 우연히 놀이터에서 만난 그 아이가 없었더라면.

'처음에는 이름이 유리인 줄 알았는데. 무슨 이름을 그렇게

발음하기 어렵게 만들었는지.'

윤태는 히죽 웃었다. 가족들과 있을 때에는 전혀 볼 수 없던 표정이었다.

율희와 처음 만난 건 놀이터에서였다. 중학교 3학년 때 집에서 제법 떨어진 놀이터에서 몰래 울고 있었다. 너무 무섭고 힘들었기 때문이었다. 세상에 혼자라는 느낌. 그리고 모두가 자신을 이용하려고 한다는 느낌. 그건 어린아이가 감당하기에 너무 버거웠다.

그렇게 울고 있던 윤태에게 다가와 말을 걸어준 게 율희였다. 괜찮으냐면서 걱정 가득한 눈동자를 하고서. 윤태는 흐릿한 시선 너머로 보이는 그 아이가 진심으로 자신을 걱정하고 있다는 걸 알 수 있었다.

처음이었다. 그런 감정을 느낀 건. 자신을 위하는 아주 따스하고 포근한 감정이었다. 집에서 가족들과 있어도 외톨이라고 생각하던 윤태였는데, 낯선 장소에서 자신을 걱정해 주는 사람을 만났다. 나이나 성별 같은 건 중요하지 않았다. 그냥 자신을 진심으로 걱정해 주는 사람이 있다는 게 중요했다.

율희의 눈을 보니 그냥 울컥했다. 그래서 또 울었다. 지금까지 살면서 그렇게 운 적은 그날이 처음인 것 같았다. 중학생이 어린아이 앞에서 그렇게 펑펑 울다니. 어디 가서 절대로 이야기할 수 없는 일이다.

'그 이후로 율희와는 종종 만났지. 덕분에 지금까지 올 수 있었고.'

처음에는 애니까 그러려니 했다. 원래 아이들은 순수하니까. 하지만 나이가 들어가도 율희는 변하지 않았다. 식구들이 한결같은 것처럼 율희도 똑같았다. 몇 년이 지났다고는 하지만 아직 초딩이니까 그럴 수도 있을 것이다.

하지만 윤태는 율희가 변하지 않으면 좋겠다고 생각했다. 자신이 유일하게 편안하게 숨 쉴 수 있는 때는 그 아이를 만날 때뿐이었으니까.

"그건 그렇고, 대회에는 어떤 사람들이 나올까?"

애산 법정변론 경연대회. 전국의 법학대학 학생들이 참가하는 모의 법정변론 대회이다. 대법원 법원행정처 주관이며 매년 11월부터 시작해서 2월에 최종 결과가 나오는 일정으로 진행된다.

민사재판과 형사재판 두 분야로 나누어 진행하며, 3명이 팀을 이루어 참가해야 한다. 같은 학교에서 여러 팀이 지원해도 되기 때문에 엄청난 수의 팀이 대회에 참가하지만, 본선에 오르는 건 결코 쉬운 일이 아니다.

서면 심사를 통해 본선에 오를 팀을 가리는데, 본선에는 분야당 32개 팀이 오르게 된다. 그래서 법대생들은 본선에 오르는 걸 32강에 안착했다고 이야기하는데, 분야당 천 팀이 넘게 지원하니 본선에만 올라도 사실 대단한 일이다.

이 대회에서 입상하면 사법시험에 합격한다는 말이 있어서 법대생이라면 누구나 입상을 노리는 그런 대회였다. 거기다가 학교 간 경쟁 심리까지 작용해서 분위기가 아주 뜨거웠다.

"어떤 문제가 나올지도 궁금하고."

매년 까다로운 문제가 나오고 있지만, 윤태는 예선 통과는 자신하고 있었다. 이미 학회 선배들과 팀도 꾸렸다. 자신이 보기에 베스트라고 할 수 있는 멤버들로. 그리고 꾸준히 과외도 받고 있었다.

문제는 입상까지 가능하냐는 거였다. 신입생이고 아직 배워야 할 것도 많았지만, 그래도 윤태는 이번에 입상하는 걸 목표로 하고 있었다. 기왕 하는 거면 최고를 목표로 해야 하지 않겠는가. 윤태는 지금까지 그렇게 살아왔고, 앞으로도 그렇게 살 것이다.

그래야 자신의 가치가 더 높아질 것이고, 그렇게 되면 가족들도 자신을 인정할 수밖에 없을 것이다. 아버지도, 누나도.

그런데 윤태는 문득 한 사람이 떠올랐다. 약간 이상한 상황에서 마주쳤지만, 자신에게 강렬한 인상을 남긴 사람이.

"그때 그 친구도 혹시 나올까? 1학년이니까 아무래도 어렵겠지?"

＊　　　＊　　　＊

"제가요?"

지도 교수의 말에 혁민은 살짝 놀랐다. 1학년인 자신에게 애산 법정변론 경연대회에 참가하라고 하니 말이다.

"저는 아직 1학년인데요?"

"학년이 무슨 상관인가? 학년으로 합격 여부를 가리는 것도 아닌데."

맞는 이야기이기는 했지만, 혁민은 대회 참가는 생각하고 있지 않았다. 어쩐지 자신이 참가하는 건 반칙 같다는 생각이 들어서였다. 그리고 3명이 팀을 이루어야 하는데, 학회나 동아리 활동을 하지 않아서 아는 선배도 없었고.

"내가 팀을 만들어주려고 하는데 한 명은 자네도 잘 아는 사람이야. 오성만이라고."

지도 교수는 다른 한 명의 이야기를 하려다가 시간을 확인하더니 급히 자리에서 일어났다.

"이런, 내가 회의에 가봐야 하니까 자세한 이야기는 나중에 하자고. 일단 자네는 참석하는 걸로 알고 있게."

교수는 혁민의 의사와는 상관없이 대회에 참가하라고 하고는 후다닥 나가 버렸다. 혁민은 입맛을 다시면서 중얼거렸다.

"하여간 교수들은 예나 지금이나."

하지만 사무실에서 걸어 나오면서 생각해 보니, 성만이라면 같이 나가도 괜찮겠다는 생각이 들었다. 폭행 사건 이후로 혁민과 성만은 무척 가까워졌다. 원체 성격이나 호흡이 잘 맞는 사이라서 대회에 나가 입상하는 것도 좋겠다고 여겨졌다.

"어차피 만나러 가는 길이니까 가서 얘기해 보지 뭐."

오늘은 술자리가 있었다. 성만은 고소를 취하하는 대가로 천만 원을 받기로 했는데, 그 돈의 일부를 오늘 받았기 때문이었다. 거기에는 여러 가지 사연이 있었다.

"하여간 있는 놈들이 더하다니까."

처음에는 혁민이 같이 가서 이야기했다. 그래서 천만 원이라는 금액을 받아낼 수 있었다. 성만은 그렇게 많이 받을 줄 몰랐다면서 놀라워했다. 삼사백만 원 정도만 받아도 충분하다고 생각했다면서.

하지만 혁민은 조목조목 따져 가면서 천만 원에 고소를 취하하는 것으로 합의를 이끌어냈다. 받아낼 수 있는 것만큼은 다 받아낸 거였다. 그런데 문제는 그다음에 생겼다.

이 사람들이 혁민이 어떤 인간인지를 알고는 성만과 몰래 따로 만났다. 그가 착하다는 걸 알고는 사정사정했다. 당장은 돈이 부족하니 일부만 주고 나머지는 나중에 주겠다면서. 바보 같은 성만은 그걸 또 승낙했고.

"그런 것도 다 경험해 봐야지. 그래야 정신 차리지."

혁민은 예전의 자신을 보는 것 같았다. 그래서 일부러 내버려 두었다. 그래서 절반만 먼저 받고 나머지는 질질 끌다가 반년이 지난 오늘에야 겨우 받게 된 거였다.

"어, 혁민아. 여기다, 여기. 크하하하."

혁민은 고개를 저었다. 그냥 바로 깔끔하게 받을 수 있었던 돈인데, 이렇게 질질 끌다가 겨우 받았으면서도 저렇게 좋을까 싶었다. 다른 사람들은 아직 도착하지 않았지만, 둘은 삼겹살을 구우면서 술잔을 기울였다.

"야, 혁민아. 난 차동출 검사님 같은 검사가 될 거다."

"그래요? 검사, 나쁘지 않죠. 그런데 차동출 검사 잘 알아요?"

우물쭈물하는 걸 보니 잘은 모르는 듯했다. 그냥 자신의 무고함을 풀어준 사람이라서 강한 인상을 받은 듯했다. 하기야 이런 계기로 사람의 인생이 바뀌는 경우도 많으니 나중에 그렇게 될 수도 있을지 모른다.

"형, 차동출 검사는 조폭도 막 두들겨 패는 사람이에요."

성만은 놀라는 표정이었다.

"그거 영화에서나 그러는 거 아냐? 그러다가 보복당하면 어쩌려고?"

"검사한테 조폭이 보복을 해요? 허이구, 그랬다가는 바로 설거지 당해요."

"응? 설거지?"

혁민은 아차 싶었다. 형사들이 사용하는 은어였는데, 자신도 모르게 튀어나왔던 것이다. 하지만 이미 나온 말을 어쩌겠는가. 하지만 성만은 별로 이상하게 생각하지 않는 듯했다. 혁민을 아주 박식한 사람으로 생각해서 그런 거였다.

"조폭은 형사나 검사 못 건드려요. 그런 걸 당하고 검찰이나 경찰이 가만히 있을 것 같아요? 그 조직이 없어질 때까지 모든 걸 다 동원해서 싹 쓸어버린다고요. 그리고 그런 걸 설거지한다고 하고요."

혁민도 예전에 그 과정을 본 적이 있었는데, 제법 잘나갔던 조폭 계보 하나가 아예 지워졌다. 존재 자체가 사라진 것이다.

그렇게 하지 않으면 경찰이나 검찰이 조폭을 다룰 수 있겠는가.

"아, 그렇구나. 하긴 그렇겠다."

성만은 고개를 끄덕였다. 사람을 사서 보복하는 경우도 있기는 한데 그런 것까지는 아직 몰라도 될 일이다.

"그런데 교수님이 이번 대회 나가라고 하시던데 혹시 들었어요?"

"아, 그거? 직접은 아니고 조교가 얘기해 주더라."

혁민은 삼겹살 한 조각을 집어 먹으면서 물었다.

"다른 한 명은 누군데요?"

"글쎄? 나도 그것까지는 못 들었는데?"

둘의 이야기는 거기까지였다. 슬기를 비롯한 사람들이 우르르 들어왔기 때문이었다. 성만의 동기들이 성만 주위를 감싸고 술을 진탕 먹였고, 슬기와 혁민은 다른 신입생들과 같이 이야기를 나누었다.

그때까지만 해도 별다른 문제가 없을 줄 알았다. 성만과 한 팀이라면 다른 한 명은 누가 오든 크게 상관없다고 생각했기 때문이었다. 하지만 다음 날 교수의 호출을 받고 교수의 방으로 간 성만과 혁민은 상황이 그렇지 않다는 걸 알게 되었다.

"성만 군은 아는 사이일 테고, 혁민 군은 처음이지? 인사하지. 이쪽은 진윤상 군."

교수가 소개한 사람은 진윤상이었다. 일단 성만의 얼굴이

와락 구겨졌다. 사법시험 준비반에서 대차게 싸우고 나왔는데 대회를 같이 준비하라니. 저렇게 맞지 않는 사람과는 그럴 생각이 추호도 없었다.

그건 혁민도 마찬가지였다. 진윤상과의 악연을 생각하면 주먹이라도 날리고 싶은 심정이었다. 비록 이 세계에서는 아직 일어나지 않은 일이었지만, 그가 어떤 사람이라는 건 누구보다 잘 아는 혁민이었다. 절대로 같이 할 생각이 없었다.

그런데 진윤상이 먼저 울상을 하면서 교수에게 말했다.

"교수님 너무하십니다. 이런 애들 데리고 제가 어떻게 준비를 하겠습니까?"

"어허, 이거 왜 이래. 내가 다 알아보고 팀을 짠 거라니까."

"하아, 교수님 말씀이니까 당연히 해야죠. 그렇지만 다시 한 번 생각해 주실 수 없으십니까? 성만이도 저보다 성적 떨어지는 거 아시잖아요. 그리고 1학년이라니요."

혁민은 기가 막혔다.

'아니 저 인간이 무슨 소리를 하는 거야? 자기 실력은 뭐 대단한 줄 아나 보지? 그리고 사람 앞에서 대놓고 저런 소리를 지껄인다는 거지? 하여간 인간성은 똑같구만, 똑같아.'

그렇게 혁민이 분노해서 숨을 몰아쉬고 있는데, 갑자기 씩씩대는 소리가 들렸다. 옆을 보니 성만의 코에서 나는 소리였다. 그리고 그의 얼굴은 잔뜩 붉어져 있었다.

"야, 진윤상. 너 말이면 다 하는 줄 알아?"

교수 앞이라 큰소리를 칠 수는 없어서 나지막이 말했지만,

그가 얼마나 화가 났는지는 충분히 알 수 있었다. 하지만 모든 상황은 교수의 말 한마디에 정리되었다.

"어허. 자네 셋이 한 팀이야. 내가 다 생각이 있어서 그런 것이니 그렇게 알고 준비하게. 만약, 제대로 준비하지 못하면……."

교수는 잠깐 뜸을 들였다가 말을 이었다.

"학교생활이 아주 즐거워질 거야. 아주, 매우, 대단히. 오케이?"

그렇게 셋은 애산 법정변론 경연대회를 준비하는 한 팀이 되었다.

*　　　*　　　*

"알았어요. 여덟 시 반까지 갈게요."

혁민은 성만과 통화를 마치고 핸드폰을 끊었다. 혁민은 핸드폰을 장만하고 나서야 예전에 쓰던 스마트폰이 얼마나 작고 가벼웠는지 알 수 있었다. 처음에는 무슨 벽돌을 들고 통화하는 기분이었다. 그래서 그냥 아령이라고 생각하고 운동하는 기분으로 핸드폰을 사용했다.

하지만 계속 사용하다 보니 어느새 불편함 없이 사용하고 있는 자신을 발견했다. 하기야 미래에서 온 마흔 살이 넘은 아저씨가 스무 살의 청년으로 살아가는 것도 가능한데, 핸드폰 정도야 일도 아닐 것이다.

혁민은 통화를 마치고 아파트 안으로 들어서서는 자신의 목적지로 향했다. 중학생에게 과외를 하러 가는 중이었는데, 문앞에서 초인종을 누르자 기다리고 있었던 듯 곧바로 문이 열렸다.

"아유~ 어서 오세요, 선생님."

사십 대 초반의 아줌마가 활짝 웃는 얼굴로 그를 맞이했다. 혁민에게 과외를 받고 나서 애 성적이 꾸준히 올라서 이제는 오매불망 선생님이 오기만 기다리는 입장이었다. 그래서 과외를 시작할 때와는 완전히 달라진 융숭한 대접을 했다.

"안에 있죠?"

"그럼요. 준비 다 하고 기다리고 있어요오. 애, 선생님 오셨다아~"

아줌마는 약간 콧소리가 섞인 묘한 목소리로 말했다. 전화할 때나 혁민과 같은 손님을 대할 때는 평소와는 조금 다른 접대용 목소리가 나왔다.

혁민은 인사를 하고 슬며시 웃으면서 애가 기다리고 있는 방으로 들어갔다. 문을 여니 중학교 3학년 남자아이가 살짝 긴장한 채 서 있었다.

"숙제 내준 건 다 했지?"

"예, 선생님."

혁민은 대학교에 입학하자마자 과외를 시작했다. 대학생이 가장 손쉽게 돈을 버는 방법은 과외다. 뭔가 다른 게 없을까 생각해 보았지만, 딱히 생각나는 게 없었다. 서른이 넘어서까지 사시 공부만 했고, 그 후로는 변호사 생활만 했는데 할 줄 아는 게 뭐가 있겠는가.

주식도 모르고 경제 관련해서는 아는 게 거의 없었다. 그래서 과외를 해서 돈을 모으고 있었다. 장학금을 받고 있어서 큰돈이 들어갈 일은 없었지만, 나중에 필요한 게 있어서 미리미리 준비하고 있는 거였다.

'백 선생을 찾기 위해서는 돈이 필요해.'

백 선생. 혁민이 생각하는 변호사가 되기 위해서는 꼭 필요한 인물이었다. 하지만 그의 행방을 알 수 없었다. 그를 찾을 방법은 대충은 알고 있었지만, 그러려면 상당한 액수가 필요했다. 그래서 지금부터 착실하게 돈을 모으고 있는 거였고.

"자, 어디 보자."

중학교 3학년이지만 학생은 덩치가 혁민보다 컸다. 하지만 혁민이 숙제를 보기 시작하자 긴장한 표정이 역력했다. 처음에는 자기보다 덩치도 작고 해서 약간 만만하게 본 것도 있었는데, 이상하게도 혁민은 학교 선생님보다도 어려웠다.

큰소리를 지르거나 주먹을 드는 것도 아닌데 자꾸만 혁민 앞에만 가면 위축이 되었다. 아버지나 삼촌 앞에 있는 것 같은 기분이 든다고나 할까. 나이는 분명히 스물이라고 했는데 왜 그런 생각이 드는지 알 수 없었다.

하지만 가르쳐 주는 건 정말 쉽고 알아듣기 편하게 알려주었다. 정말 짱이었다. 그래서 선생님이 정리해 준 내용은 애들한테도 알려주지 않았다.

"몇 개 틀렸네? 같은 패턴을 계속 틀린다는 건 아직 확실하게 이해하지 못한다는 거야. 일단 그거부터 제대로 잡고 넘어가자."

"예, 선생님."

혁민의 이야기에 학생은 의자를 끌어당겨 책상에 바짝 붙었다. 혁민은 연습장에 써가면서 문제를 설명했는데, 수시로 학생에게 질문을 던졌다. 잘 모르는 것 같은 부분은 다시 설명하고 넘어갔다.

혁민이 잘 가르쳐 줄 수 있었던 데는 회귀를 한 영향이 컸다. 회귀하고 나서 가장 막막했던 것이 수능을 준비하는 거였다. 그래서 일단 중학교 과정부터 쭉 정리하고 차근차근 단계를 올리면서 준비했다.

그렇게 했던 게 과외를 하는 데 오히려 장점으로 작용했다. 1년 사이에 중학교부터 고등학교까지 내용을 차례대로 정리한 셈이었으니까. 그래서 중학교 1학년부터 고등학교 3학년까지 어떤 학생이라도 자신 있었다.

'그래도 고등학생이 좀 더 받을 수 있는데……'

혁민은 조금 아쉽다는 생각을 했다. 어차피 학과 공부는 신경 쓰지 않아도 되었다. 특별히 공부하지 않아도 1등을 놓친적이 없었다. 솔직히 말해서 4학년 때까지 어떤 전공과목도 따로 공부할 필요가 없을 듯했다.

그래서 과외를 더 하고 싶었는데, 그게 여의치 않았다. 아무래도 중학생보다는 고등학생 과외가 비싸서 가능하면 고등학

생을 했으면 좋겠는데, 그에게 학생을 맡기는 학부모가 아직
은 없었다.

혁민이 그런 생각을 하는데 밖에서 두런두런 이야기를 나누
는 소리가 들렸다. 아줌마 둘이서 이야기를 나누었는데, 방 안
이 조용하면 그 소리가 작게나마 들렸다.

"제현대학? 거기는 좀 그런데……."

"법대 장학생이야. 아유, 그리고 서울대 다닌다고 애 잘 가
르치는 거 아니라니까 그러네."

얘기만 듣기로는 같은 아파트에 사는 사람인 듯했다. 혹시
라도 고등학생 과외 자리가 있으면 소개를 좀 해달라고 했더
니 그 이야기를 하는 모양이었다.

"원래는 과만 잘 선택했으면 서울대도 가능한 점수였다니
까. 그런데 IMF 때문에……."

"IMF 때 뭐어?"

혁민은 수업을 하면서 귀를 기울였는데, 아줌마는 아예 소
설을 썼다.

"그게… 집이 괜찮았는데 아주 쫄딱 망했대요. 그래서 장학
금 받으려고 여기 온 거래. 그리고 과외해서 집 생활비도 보탠
대요."

"어머 어머, 진짜 효자네. 너무 안됐다."

아줌마 둘은 꿍짝이 맞아서 드라마를 한 편 써 내려갔다. 자
신은 IMF로 집이 조금 어려워졌다고만 이야기했는데 어느새
비운의 주인공이 되어 있었다. 역시나 아줌마들의 입을 거치

면 이야기가 드라마틱해지는 모양이었다.

"그래도 좀 그러네. 큰애가 이번에 고3 올라가는 거라서."

"에유, 그냥 생각해 보라는 거지. 뭐 내가 꼭 하라는 건가."

거기까지 들은 혁민은 피식 웃으면서 다시 과외에 집중했다. 사실 많이 알고 있는 것과 잘 가르치는 건 전혀 별개의 문제였다. 하지만 현실이야 어디 그렇던가. 다들 알고 있지만, 다른 선택을 한다.

아주 특별한 경우가 아니면 명문대 학생에게 과외를 맡긴다. 더 비싼 과외비를 주면서. 그게 현실이다. 그리고 그런 현실은 취업할 때나 사회에 나가서도 마찬가지다. 그런 현실을 탓할 생각은 없다. 탓한다고 변하지도 않을 테고.

"순간순간 최선을 다하는 게 중요한 거야."

혁민은 학생에게, 그리고 자신에게 이야기했다. 그러려면 참을 줄 알아야 한다. 최선을 다한다는 건 많은 걸 참는다는 것이다.

"자고 싶을 때 자고, 쉬고 싶을 때 쉬고. 그런 거 다 하면서 원하는 거 얻을 수 있으면 얼마나 좋겠냐. 그렇지? 나도 해보니까 말이야, 뭐 하나 얻으려고 하면 꼭 뭔가 하나는 버려야 하더라고."

학생은 슬그머니 고개를 끄덕였다. 사실 숱하게 듣는 말이다. 학교에서도 듣고 집에서도 듣고. 그런데 말하는 방식이 조금 달랐다. 혁민은 항상 지나가는 이야기처럼 말했다. 자기 기억을 되돌아보는 것처럼.

학교나 집에서는 강압적으로 이야기해서 들으면 오히려 그렇게 하기 싫었는데, 혁민의 얘기를 들으면 무언가 가슴에 와 닿았다.

'야 이놈들아, 니들 이렇게 해서 좋은 대학 갈 수 있을 것 같아? 밤을 새워서 공부해도 모자라 이 녀석들아.'

'엄마가 얘기했잖니. 그런 건 대학교 가서 하면 된다고. 그러니까 지금은 공부하자. 알았지?'

같은 말을 해도 확실하게 차이가 났다. 그래서 혁민이 좋았다. 느낌은 선생님이나 부모님과 비슷했는데, 자신을 잘 이해해 주는 것 같았다.

물론 가슴이 찡하게 울린다고 갑자기 사람이 돌변하거나 하지는 않는다. 하지만 학생은 확실히 예전과는 달라졌다는 걸 느끼고 있었다. 책상에서 집중하는 시간도 길어졌고, 그에 따라 성적도 조금씩 올랐다.

'나도 대학생이 되면 선생님처럼 되는 걸까?'

학생은 키도 그다지 크지 않고 잘생긴 것도 아니었지만, 혁민이 굉장히 멋지게 보였다. 그리고 학생의 어머니도 혁민을 범상치 않은 대학생이라고 생각하고 있었다. 하지만 그건 혁민을 아는 사람들에 한한 이야기였다.

여전히 과외를 구하기도 어려웠고, 재학 중인 학교를 이야기하면 무시당하는 경우가 있었다. 그것이 혁민의 현실이었다. 아직까지는 그랬다. 아직까지는.

＊　　　＊　　　＊

"그게 아니라니까 그러네."

진윤상의 목소리가 방에 울려 퍼졌다. 지금까지 세 사람이 의견 일치를 본 건 딱 하나였다. 민사소송 분야를 선택한 것. 그것 외에는 의견이 맞은 적이 없었다. 이미 서류 심사 문제는 출제된 상태였다. 거기에 대한 준비 서면을 제출해야 하는데 사사건건 충돌했다.

"야, 혁민이 말이 맞잖아. 그 방향으로 정리하면 되겠구만."

"하아, 나 참. 야, 오성만. 넌 쪽팔리지도 않냐? 일 학년 말이나 맞장구치고."

"학년이 무슨 상관이야? 법리적으로 그게 맞으면 되는 거지. 너야말로 일 학년 의견이라고 무조건 제끼고 보는 거잖아. 너야말로 정신 차려, 인마."

"이 새끼가, 뭐라고?"

혁민은 한숨을 내쉬었다. 이렇게 가다가는 밤을 꼴딱 새워도 결론이 나오지 않을 것 같았다. 벌써 이렇게 며칠을 지내고 나니 진절머리가 났다. 처음에는 어떻게든 잘해보려고 했는데, 어차피 팀워크를 기대하는 건 아직은 무리인 듯했다.

"그러면 이렇게 하죠."

혁민의 말에 두 선배가 고개를 돌렸다. 거의 주먹다짐 직전까지 갔던 두 사람은 혁민의 입이 열리기만 기다렸다.

"따로 만들죠. 준비 서면을 따로 만들어서 그걸 서로 보고 이야기하죠. 이렇게 나가다가는 기한 내에 못 하겠어요."

성만이 대뜸 찬성했다.

"오케이. 이렇게 입으로 싸우는 것도 지겹다 지겨워. 그러니까 차라리 따로 만들고 각자 만든 걸 보고 얘기하자."

진윤상도 혁민의 제안에 찬성했다.

"나도 오케이. 그러면 각자 준비해서 이번 주말에 다시 모이지. 다음 주에 제출하려면 정리할 시간이 필요할 테니까."

"좋아, 그렇게 하지."

거기까지만 했으면 좋았을 텐데 진윤상은 피식 웃으면서 말을 덧붙였다.

"어차피 내 걸로 될 테지만 잘들 해봐."

그 말을 남기고는 진윤상은 문을 쾅 닫고 나가 버렸다. 성만은 씩씩대면서 이 자식 저 자식 하며 소리쳤지만, 이미 상대는 사라진 뒤였다.

"형, 신경 쓰지 말고 우리 준비나 잘하죠."

"아오, 저 재수 없는 새끼. 이번에는 아주 콱 밟아버려야지. 아오, 짜증 나."

성만은 의욕이 불같이 치솟았다. 원래 혁민은 크게 관여하지 않으려 했다. 사실 예선에서 그냥 떨어져도 상관없다는 생각이었다. 차라리 그 시간에 다른 걸 하는 게 더 이익이라는 생각이 들어서였다.

하지만 진윤상이 저렇게 나오니 생각이 조금 바뀌었다. 적어도 자신의 한계는 알게 해주어야겠다는 생각이 들었다. 그래도 자신이 전면에 나서는 건 아니다 싶었다. 그래서 성만이 주로 작성하고 자신이 보조하는 식으로 작업했다. 작업하면서 슬쩍슬쩍 힌트를 주어서 준비물의 완성도를 높이게 해주면서.

성만은 미친 듯이 매달렸고, 진윤상도 마찬가지였다. 둘의 경쟁 심리는 굉장했다. 특히나 진윤상은 모든 방법을 동원해서 준비했다. 그는 자료 조사나 잡다한 일은 후배들 잡아다가 시켰는데, 혁민은 그런 걸 보면서 눈살을 찌푸렸다.

정말 전이나 지금이나 한결같은 캐릭터였다. 그렇게 서류 작성에 파묻혀 보내는 시간이 흘렀고 드디어 주말이 되었다.

"햐아, 이 정도면 되겠지? 괜찮은데? 크하하하!"

성만은 자신의 작업물에 만족했는지 1차로 완성된 문서를 보면서 크게 웃었다.

"시간이 촉박했던 거에 비하면 나쁘지 않은 것 같은데요."

혁민도 맞장구를 치기는 했지만, 속마음은 그렇지 않았다. 솔직히 이 정도로는 예선을 통과할 수 없을 듯했다. 혁민은 서포트하는 걸 적당히 조절했다. 이건 어디까지나 성만의 작품이었다. 자신이 더 깊이 들어가는 건 좋지 않았다.

그래서 진윤상의 것보다는 좋겠다 싶을 정도로만 조언하고 도와주었다. 그러면서 따로 준비한 게 있었다. 최종 정리를 하면서 보완할 내용이었는데, 적어도 예선은 통과해야겠다고 생각해서 준비한 거였다.

"어디 한번 볼까? 뭐 어차피 볼 필요도 없을 것 같긴 하지만 말이야."

"웃기시네. 보고 나서 놀라지나 말라고. 어디 니 껀 어떤가 함 볼까?"

성만과 윤상은 서로 으르렁거리면서 서로의 작업물을 교환했다. 그리고 혁민도 둘의 작업물을 한 부씩 받았다.

상대의 작업물을 살피는 두 사람의 표정이 묘하게 변했다. 그리고 혁민의 표정도 비슷했다. 혁민은 왜 교수가 둘을 한 팀으로 묶었는지 알 것 같았다.

'스타일이 완전히 다르네. 그런데 서로 부족한 부분이 바로 상대의 장점이야.'

둘 다 문제점이 있었다. 그런데 두 사람의 작업물 중에서 잘된 점을 합치면 자신이 준비한 내용과 거의 흡사했다.

"생각보다는 제법인데?"

성만이 먼저 말을 내뱉었다. 그 이야기에 진윤상의 얼굴이 묘하게 씰룩거렸다. 그러더니 코웃음을 치고는 이야기했다.

"니 꺼는 여전히 허술하네……."

윤상은 잠시 망설이다가 말을 이었다.

"그래도 나쁘지는 않아."

혁민은 잘하면 괜찮은 팀이 될 수도 있지 않을까 하는 희망을 보았다. 서로의 장단점을 볼 수 있다는 건 정확한 눈을 가지고 있다는 거니까.

사람들이 착각하는 게 있다. 모차르트를 시기한 살리에리 이야기를 하면서 살리에리 정도는 누구나 될 수 있는 것처럼 생각한다는 점이다. 절대로 그렇지 않다. 모차르트를 이해하고 시기하려면 상당한 수준에 올라야 한다.

물론 두 사람이 그런 경지에 올랐다는 이야기는 아니다. 하지만 적어도 무언가 가능성을 논할 정도의 수준은 된다고 보였다.

'이거 잘만 하면 재미있을 수도 있겠는데?'

혁민은 못마땅한 표정으로 서로를 바라보고 있는 두 사람을 유심히 쳐다보았다

*   *   *

'재미는 개뿔.'

혁민은 목에 핏대를 세우고 삿대질을 하면서 싸우는 둘을 바라보면서 한숨을 푹푹 내쉬었다. 둘은 한 치의 양보도 없이 자신이 쓴 게 더 좋다고 말하고 있었다. 이대로 두었다가는 밤새 똑같은 말만 할 것 같았다.

혁민이 보기에는 성만의 것이 조금 더 나아 보이긴 했지만, 어차피 장단점이 분명해서 큰 의미는 없었다. 두 서면을 잘 융합해서 하나의 결과물로 만드는 것이 중요할 것 같은데 두 사람은 자존심 싸움을 하기에 바빴다.

"저기요."

혁민이 말을 걸었지만 둘은 다투기 바빠서 말소리를 듣지 못했다.

"내 걸로 해야 한다니까."

"무슨 헛소리야? 당연히 내 걸로 해야지. 내가 발로 써도 그거보다는 잘 쓰겠다."

"퍽이나 그러겠다."

유치한 말다툼을 듣다 못한 혁민이 목소리를 키웠다.

"저기요!!"

그제야 둘은 혁민에게로 시선을 돌렸다. 혁민은 자리에서 일어서면서 둘에게 이야기했다.

"제가 할게요. 제가 두 개를 보고 정리하는 게 유일한 방법 같네요."

둘은 잠시 생각하는 듯했는데, 진윤상이 대뜸 고개를 저었다.

"야, 웃기지 마. 일 학년이 뭘 하겠다고."

"아니지, 그게 제일 좋은 방법 같다."

성만은 혁민이 하지 않으면 누가 하겠느냐고 물었다. 어차피 둘은 서로에게 맡기지 않으리라는 걸 잘 알고 있다. 그러니 혁민이 정리하는 방법이 유일한 대안이었다.

"나 참. 야, 너 이상하게 했다가는 죽을 줄 알아. 그리고 빨리해. 어차피 다시 손봐야 할 테니까."

진윤상은 마음에는 들지 않았지만, 어쩔 수가 없어서 맡긴다는 티를 꽉꽉 냈다. 하지만 혁민은 씨익 웃었다.

'내가 작성한 걸 보고도 그런 말을 할 수 있을까?'

혁민은 과연 진윤상이 자신이 만든 준비 서면을 보고 어떤 표정을 지을지가 궁금했다. 그리고 그걸 확인하는 건 금방일 것이다. 성만을 도우면서 이미 만들어놓은 게 있었으니까. 혁민은 두 서류를 놓고 정리를 시작했고, 채 하루도 걸리지 않아 작업을 마무리했다.

작업이 끝났다는 소식을 듣고 달려온 진윤상의 표정은 썩 좋지 않았다. 빨리하라고는 했지만, 하루도 되지 않아서 다 했다고 하니 일 학년 녀석이 대충 했겠다는 생각이 들어서였다.

"야, 한 거 내놔봐. 도대체 얼마나 대충 했으면 벌써 끝냈다는……."

진윤상은 혁민이 내민 종이를 홱 낚아챘다. 그리고 바로 읽기 시작했는데, 갑자기 말이 없어졌다.

"어?"

종이를 넘기는 진윤상의 표정이 점점 굳어졌다. 그는 자신이 지금 보고 있는 게 정말 일 학년이 한 것이 맞는지 의문이 들었다.

'뭐야, 이게. 이걸 지금 일 학년이 했다고? 게다가 하루도 안 걸려서?'

읽으면 읽을수록 믿어지지 않았다. 하지만 믿을 수밖에 없었다. 분명히 거기에는 자신과 성만이 작성한 내용이 적절하게 섞여 있었다.

'아니, 적절하다는 말보다는 절묘하다는 말이 더 어울리겠어.'

그는 진윤상과 오성만이라는 그저 그런 음식 두 가지를 잘

버무린 뒤에 양념을 하고 데커레이션을 해서 훌륭한 음식으로 재탄생시킨 것 같다는 생각이 들었다.

"어때?"

이미 내용을 읽어본 성만이 물었다. 그 역시 혁민이 정리한 걸 보고는 깜짝 놀랐다. 범상치 않은 녀석이라는 건 알고 있었지만, 그래도 일 학년이라 한계가 있다고 생각했다. 하지만 혁민이 내민 건 자신이 상상한 그 이상이었다.

"뭐… 괜찮네……."

진윤상도 인정할 수밖에 없었다. 그리고 두 가지를 다시 생각하게 되었다. 하나는 혁민이라는 후배에 대한 생각이었다. 그가 팀에 합류했을 때 짐 덩어리라고 생각했는데 그게 아니었다.

'교수님이 추천할 만하네. 장학생이고 학과 탑이라고 하더니 보통내기가 아니야.'

그리고 다른 하나는 자신의 단점에 대해서였다. 성만의 서류를 보았을 때도 느꼈지만, 이렇게 일목요연하게 정리된 걸 보니 확실하게 알 수 있었다. 자신의 단점이 무엇인지를. 하지만 그게 쉽게 고쳐질지는 모르는 일이다.

단점을 아는 것과 그것을 극복하는 건 또 다른 문제다. 변화구에 약한 타자가 있다고 치자. 그가 자신의 단점을 모르겠는가. 알면서도 극복하기 어려운 것도 있는 법이다. 하지만 자신의 꿈을 이루기 위해서는 반드시 고쳐야 할 것이기도 했다.

"교수님한테 일단 보여 드릴까?"

성만의 말에 진윤상은 고개를 끄덕였다.

사실 대회에 참가한 팀은 누구의 도움도 받아서는 안 된다. 하지만 대다수가 이 정도면 제출해도 되겠느냐고 교수에게 자신들이 작성한 준비 서면을 보여준다. 교수는 괜찮겠다고 하거나 다시 준비하라는 말 정도를 해주고.

혁민의 팀이 작성한 준비 서면을 보고 교수는 너털웃음을 터뜨렸다.

"그것 보게나. 내가 둘이 잘 맞추면 뭔가 나올 거라고 했잖아."

교수는 아주 흡족하다는 표정으로 성만과 윤상의 어깨를 두드렸다. 이 정도면 본선은 문제없겠다면서. 진윤상은 묘한 표정으로 교수의 이야기를 들었다. 그리고 이야기를 듣는 도중에 힐끗힐끗 혁민을 쳐다보았다.

그리고 교수가 장담한 대로 혁민의 팀은 치열한 경쟁을 뚫고 본선에 진출했다.

제현대학교에서는 딱 한 팀만이 본선에 올랐다.

*   *   *

"기집애. 너 요즘 얼굴 보기 왜 이렇게 힘드니?"

윤태의 누나 강윤주는 커피를 홀짝이며 물었다. 오랜만에 만난 친구 이채민에게 너무 보기 어렵다면서 눈을 살짝 흘기면서. 그러자 옆에 있던 또 다른 친구 오혜나가 말을 받았다.

"왜긴, 또 남자 생겨서 그렇지. 이번에는 1차 수석 한 선배라며?"

"또? 하여간 너도 어지간하다, 애."

이채민은 두 친구의 말에도 별다른 표정 변화 없이 허브티를 조용히 마셨다.

"너 그러니까 애들이 자꾸 범생이 킬러라고 하는 거잖아."

오혜나의 말에 이채민의 눈가가 살짝 찌푸려졌다. 자신이 듣기 싫어하는 말이었기 때문이었다. 범생이 킬러 이채민. 서울대 법학과에서 여학생들이 그녀를 부르는 말이었다.

"난 그런 거 신경 쓰지 않아. 그리고 난 나보다 나은 점이 있는 남자에게 관심이 생기는 것뿐이야. 그리고 그런 면이 보이지 않으면 관심이 사라지는 거고."

이채민은 차가운 표정으로 말했다. 셋은 고등학교 때부터 같이 몰려다니는 친한 친구였고, 과는 다르지만 같은 대학교에 입학했다. 다들 집안도 괜찮았고.

셋은 고등학교 때 미녀 삼총사라는 별명으로 불렸는데, 그중 이채민은 얼음공주라고도 불렸다. 도도하고 차가운 표정과 성격이 그녀의 매력이었다. 사람들은 오혜나는 털털하고 보이시한 매력이, 강윤주는 화사하고 우아한 매력이 있다고 얘기했다.

"그런데 정말 의외다. 니가 윤주 동생하고 한 팀이 됐다니 말이야."

혜나가 의아하다는 듯 이야기했다. 능력이 없는 사람은 거

들떠보지도 않는 채민이 일 학년과 팀을 이룰 줄은 몰랐다는 뜻이었다. 우리나라 최고의 대학인 서울대학교다. 인재가 얼마나 많겠는가.

"괜찮더라고. 똑똑하고 법리적인 해석력도 좋았고."

"너 혹시?"

혜나가 장난기가 가득한 눈으로 채민을 쳐다보았다. 하지만 그녀는 여전히 변함없는 표정으로 말했다.

"내가 말했잖아. 나는 나보다 능력 있는 남자에게만 관심이 있다고. 윤태가 똑똑하기는 하지만, 내가 관심을 가질 정도는 아니야."

"하긴 어련하시겠어. 너 눈 높은 거야 우리가 잘 알지. 그런데 윤주 너는 무슨 생각해? 아무 말도 안 하고?"

윤태의 이야기가 나오면서부터 얼굴이 굳고 말이 없었던 윤주는 전처럼 화사한 얼굴로 돌아가서 대답했다.

"으응… 그냥 생각할 게 좀 있어서. 참! 채민이 너 본선 올라갔다면서? 뭐, 니 실력이면 당연한 거겠지만."

"본선은 크게 신경 쓰지 않았어. 목표는 우승이니까."

"어머, 나는 항상 그렇게 자신감 넘치는 니가 부럽더라."

녹두거리에 있는 카페에 앉아서 셋은 계속해서 수다를 떨었는데, 지나가던 남자들이나 카페에 있는 남자들은 모두 미녀 삼총사가 있는 테이블을 힐끔거렸다. 그녀들도 그런 시선을 알고 있었지만, 신경 쓰지 않았다. 윤주 같은 경우에는 오히려 그런 시선을 즐겼고.

"그런데 본선에 가면 아무래도 경쟁이 치열하겠지?"

"검증된 팀만 올라오니까 만만한 팀은 없겠지."

혜나와 채민이 말을 주고받았다. 본선은 8개 팀이 한 조가 되고, 각 조에서 1위만 결선에 올라가는 방식이다. 8개 팀이 한꺼번에 경쟁을 하는 건 아니고 두 팀씩 맞붙게 된다. 그러면 법관들이 채점해서 가장 점수가 높은 팀을 정하는 방식이다.

결선도 마찬가지다. 그렇게 올라온 4개 팀이 두 팀씩 맞붙어서 가장 높은 점수를 획득한 팀이 우승하게 된다.

"그런데 너 본선이 바로 앞인데 이렇게 여유 부려도 되는 거야?"

"준비는 끝났어. 그러니까 걱정하지 않아도 돼."

이채민은 여전히 무표정한 얼굴로 이야기했다. 두 친구는 도도한 그녀의 표정에서 넘치는 자신감을 엿볼 수 있었다. 하지만 그녀와는 반대로 안절부절못하고 있는 사람들도 있었다.

"야, 이거 뭐라고 했지? 원고 쪽 주장 말이야."

"그것보다 피고 거부터 정리하자. 그쪽이 준비가 덜 된 것 같아."

성만과 윤상은 정신없이 부산을 떨어댔다. 물론 기대는 했지만, 본선에 오를 확률은 높지 않다고 생각하고 있었다. 전국에서 수많은 팀 중에 32위 안에 들어야 본선에 오르는 것이다. 그러니 기대는 했지만 설마하니 오르겠나 하는 생각을 한 것이다.

그런데 덜컥 하고 붙어버린 것이다. 제현대학교에서 본선에 오른 팀은 지금까지 손에 꼽을 정도. 당연히 학교에서도 상당한 관심을 받았다. 그리고 그런 관심을 받을수록 부담감은 커져만 갔다.

그래서 준비를 하는 내내 바짝 긴장한 상태였다. 아무리 준비를 해도 모자란 것 같고, 어딘가 부족한 부분이 있는 것 같았다. 게다가 이제는 직접 현직 법관 앞에서 대결을 펼쳐야 한다. 떨리지 않는다면 거짓말일 것이다.

"저기요, 잠깐 밖에 나가서 커피라도 한잔하죠."

혁민은 허둥지둥하는 꼴을 보다 못해 잠깐 쉬는 시간을 갖자고 제안했다. 하지만 둘은 고개도 들지 않고 그게 무슨 소리냐며 화를 냈다.

"야, 본선이 바로 내일이야. 지금 그런 소리가 입에서 나와?"

"너도 빨리 검토해 봐. 본선 나갔는데 법조계 대선배들 앞에서 헛소리라도 하면 그게 무슨 개망신이냐. 빨리 너도 다시 한 번 읽어봐."

혁민은 심호흡을 하고는 목청을 높였다.

"저기요!!"

그제야 종이 더미 속에 파묻혀 있던 둘은 고개를 들었다.

"지금 이대로 뭐가 될 것 같아요? 30분 전부터 계속해서 이리저리 종이만 뒤적이고 있잖아요. 그러니까 잠깐 머리 식히죠. 10분 쉰다고 큰일이 나는 것도 아니잖아요."

둘은 서로의 몰골을 확인하더니 겸연쩍은 표정을 지었다. 그리고 머리를 긁적이며 혁민을 따라 밖으로 나섰다. 하지만 커피를 마시는 동안에도 둘은 계속해서 내일 있을 본선 생각을 머리에서 떨치지 못하고 있었다.

'저런다고 뭐가 되는 것도 아닌데. 오히려 저런 조급함이 화를 가져오면 가져왔지.'

하기만 이런 큰 무대에 서는 경험이 전무한 두 사람이니 이런 행동을 보이는 것이 어쩌면 당연한 일이다. 둘은 얼마나 정신이 없는지 혁민이 긴장하지 않고 있다는 사실도 모르고 있었다.

주변이 하나도 보이지 않는 상태. 혁민은 아무래도 내일 본선은 자신이 주도해서 끌고 가야겠다고 생각했다. 안 그랬다가는 초반부터 공황 상태에 빠져서 시작도 해보지 않고 허물어질 수도 있을 듯했다. 혁민은 멍하게 있는 두 사람을 보고 그렇게 마음을 굳혔다.

*　　　*　　　*

드디어 본선 당일. 혁민의 팀은 두 번째로 나서게 되었는데, 원고 측을 맡게 되었다. 평소와는 달리 멀쑥한 양복을 입은 셋은 자리에서 법관이 들어오기를 기다리고 있었다. 혁민을 제외한 둘은 입술을 질겅질겅 깨물고 다리를 떨면서 초조함을 감추지 못하고 있었다.

혁민은 몸을 살짝 숙이고는 둘의 귀를 잡아끌었다.

"야, 이 미친……."

진윤상이 발끈해서 소리를 지르려다 입을 틀어막았다. 하지만 이미 소리는 퍼져 나갔고, 법정 안에 있는 사람들은 모두 진윤상을 쳐다보고 있었다. 잔뜩 붉어진 얼굴로 진윤상은 혁민에게 낮은 소리로 중얼거렸다.

"야, 너 지금 뭐하는 짓이야?"

"형들, 저쪽 살짝 봐봐요."

혁민은 턱으로 피고를 맡은 상대 팀을 가리켰다. 둘은 슬쩍 고개를 돌려 상대 팀을 보았는데, 그들도 바짝 긴장했다는 게 확연하게 보였다.

"긴장하는 건 당연한데요, 이러다가는 말도 제대로 못 할 것 같아요. 그러니까 심호흡도 하고 몸도 움직이고 하면서 긴장 풀어요."

둘은 혁민의 말대로 심호흡도 하고 몸도 이리저리 움직였다.

"어? 진짜 좀 괜찮은 것 같은데?"

"그러게. 야, 너 이런 건 어디서 알았냐?"

혁민은 대답하지 않고 씨익 웃기만 했다. 둘이 다시 물어보려는데 판사가 법복을 입고 들어왔다.

"애산 법정변론 경연대회 두 번째 변론을 시작하겠습니다."

판사의 묵직한 목소리와 함께 경연이 시작되었다.

"오늘은 변론기일이기 때문에… 내용을 확인하고, 주 변론을 듣고……."

판사의 말이 이어졌고, 혁민은 머릿속으로 자신이 발언할 내용을 다시 한 번 정리했다.

"그러면 원고부터 시작하시죠."

판사의 이야기에 혁민은 가볍게 숨을 내쉬었다. 그리고 마이크를 자신 쪽으로 조금 당긴 다음 말을 시작했다.

"존경하는 재판장님, 이 사건은……."

*   *   *

아무나 참관을 할 수 없는 데다가 결선도 아닌지라 법정 안에는 경연에 관련된 사람 외에는 거의 보이지 않았다. 그래서인지 쟁점에 관해 설명하는 혁민의 목소리가 낭랑하게 울려 퍼졌다.

"더불어 과실상계를 주장할 수 있는지 여부가 다루어지고 있습니다. 이상의 쟁점에 대해 앞으로의 변론 과정에서 다루도록 하겠습니다."

혁민은 크지는 않았지만 또렷하고 분명한 발음으로 자신이 준비한 내용을 또박또박 발표했다. 내용도 무척 잘 정리되었고, 혁민의 발표도 깔끔해서 심사를 맡은 판사들은 발표가 끝나자 살짝 고개를 끄덕였다.

나무랄 데 없는 발표였기 때문이었다. 하지만 판사들은 법정에 들어오기 전에 나눈 이야기를 떠올리고 있었다. 제출한 서면이 너무 잘 정리되어서 과연 학생들이 작성한 것이 맞느냐 하는 이야기를 했던 것이다. 특히나 우 배석 판사가 강하게 의혹을 제기했다.

"이거 손 탄 거 아닐까요? 예선 때 제출한 것도 살펴봤는데 약간 의심이 들더군요."

다른 사람이 도와준 게 아니냐는 뜻이었다. 간혹 그런 경우가 있었다. 본선에 진출하는 것만으로도 학교로서는 자랑거리이니 교수나 다른 사람이 도와주는 경우가 있다. 그렇게 본선에 진출하면 거기서 망신을 당하면 안 되니까 또 도와주게 되고.

이들이 제현대학교 학생이고 한 명이 일 학년이라는 것도 의심하게 된 이유 중 하나였다. 만약 명문대 학생이었다면 이렇게까지 이야기하지는 않았을 것이다. 하지만 어차피 살펴보면 알 수 있는 일. 판사들은 처음부터 혁민 팀을 주의 깊게 살폈다.

일단 첫 발표는 좋았다. 일 학년인데도 무척이나 안정적이고 인상적인 발표를 했다. 내용을 모두 이해하고 발표하는 것과 외워서 발표하는 건 아무래도 차이가 난다. 물론 연습을 잘해서 매끄럽게 발표한 것일 수도 있지만, 발표만 보면 그런 것 같지는 않았다.

'질의응답 시간이 되어보면 알겠지.'

본선에서는 준비된 내용만 발표하고 끝나는 게 아니다. 판사가 참가자 모두에게 여러 가지 질문을 하는 시간이 있다. 준비한 내용을 얼마나 잘 파악하고 있고, 이해하고 있는지를 살펴보기 위함이다. 특히 이때 어려운 질문을 하면 수준을 가늠하기 좋았기 때문이기도 했고.

그래서 그 시간이 가장 중요했다. 거기에서 점수를 얼마나 얻느냐에 따라 결선행 티켓이 왔다 갔다 한다고 보아도 무방했다.

그럴 일은 거의 없겠지만, 혹시라도 있을 부정행위를 확인하는 시간이기도 했다. 핵심적인 질문을 던지고 거기에 어떤 답변을 하는지를 들어보면 정말 제출한 서면을 직접 작성한 것인지 알 수 있으니까. 판사들이 그런 생각을 하는 사이에도 경연은 계속해서 진행되었다.

성만과 윤상도 무난하게 발표했다. 시작 전에 긴장을 푼 것도 효과가 있었고, 혁민이 스타트를 잘 끊어서 안정이 된 점도 좋게 작용했다. 하지만 진짜는 지금부터가 시작이었다.

심사위원장을 맡은 김문환 부장판사는 마이크를 약간 자신 쪽으로 끌어당겼다.

"몇 가지 질문을 하겠습니다. 먼저 원고 측 1번 대리인께서 답변해 주시기 바랍니다. 아까 주 변론에서 재산적 손해에 대해서 통상 손해 또는 특별 손해라고 투망적인 변론을 하셨는데, 구체적으로……."

원고 측과 피고 측을 가리지 않고 핵심을 푹푹 찌르는 질문이 이어졌다. 사건 내용도 확실하게 꿰뚫고 있어야 하고 법리적인 이해도가 높지 않으면 쉽게 대답하기 어려운 그런 질문이었다.

두 팀 다 준비를 많이 해서인지 답변을 하지 못하고 어버버버 하는 경우는 없었다. 하지만 판사들은 답변을 듣다가 가끔 실소를 지었다. 알고는 있는 것 같은데 제대로 표현을 하지 못하는 경우도 있었고, 억지로 가져다 붙이는 경우도 있었으니까.

만약 변호사였다면 질책을 들어도 마땅했지만, 이들은 아직 학생이다. 완벽함을 요구한다는 것 자체가 무리. 그래서 판사들은 예비 법조인의 귀여운 실수라고 생각하고 가볍게 웃으면서 넘겼다. 물론 그런 게 전부 점수에 반영되긴 했지만.

혁민은 판사들의 표정과 발표 내용을 들으면서 자신들이 우위에 있다는 걸 알 수 있었다. 분위기가 괜찮았다. 혁민이 보기에는 이미 격차가 제법 나는 듯했다. 성만과 윤상이 약간 더듬을 때가 있기는 했지만, 전반적으로 준비한 내용을 잘 발표했다.

'이 정도면 결선 진출을 생각해도 되지 않을까?'

다른 팀이 얼마나 잘하는지는 모르겠지만, 가능성이 있겠다 싶었다. 그 질문이 나오기 전까지는.

"그러면 다시 원고 측에 질문하겠습니다. 원고는 피고에 대해서 사용자 책임을 묻는 외에 직접 불법행위 책임을 묻고 있는 것으로 보입니다. 불법행위 책임을 묻는 법적 근거를 어디서 찾고 있는지……."

당연히 오성만의 목소리가 나올 줄 알았다. 그가 답변해야 하는 파트였으니까. 그런데 질문이 끝났는데도 아무런 소리가 나지 않았다. 혁민은 고개를 돌렸는데, 성만의 얼굴을 보고 무언가 잘못되었음을 직감했다. 그의 얼굴에 맺혀 있는 식은땀, 허벅지를 꽉 쥐고 있는 손, 바싹 마른 입술과 살짝 거칠어진 숨소리. 모든 것이 잘못되어 가고 있다는 걸 말해주고 있었다.

성만은 식은땀이 흐르는 걸 느꼈다. 분명히 준비한 내용인데 말이 입 밖으로 나오질 않았다. 긴장 상태로 계속 있다 보니 머릿속이 뒤죽박죽된 모양이었다. 단어 몇 개가 입속에서 맴돌았지만, 하나의 문장으로 정리가 되지 않았다. 심장은 백 미터를 전력 질주한 것처럼 펄떡거렸고, 관자놀이에서 심장이 뛴다는 느낌이 들었다.

당황한 건 놀란 눈으로 성만을 쳐다보고 있는 윤상도 마찬가지였다. 진윤상도 상황을 깨닫고 무언가를 하고는 싶었지만, 막상 말하려니 입이 떨어지지 않았다. 분명히 준비하면서 여러 번 들은 이야기였는데, 대신 발표를 하려니까 갑자기 그 부분의 기억만 통째로 증발했는지 아무런 생각도 나지 않았다.

둘은 귀에서 초침 소리가 들리는 것 같았다. 어떻게든 이 상황을 타개해야 하는데 머릿속이 하얗게 변해서 아무런 생각도 나지 않았다.

'제발!! 빨리 정신 차리고 대답을 해야 해!'

하지만 아무리 집중을 하려고 해도 머릿속에 떠오르는 건 아무것도 없었다. 그렇게 둘이 공황 상태에 빠져 있는데, 갑자기 옆에서 혁민의 목소리가 들렸다.

"그 부분에 대해서는 제가 답변드리겠습니다. 사실 국내에는 참고할 만한 판례가 없지만, 미국의 경우를 보면……."

차분하고 담담한 투로 혁민은 말했다. 정확한 내용을 물 흐르듯 자연스럽게 이야기했고, 임팩트를 주어야 할 곳에서는 목소리의 강약과 속도를 조절해서 상대방이 들으면서 이해하기 편하게 말했다.

성만과 윤상은 이야기를 들으니 그제야 생각이 났다. 편한 자리였다면 아우 하고 소리를 지르면서 무릎을 탁 쳤을 것이다. 저렇게 쉬운 걸 왜 말하지 못한 것인지 짜증이 날 정도였다. 둘은 안타까움, 짜증, 그리고 안도감이 뒤섞인 시선으로 혁민을 바라보았다.

"후아~"

혁민의 발표가 끝나자 성만과 윤상은 한숨을 내쉬었다. 정말 낭떠러지에 한 발을 걸쳤다가 돌아 나온 기분이었다. 그리고 둘은 혁민에게 고맙다는 눈빛을 보냈다. 그리고 그것으로 정신을 차렸는지 이후로 큰 실수는 없었다.

그렇게 두 팀의 경연이 마무리되었다.

"자네들 보기에는 어떤가? 손을 탄 것 같지는 않은데."

경연이 끝나고 회의실에 모인 세 명의 판사는 경연에 관해서 의견을 나누었다. 김문환 부장판사의 말에 우 배석 판사가 웃으면서 대답했다.

"제가 너무 과민하게 반응한 것 같습니다. 논거도 훌륭했고,

이해도도 높아 보였습니다."

김문환 부장판사는 고개를 돌려 좌 배석 판사를 보았다.

"저도 마찬가지입니다. 특히 원고 측 삼 번 대리인이 아주 인상적이더군요. 그런데 그 친구가 일 학년이던데요?"

"그건 그래. 전체 리더가 그 친구인 것처럼 보일 정도였으니까. 담이 큰 건지 정말 실력이 좋은 건지는 모르겠지만 말이야."

"어떨 때는 진짜 변호사가 변론하는 것처럼 보일 때도 있더군요."

판사들은 혁민의 팀이 훨씬 좋았다고 입을 모았다.

"중간에 실수만 하지 않았어도 거의 결선 진출이 확실했을 것 같은데, 조금 아쉽군요."

"그건 그래. 결선에 가도 될 만한 팀인 것 같긴 하던데… 준비도 많이 한 것 같고."

판사들은 고심하다가 점수를 주었다. 다른 경연 결과를 봐야 알겠지만, 예전 기록으로 볼 때 결선에 올라가기에는 약간 모자란 점수였다.

*   *   *

"아, 저 바쁘다니까요."

"닥치고 다녀와. 그러니까 누가 그렇게 또라이 짓을 하래?"

차동출 검사는 선배 검사의 말에 투덜거리면서도 주섬주섬

자리를 정리했다. 상급자의 명령이니 듣지 않을 재간이 있는 가. 아니꼽더라도 까라면 까야 한다.

"야, 가서 사고 치지 말고 부장님 잘 모셔. 알았어?"

"알았다니까요. 제가 무슨 애예요?"

"으이그, 이 자식을 그냥 확."

선배 검사는 얼굴을 찌푸리면서 손을 들었지만, 차동출은 인사를 하고는 잽싸게 밖으로 나가 버렸다.

애산 법정변론 경연대회는 법조계 전체의 축제. 그래서 변호사 협회 임원과 검찰에서도 주요 인사가 참여했다. 결선 당일에는 고위층이 참석하지만, 본선에는 그보다는 낮은 직급의 사람들이 참석한다.

차동출 검사의 직속상관인 부장검사도 오늘 참석하는 사람 중 한 명이었는데, 그가 같이 데려갈 사람으로 차동출을 콕 집은 거였다.

"아우 씨, 할 일도 많은데 귀찮아 죽겠네."

부장검사가 거기 가서 무슨 일을 하겠는가. 아는 사람들과 이야기나 나누고 잡다한 일은 데리고 간 평검사가 해야 한다. 그래서 거기 따라가는 평검사를 시종이라고 불렀는데, 다들 꺼리는 일이었다.

물론 이유는 알고 있다. 평소에 부장검사가 덮으라고 해도 듣지 않고 계속 수사한 벌이다. 계속 그렇게 나오면 고달플 것 이니 알아서 하라는 의미인 것이다. 하지만 그런다고 굽히면 그건 차동출이 아니다.

죽을상을 하고 부장검사를 따라간 차동출은 시킨 일을 대충하고는 밖으로 나왔다. 어차피 자신 아니어도 일할 사람은 많았다. 그러니 후배들 실력이나 한번 보자는 생각이었다.

그리고 같은 시각, 윤주와 혜나는 본선이 진행되는 서울법원종합청사로 향하고 있었다. 친구인 이채민을 응원하기 위해서였다.

"혜나야, 너 요즘 창업 준비한다면서?"

"엔터 쪽으로 해보려고. 아버지 밑에서 하는 것보다는 내가 직접 해보고 싶은 것도 있고."

혜나는 경영학과에 다니고 있었는데, 이미 만들어진 데 가서 하는 건 성에 차지 않는다고 말했다. 그리고 면밀하게 분석해 본 결과 앞으로 엔터테인먼트 사업이 가장 발전 가능성이 좋다고 결론 내려서 그 방향으로 고민하고 있다고 했다.

"그래서 일단은 업체 상황도 파악하고 외국 동향도 좀 알아보려고."

"그런데 혜나야, 그쪽에는 저기… 그런 사람들 많지 않아?"

윤주는 주먹으로 앞을 톡톡 치는 시늉을 해 보였다. 자기 딴에는 주먹질을 한다고 했지만 춤을 추는 것 같기도 했고, 택시를 부르는 것 같기도 했다. 그 어설픈 모습에 혜나는 웃음을 터뜨렸다.

깔깔대며 웃던 혜나는 뾰로통한 표정으로 눈을 흘기는 윤주를 달래면서 이야기를 계속했다.

"예전에는 그랬는데, 요즘은 꼭 그렇지도 않아. 뭐 아직도 많긴 하지만."

혜나가 유심히 보고 있는 분야는 게임과 음악 분야라고 말하고는 그동안 다녔던 회사 이야기를 들려주었다. 하지만 윤주는 전혀 관심이 없는 분야라서 대화가 오래 이어지지는 않았다.

"채민이가 하는 데가 어디라고 했지?"

"민사 대법정이라고 했는데?"

서울법원종합청사. 둘은 앞에 보이는 웅장한 느낌의 건물을 바라보았다. 가운데 커다랗게 법원이라는 글자가 있었고, 양쪽으로 건물이 데칼코마니처럼 똑같은 모양을 하고 서 있었다.

"뉴스나 드라마에서는 몇 번 본 것 같은데 진짜 뭔가 위압감 같은 게 느껴지지 않냐?"

"애는. 넌 말투가 꼭 남자 같니. 너 그러니까 남자가 없는 거야."

"야, 거기서 그 말이 왜 나와? 그리고 난 비실비실한 남자들 딱 질색이야. 남자는 그래도 뭔가 남자다운 맛이 있어야지. 화끈하고."

"그래 어련하겠니. 격투기 좋아하는 오혜나 양. 그러면 격투기 선수 중에서 찾아보시지요."

혜나는 고개를 저었다.

"그렇다고 머리 빈 남자는 더 질색이고."

윤주는 코웃음을 쳤다.

"얘 봐라. 뭐야, 그러니까 남자답고 화끈한 데다가 머리까지 좋아야 한다고? 너 시집가는 거 포기해라. 그런 남자가 어디 있니?"

"걱정 마셔. 내 결혼은 내가 알아서 갈 테니까. 국내에 없으면 외국에서 알아보든가 하지 뭐."

혜나는 신경 쓰지 않는다는 듯 물어볼 사람을 찾다가 밖에서 담배를 피우고 있는 더벅머리를 한 남자에게 다가갔다.

"저기요, 여기 민사 대법정이 어디 있죠?"

담배를 피우고 있던 차동출은 고개를 들고 혜나를 쓰윽 보더니 대답했다.

"아, 민사 대법정. 민사 대법정이 어디에 있냐 하면……."

차동출은 혜나 뒤에서 다가오는 윤주를 보더니 잠시 말을 잊었다. 그의 눈에는 동화 속의 공주님이 다가오는 것처럼 보였기 때문이었다. 혜나는 그런 차동출을 보고는 피식 웃었다.

"몰라요? 모르면 들어가서 물어보구요."

"아뇨. 압니다, 알아요. 어디냐 하면……."

차동출은 당황하면서 이야기를 하려고 했다. 자신도 거기에 가는 중이었다면서 같이 갈 생각도 했다. 사실은 형사 대법정에 갈 생각이었지만, 생각이 바뀐 것이다. 멋지게 말을 하고는 미녀와 함께 가려는데 갑자기 그의 뒤쪽에서 이상한 소리가 들렸다.

"아우우우, 이런 븅신. 나가 죽어야지. 어우우우."

"형, 괜찮다니까. 잘했어요."

자신을 자책하는 오성만과 괜찮다고 다독이는 혁민이었다. 오성만의 목소리가 좀 크던가. 그런데 목청껏 소리를 내니 주변이 쩌렁쩌렁 울렸다.

"괜찮기는. 거기서 버벅거리지만 않았어도……."

진윤상도 아쉬운 듯 투덜거렸다. 자신도 찔리는 게 있는지 크게 나무라지는 않았지만. 하지만 가슴이 벌렁거리면서 멋진 장면을 기대했던 차동출에게는 이 상황이 몹시 못마땅했다. 게다가 신성한 법원 청사 앞에서 이렇게 시끄럽게 떠들다니.

"야, 너들 뭔데 이렇게 시끄럽게 구는 거야? 엉?"

차동출은 그들에게 걸어가다가 눈에 익은 사람을 발견했다.

"어? 너는 그때……."

"어? 검사님."

차동출은 손가락으로 혁민을 가리켰다.

"그때 그 발음하기 개떡 같았던… 근데 너 이름이 뭐였지?"

혁민은 대답하려다가 뜻밖의 사람을 보았다. 이곳에서 마주치리라고는 생각지 않았던 사람을.

"혜나야. 윤주 너도 왔구나."

이채민은 강윤태와 팀원 한 명과 오다가 혜나와 윤주를 발견하고는 말을 걸었다. 그리고 윤태는 누나를 보고 놀라다가 옆에 혁민이 있는 걸 발견했다.

"누나? 어? 당신은?"

여러 무리의 사람들이 서로를 알아보는 아주 묘한 분위기가 연출되었다. 하지만 서로의 이름은 거의 모르는 그런 상황이.

"이거 뭐야? 분위기가 왜 이렇게 얄딱꾸리한데?"

차동출이 머리를 벅벅 긁으면서 적응 안 되는 분위기라면서 투덜거렸다. 혁민은 차동출 검사에게 다가가면서 말했다.

"정혁민입니다. 정. 혁. 민. 아시겠죠? 제 이름을."

혁민은 모두에게 들으라는 듯 큰 소리로 말했다. 그리고 그 자리에 있던 사람들은 모두 그의 이름을 기억했다. 발음하기 어려운 정혁민이라는 이름을.

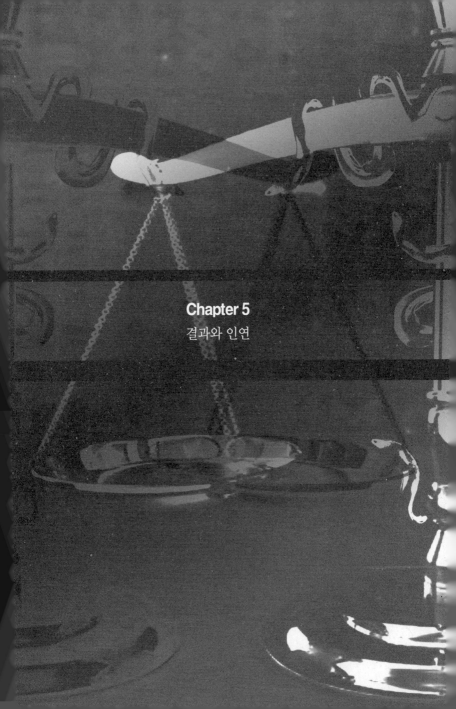

Chapter 5
결과와 인연

오성만과 진윤상, 그리고 정혁민은 법학과 내에서 일약 스타가 되었다. 제현대학교 법학과가 생긴 이래 최초로 애산 법정변론 경연대회에 결선에 진출했으니 법학과에서는 난리가 난 거였다. 물론 어디까지나 법학과 내에서만 그런 거였지만 말이다.

그래서 캠퍼스에는 세 명이 결선에 진출했다는 내용이 적힌 플래카드가 떡하니 걸려 있었다.

"우승이라도 하는 날에는 대형 현수막이라도 걸겠는데? 그나저나 이거 참, 기분 묘하네."

혁민은 플래카드를 보며 중얼거렸다. 자신의 이름이 저렇게 떡하니 공중에 걸려 있는 걸 본 건 처음이었다. 사법시험에 합격했을 때 아파트에 플래카드가 붙은 적이 한 번 있었는데, 직접 보지는 못했다. 다른 일 때문에 집에 들르지 못했기 때문이었다.

혁민은 자신의 이름이 적힌 플래카드를 보다가 슬쩍 주변을 둘러보았다. 자신을 알아보는 사람이 있을까 싶어서였다. 하지만 1월 초인 데다가 혹한이 몰아치고 있어서 학교에는 사람이 거의 보이지 않았다.

그나마 길을 가던 사람들도 종종대면서 땅만 보면서 지나갔다.

아무도 자신을 쳐다보지 않자 순간적으로 쑥스러워진 혁민은 슬그머니 발길을 옮겼다.

하기야 학생들이 있다손 치더라도 혁민이 누구인지 알겠는가. 그리고 아마도 애산 법정변론 경연대회가 어떤 대회인지도 모를 것이다. 그저 법학과 사람들이나 관심 있어 할 그런 거였다.

혁민은 법대 건물로 가는 중이었는데, 차가운 바람이 휙 하니 얼굴을 스치고 지나가자 귀가 얼어붙는 것 같았다. 혁민은 파카의 지퍼를 끝까지 끌어 올리고는 재빨리 주머니에 손을 넣었다.

"어우. 춥다, 추워."

약간 뛰는 듯 움직여 건물 안으로 들어온 그는 선배이자 짐덩어리들이 기다리고 있는 방으로 향했다.

"뭐 보고 있어요?"

방에는 성만 혼자 있었는데, 혁민이 들어오는 것도 모르고 무언가를 집중해서 보고 있었다. 가서 보니 전공서적이었다. 두툼한 헌법 책. 그리고 그 옆에는 다른 책들도 있었다. 살펴 보니 모두 기본3법과 후4법에 관한 책이었다.

'아 맞다, 결선도 결선이지만 1차 시험이 얼마 남지 않았구나.'

자신이야 올해는 법학과목 이수제도 때문에 시험을 볼 수 없지만, 두 선배는 이번에 시험을 볼 것이라는 걸 잠시 잊고 있었다. 애산 법정변론 경연대회 결선에 올랐다는 사실에 자신도 모르게 좀 흥분을 한 것 같았다.

사실 들뜬 기분이 된 건 맞았다. 그런 큰 대회에서 좋은 성적을 내고 주목을 받는 일이 기분 나쁠 리가 있겠는가. 평소에는 구경하기도 어려운 학장까지 와서는 식사를 같이하면서 격려를 했다. 같은 과 학생들이 보는 시선도 전과는 달라졌고.

하지만 성만과 윤상은 시험 준비를 할 시간이 줄어들어 부담이 크겠다는 생각이 들었다.

"공부는 잘돼요?"

"잘될 리가 있겠냐. 결선이다 뭐다 해서 어수선하기만 하고 이번에는 영 그른 것 같다."

성만은 몸이 찌뿌둥한 듯 크게 기지개를 켰다. 그리고는 후 우 하고 크게 한숨을 내쉬었다. 말은 하지 않았지만, 집중이 안되는 눈치였다.

사실 결선도 중요하기는 했지만, 사법시험은 그보다 더 중요하다. 결선에 오르는 거야 잠깐 좋고 말 일이지만, 사법시험에 최종 합격하는 건 인생이 걸린 일이었으니까. 하지만 이런 큰 대회 결선을 앞두고 공부가 잘되겠는가.

"그래도 결선에 오르니까 좋긴 하더라. 내가 언제 그런 자리에 서보겠냐. 이번이 마지막일지도 모르지."

"무슨 소리를요. 앞으로 사시 합격해서 법정에 서면 되죠."

혁민의 말에 성만은 고개를 저었다.

"이번에 가서 보고 느낀 게 많아. 거기 나온 사람들 보니까 붙을 것 같지가 않더라. 그렇게 대단해 보이는 사람들도 아직 합격하지 못했는데……."

성만은 책을 한쪽으로 치우고는 담담하게 말을 이었다. 남들은 성만과 윤상이 힘을 합쳐서 시너지 효과가 일어났느니 뭐니 하면서 이리저리 포장하고 있지만, 아직은 부족한 게 사실이었다. 성만은 대회 경험을 통해 그걸 뼈저리게 깨달은 모양이었다.

자신의 부족함을 깨닫는 것. 그리고 그걸 인정하는 것. 그건 무척 비참한 일이다. 하지만 혁민은 오히려 그런 성만의 모습에서 희망을 보았다. 그것이 바로 모든 것의 시작일 수도 있는 거니까.

"나도 알아. 이거 성적 좋아봐야 사시에서 떨어지면 말짱 꽝이라는 거."

성만은 책 표지를 쓰윽 쓰다듬더니 말을 이었다.

"하지만 여기까지 온 이상 뭔가 하고 싶다. 너무 아깝잖아. 일생일대의 기회인데. 지금 최선을 다하지 않으면 아마 두고 두고 후회할 거야."

성만은 결선에서 잘해보자고 하면서 혁민의 손을 잡았다. 그리고 혁민은 알 수 있었다. 성만이 조금 변했다는 것을. 정확하게 어디가 어떻게 변했다고 콕 집어서 이야기하기는 어렵다. 하지만 그가 변한 건 확실했다.

심각한 분위기가 영 이상했던 듯 성만은 껄껄 웃으면서 농담처럼 이야기했다.

"이야~ 정말 똑똑한 사람도 많고, 잘난 사람도 많더라. 다들 나하고 나이도 비슷한데 말이지. 그 사람들도 그런데 현직에 있는 사람들은 훨씬 더하겠지?"

그러면서 혁민에게 고맙다고 말했다. 혁민 덕분에 이런 경험도 다 해본다면서.

"물론 그렇게 생각하지 않는 사람도 있지만 말이야."

성만은 장난스러운 표정으로 그 말을 했는데, 그 이야기를 하자마자 진윤상이 바로 문을 열고 들어왔다. 그는 결선 문제가 나왔다면서 문을 벌컥 열고 들어왔는데, 타이밍이 절묘해서 성만과 혁민은 그를 보고는 크게 웃었다.

"뭐야? 나 없을 때 웃긴 얘기라도 하고 있었어?"

그 말에 둘은 더 크게 웃기 시작했다. 진윤상은 어리둥절한 표정을 둘을 쳐다보았다.

하지만 그렇게 유쾌했던 분위기는 오래가지 않았다. 결선 문제를 가지고 이야기를 하자 바로 다툼이 일어났으니까.

역시나 문제는 진윤상이었다.

"피고일 때야 그렇게 간다고 해도 원고일 때는 좀 더 공격적으로 몰아붙여야지."

"지금 니가 얘기하는 건 위험하다니까 그러네. 까딱하다가는 상대방한테 빌미만 줄 수가 있어. 공격하는 게 무조건 능사가 아니라니까."

진윤상은 고개를 저었다.

"법조계에서 영향력 있는 대선배들이 다 모이는 자리라고. 거기서 눈도장 찍으면 나중에 얼마나 큰 도움이 되는지 알고서 그런 소리를 하는 거야?"

진윤상은 이번 기회에 확실하게 존재감을 드러내야 한다고 주장했다. 그리고 그는 연이어 열변을 토했다.

"그리고 솔직하게 우리가 거기 나온 명문대 애들하고 그냥 저냥 붙으면 이길 수 있을 것 같아? 우리는 지독하게 물고 늘어져야 해. 그거 아니면 승산이 없다니까."

"그러다가는 한꺼번에 와르르 무너질 수도 있다니까 그러네. 너무 위험해."

둘은 언제나처럼 평행선을 달렸다.

"지금 모험을 하지 않으면 언제 하려고? 그리고 니가 그런 말 할 자격이 있어? 그때 니가 한 실수 때문에 전부 물먹을 뻔했던 거 기억 안 나?"

성만은 그 이야기를 듣고는 대답하지 못했다. 그 일 때문에 얼마나 고민을 했던가. 그래서 결선에 올랐다는 소식을 들었을 때, 정말 그 자리에 무너지듯 쓰러졌다. 만약 떨어졌다면 죄

책감에 한동안 괴로워했을 것이다.

정말 머릿속에서 지워 버리고 싶은 기억. 하지만 절대로 잊히지 않을 그런 기억이다. 지우고 싶지만 어디 그런 게 마음대로 되던가. 아마 그 기억은 평생 성만을 따라다닐 것이다. 성만은 분한 듯 입술을 깨물었지만, 대꾸하지는 못했다.

하지만 성만을 각별하게 생각하는 혁민은 그 이야기를 듣고는 가만히 있을 수 없었다.

"자격이요? 그럼 저는 얘기할 자격이 되겠죠?"

"응? 그… 뭐… 혁민이야 뭐……."

진윤상도 혁민에게는 큰소리를 치지 못했다. 후배라고는 하지만 누구 덕분에 결선에 올랐는지는 잘 알고 있었으니까.

"그러면 이렇게 하죠. 예선 때하고 똑같이. 둘 다 작성해서 그걸 합치는 걸로."

성만은 고개를 끄덕였고, 윤상도 잠깐 고민하더니 알았다고 말했다. 사실 그렇게 하는 편이 좋다는 걸 그도 잘 알고 있었으니까. 그렇게 아직은 불협화음을 내면서 결선 준비가 시작되었다.

*　　　*　　　*

"야, 넌 어딜 가?"

"청사 가게요. 왜요?"

차동출의 선배 검사는 관자놀이를 꾹꾹 눌렀다. 언제는 가기 싫다고 툴툴거리는 걸 억지로 보내놨더니 일을 개판으로 해서 엿을 먹이더니 지금은 바빠 죽겠는데 서울법원종합청사에 가겠다고 해서 엿을 먹이고 있었다.

"야, 차동출! 차동추울!!"

붙잡고서 혼쭐을 내주려고 했는데 어느새 차동출은 문밖으로 도망쳐 버렸다. 선배 검사는 땅이 꺼지라고 한숨을 내쉬었다.

"내가 저 새끼 때문에 일찍 죽을 거야. 저 쌍노무 새끼, 일이라도 못하면 콱 지방으로 보내 버리는 건데."

성격이나 다른 걸 다 떠나서 유능한 인재임은 틀림없었다. 연수원에서부터 차동출은 유명했다. 사실 성적으로는 수석이라는 말이 돌았다. 워낙 똘끼가 충만해서 교수에게 찍히는 바람에 차석이 된 거라는 소문이 자자했다.

그리고 그런 사람이 판사가 아닌 검사를 지원해서 화제가 되었고. 그래서 검찰총장도 관심 있게 보는 검사가 바로 차동출이었다. 그리고 성적이 워낙 좋았다. 검사를 하기 위해서 태어난 녀석 같았다.

실력과 열의. 모든 면에서 완벽한 검사였다. 검찰청장이 그만하라고 한 사건도 계속 수사하는 똘아이라는 점만 빼면 정말 완벽했다.

"옷은 괜찮나?"

차동출은 간만에 양복을 다려 입고는 콧노래를 부르면서 서울법원종합청사로 향했다. 여러 가지 이유가 있어서였다.

"일 학년 녀석이 둘이나 결선에 오르다니. 기록이네 기록."

그중 한 명은 자신과도 인연이 있는 녀석이 아니던가. 그래서 넌지시 알아보았다. 실력이 어떤지를.

그랬더니 동기가 정보를 주었다. 심사위원들이 주목하는 학생 중 한 명이라고. 그리고 오늘 결선에서 맞붙을 서울대 팀의 강윤태라는 녀석도 보통이 아니라고 했다. 게다가 그 녀석은 자신의 마음을 앗아간 공주님의 동생이기도 하단다.

그러니 오늘 결선이 열리는 민사 대법정에 가지 않을 수가 있겠는가.

차동출은 단숨에 달려가서는 이리저리 고개를 돌려 강윤주가 어디 있는지를 찾았다.

날카로운 매의 눈으로 살피던 차동출은 목표물을 발견하고는 희희낙락하면서 목표물의 옆으로 이동했다.

"어이고. 이거 후배님들 또 보는구만."

"아. 안녕하세요."

차동출이 바로 옆자리에 앉으면서 너스레를 떨자 강윤주와 오혜나가 약간 떨떠름한 표정으로 인사했다. 차동출은 약간 능글맞은 투로 이야기를 걸면서 대화를 하려고 했지만, 둘은 억지 미소를 지으면서 단답형으로 대답했다.

학교 선배만 아니었더라면 그런 대답도 하지 않았을 것이다. 하지만 차동출은 뭐가 그렇게 좋은지 싱글벙글하면서 계속해서 둘과 이야기를 했다.

하지만 그의 장난기는 경연이 시작되기 전까지였다. 경연이 시작되자 차동출의 얼굴에서 장난기가 싹 사라졌다. 워낙 표정이 돌변한 터라 윤주와 혜나가 놀랄 정도였다.

"지금부터 서울중앙지방법원 제33 민사부 재판을 시작하겠습니다. 오늘 심리할 사건은 1998 가합 13429호……."

차동출은 살짝 고개를 갸웃거렸다. 혁민의 팀이 다소 불안해 보였기 때문이었다. 발표하는 것도 어딘가 어설퍼 보였고, 판사의 질문에도 대답하는 게 명쾌하지가 않았다.

"이상하네. 결선에 올라올 만한 팀이 아닌 것 같은데……."

사실 준비한 걸 발표하는 정도로는 서로의 우열을 가리기 어렵다. 그래서 판사가 의문점에 대해 질문을 해서 수준을 보는 것이다. 하지만 혁민의 차례가 되자 차동출은 왜 이 팀이 결선에 올라왔는지 알 수 있었다.

"뭐야, 일 학년이 에이스였어?"

주목을 받는다는 얘기를 들었을 때, 단지 일 학년치고 상당한 수준이라서 그런 줄 알았다. 설마하니 팀을 이끄는 게 일 학년이라고는 상상도 하지 못했다.

차동출은 변론을 들으면서 계속해서 작은 목소리로 중얼거렸는데, 윤주와 혜나는 법 관련해서는 잘 모르는지라 그의 목소리에 집중하게 되었다.

"저기, 선배님, 지금 어느 쪽이 잘하고 있는 건가요?"

"피고 쪽이 우세하네. 후배들이 잘하고 있어."

채민이 속한 팀이 우위에 있다는 말을 듣자 윤주와 혜나의 표정이 밝아졌다.

하지만 마지막 고비가 남았다고 차동출이 이야기했다.

"지금부터가 결선의 꽃이지. 이제부터 서로 공격을 할 수 있거든. 거기서 간혹 뒤집히는 경우가 있긴 해. 지금 봐서는 그럴 리는 없어 보이지만."

본선에서는 판사가 질문하고 거기에 답변하는 걸로 끝이었지만, 결선에서는 한 가지 과정이 더 있다. 상대의 주장에 대해 직접 반박을 할 수 있다는 거였다. 그러면 상대는 다시 그 반박을 받아쳐야 한다. 법적인 논리로 싸우는 검투 같은 거였다.

첫 번째 칼은 진윤상이 휘둘렀다.

"피고는 법적 안정성을 저해하기 때문에 제한적으로 인정되어야 한다고 주장하고 있으나……."

자신만만한 발표였다. 그가 준비한 비장의 한 수였으니까. 하지만 그의 칼은 날카롭기는 했지만, 상대의 약점을 제대로 파고들지는 못했다. 강윤태는 마치 예상이라고 했다는 듯 간단하게 공격을 받아내더니 오히려 더 화려한 공격으로 그를 궁지에 몰아넣었다.

둘은 치열하게 공방을 주고받았지만, 피를 흘리는 건 진윤상이었다. 공격은 매서웠지만, 자기 몸을 돌보지 않는 공격은 결국 독이 되어 돌아왔다. 윤태는 그런 약점을 금방 파악하고는 적절하게 대응해서 손쉽게 우세를 거머쥐었다.

"이러면 재미없는데……."

차동출은 입맛을 다셨다. 겨우 이런 수준 낮은 걸 보려고 이곳에 온 게 아니었다. 그는 갈증을 느꼈다. 자신의 감각을 짜릿하게 만들어줄 그런 느낌을 원했다. 그리고 그런 걸 해줄 수 있는 건 자신이 보기에 단 한 명밖에 없었다.

"재변론하겠습니다."

혁민이 마이크를 잡자 차동출은 만세를 부르고 싶은 심정이었다. 이제 진짜배기가 출동하는 거였다. 그는 몸을 잔뜩 앞으로 굽혔다. 조금이라도 더 가까이서 보겠다는 듯이.

"피고 측의 주장은 입증이 없기 때문에 이유가 없습니다!"

혁민의 말로부터 그렇게 반격이 시작되었다.

*   *   *

민사 분야 결선에는 네 팀이 올라와 있었다. 두 번의 경연이 있고, 그중 가장 높은 점수를 받은 팀이 우승하게 된다. 당연한 이야기이지만 경연에서 밀린 팀은 우승과는 멀어진다. 두 경연에서 우세했던 팀 중에서 우승자가 나오게 되는 것이다.

그런 이유로 경연에서 이기는 것도 중요하지만, 점수를 잘 받는 것도 신경 써야 한다. 서울대 팀도 우승을 거머쥐기 위해서 아주 필사적이었다.

"설사 피고에게 손해배상 책임이 있다고 가정한다 하더라도 지금 원고 측이 주장하고 있는 부분에 대해서는 피고인과 인과관계가 없습니다. 왜냐하면……."

피고 측을 대리하는 서울대 팀의 이채민이 카랑카랑한 목소리로 발언했다. 그녀는 지금 완전무장한 기사였다. 두꺼운 갑옷와 방패, 그리고 날카로운 검으로 무장한 여기사. 그녀의 논리는 높은 방어력을 가지고 있었고, 상대를 공격하는 발언은 날카로웠다.

하지만 혁민은 대수롭지 않게 공격을 받았다. 그리고 묵직한 공격으로 화답했다. 혁민은 커다란 창을 가진 장수였다. 무겁고 긴 창을 가지고 그걸 자유자재로 휘두르는 장수. 혁민의 공격은 단순했지만 무지막지했다.

"지금 발생한 손해는 피고의 불법행위로 인해 발생한 것입니다. 따라서 피고는……."

이채민은 답답함을 느꼈다. 자신의 공격은 상대에게 별다른 피해를 주지 못하고 있는데, 상대의 공격은 자신을 후려갈기고 있었으니까. 막고는 있었지만, 충격이 계속해서 쌓였다. 완벽하게 무너지지는 않겠지만, 뒤로 계속 밀린다는 느낌은 그녀를 짜증 나게 했다.

'뭐야, 저 녀석은? 정말 일 학년 맞아?'

방청석에 있는 사람 중에는 법적인 용어나 내용을 모르는 사람도 꽤 있다. 하지만 대부분 앞에 있었던 경연보다는 지금이 더 재미있다는 걸 알 수 있었다. 그런 건 혜나와 윤주도 마찬가지였다.

"얘. 채민이가 좀 밀리는 것 같지 않니?"

"글쎄? 잘은 모르겠는데 어째 분위기가 좋은 것 같지는 않은데?"

다른 때는 괜찮았다. 이름을 모르는 다른 제현대학교 학생을 상대할 때는 확실히 유리해 보였다. 그런데 정혁민이라는 남자만 발언하면 자꾸만 분위기가 이상해졌다. 내용은 잘 모르지만, 분위기가 그랬다.

판사들의 표정이나 주변에 있는 법조계 사람들의 반응을 보면 대충 감이 왔던 것이다. 그리고 그녀들의 이야기를 들은 차동출 검사가 슬쩍 얼굴을 내밀더니 보충 설명을 해주었다.

"저기는 지금 발언하고 있는 저 녀석이 혼자 다 해먹고 있어요. 다른 녀석들은 밀리는데 지금 저 녀석 혼자서 서울대 팀 세 명을 상대하고 있는 거지. 그런데도 오히려 밀어붙이는 중이고."

차동출의 말은 사실이었다. 하지만 차동출도 모르는 게 있었다. 혁민은 지금 제 실력을 전부 보여주지 않고 있다는 점이었다.

'애들하고 드잡이질할 수야 있나. 그리고 일 학년이 너무 튀는 것도 이상하게 보일 테니까 적당히 주물러 주는 정도만 해야겠어.'

제아무리 뛰어난 인재들이라고는 하지만 아직 학부생들이다. 마음만 먹는다면야 학부생들쯤이야 트럭으로 데려와도 순식간에 정리할 수 있었다. 하지만 그럴 필요도 없고, 그래서도 안 된다.

'하아~ 그런데 자꾸 덤비니까 나도 모르게 받아치게 되네? 신경 좀 써야겠는데?'

혁민은 상대가 당혹스러워하는 걸 보고는 살짝 후회했다.

적당한 수준에서 맞춰주려고 했는데, 승부 본능이 발동되었는지 자신도 모르게 거세게 되받아친 상황이었다. 그래서 지금부터는 조금 조심해야겠다고 마음먹었다.

"어머, 그러면 채민이네가 지는 거예요? 쟤 한 명 때문에?"

윤주는 친구가 밀린다는 말에 화들짝 놀라서 물었다. 혜나도 궁금했는지 차동출을 빤히 쳐다보았고. 두 미녀가 자신을 빤히 쳐다보자 차동출은 부담스러웠는지 헛기침을 했다.

"커흠, 커흠. 뭐 꼭 그렇지는 않지."

차동출은 만약 실제 법정이었다면 당연히 혁민 쪽이 이겼을 거라고 했다. 하지만 이건 어디까지나 모의 법정이고 팀 경기라는 점을 강조했다.

"한 명이 잘한다고 되는 게 아니고 세 명 점수가 모두 중요한 거야. 어디까지나 이건 승부를 가리자는 게 아니라 어느 정도 법조인으로서의 자질을 갖추었는지를 보는 거니까. 그러니 후배들이 제법 유리할 거야."

이채민이 속한 팀이 유리하다는 차동출의 말에 윤주와 혜나는 안심을 하면서도 무언가 이상한 기분이 들었다. 이겨도 이긴 것 같지 않은 느낌이라고나 할까.

그러는 동안에도 차동출은 일어서서 발언하고 있는 혁민과 자신의 후배 세 명을 번갈아가면서 쳐다보았다.

'여포와 유비, 관우, 장비 삼총사의 싸움인가? 아니지, 여포보다는 항우라고 해야 맞을 것 같은데?'

후배 팀이 저 녀석 한 명을 당해내지 못하고 있었다. 차동출은 혁민이 아주 이상한 놈이라고 생각했다. 대학교 일 학년이 저런 실력과 여유를 가졌다는 게 정상은 아니었으니까. 지금 이야기하면서 손을 슬쩍 휘저으면서 사람들의 시선을 모으는 포즈만 봐도 그랬다.

'뭐하던 놈이지? 어쩐지 자꾸 법정에 꽤 서본 놈 같다는 생각이 드는데?'

그리고 그렇게 생각하는 건 그뿐만이 아니었다. 주변에서 웅성거리는 소리가 들렸다. 저건 일 학년 수준이 아니라는 그런 얘기가.

"요즘 법대 합격하고 나서 입학하기 전부터 과외받는 애들이 있다며?"

"아, 맞아. 최근에 연수원 나온 녀석을 내가 아는데 걔가 성적이 괜찮았거든? 그런데 그런 과외 해서 부수입이 쏠쏠했다고 하더라고."

"학부 때 바로 사시 합격시키려고 그런다고 하긴 하던데… 그러면 저기 두 명이 다 그런 케이슨가?"

그럴 수도 있겠다고 차동출은 생각하다가 고개를 갸웃거렸다.

'그런데 왜 저 정도 되는 녀석이 학교를 그런 데를 갔지? 무슨 사정이 있는 건가?'

과외를 받는다고 다 잘할 수 있는 영역이 아니다. 저 정도 실력을 갖추려면 정말 천재적인 머리와 노력에다가 좋은 선생까지 있어야 한다.

무언가 이상하다는 생각은 들었지만, 그게 무슨 대수랴. 세상에는 이상한 일투성이인데. 차동출은 점점 더 정혁민에 대해서 관심이 생겼다. 가능하면 꼭 자신의 밑으로 데려오고 싶다는 생각도 더 강해졌고.

그러는 사이에 치열했던 경연이 마무리되었다. 판사도 생각 같아서는 이 흥미진진한 상황을 계속해서 보고 싶었지만, 엄연히 경연에는 제한시간이 있었다. 판사는 최후 변론을 진행하도록 한 후 경연을 마쳤다.

"이것으로 오늘 변론을 모두 마치겠습니다. 평가는 종합 강평 시간에 하도록 하겠습니다. 모두 수고하셨습니다."

판사들은 후배들에게 애정 어린 시선을 보내고는 퇴정했다. 밖으로 나온 판사들은 재판부 휴게실로 마련되어 있는 동관 555—1호 준비절차실로 향했다.

"우승은 다들 생각이 같을 것 같은데, 어떻게들 생각하십니까?"

연륜이 있는 부장판사 세 명의 의견은 일치했다. 특별한 이견은 없었다. 세 명은 모두 고개를 끄덕이며 일정을 매조지 지었다.

* * *

"민사 경연 부문 애산상 수상 팀은……"

휴식 시간을 가진 뒤 바로 강평과 시상식이 진행되었다. 강평에서는 후배들의 실력이 뛰어나서 놀랐다는 의례적인 말과 더불어 참신한 시각이나 자료가 부족했다는 지적도 있었다. 그리고 이어진 결과 발표. 사회자는 잠시 뜸을 들였다가 말을 이었다.

"서울대 이채민, 하정산, 강윤태 팀입니다."

여기저기서 환호성이 들리는 가운데 성만과 윤상은 동시에 한숨을 내쉬었다. 혹시나 하는 기대를 했었기 때문이었다. 결국, 혁민 팀은 공동 3위에 해당하는 정의상을 수상했다.

혁민은 덤덤하게 결과를 받아들였다. 어느 정도는 예상했던 결과였기 때문이었다. 그리고 왜 아쉽지 않겠는가. 하지만 혼자의 힘으로는 어쩔 수 없는 일이다. 수상 팀은 차례로 올라가서 트로피와 상금을 받았다.

그런데 우승 팀의 표정이 조금 묘했다. 분명히 기뻐하고는 있었다. 그건 확실했다. 하지만 상을 받으면서도, 그리고 수상 소감을 말하면서도 자꾸만 혁민이 있는 쪽을 힐끔거렸다. 그리고 그럴 때마다 얼굴이 조금 굳었고.

팀장인 이채민이 특히 그랬다. 그리고 그런 건 강윤태도 마찬가지였다. 언제나 그렇듯이 무표정한 얼굴로 있었지만, 가끔 한숨을 내쉬거나 혁민을 쳐다보았다. 이채민은 그런 윤태를 보면서 자신과 똑같은 심정이라는 걸 느낄 수 있었다.

"수고했네. 다들 수고했어."

교수를 비롯한 많은 사람의 축하가 쏟아지는 동안에도 계속해서 시상이 이어졌다. 그리고 이채민과 강윤태는 발표에 귀를 쫑긋 세우고 있었다.

"민사 경연 부문 개인 최우수상. 제현대학교 정혁민 씨. 축하합니다."

정혁민을 잘 모르는 사람들은 우승 팀이나 준우승 팀도 아닌 곳에서 개인 최우수상이 나왔다며 이상하게 생각했지만, 민사 대법정에 있었던 사람들은 모두 당연하다는 표정이었다. 심지어는 이채민이나 강윤태도 거기에 대해서는 승복하는 눈치였다.

혁민은 덤덤한 표정으로 자리에서 일어났다. 사실 당연한 일이라고 생각하고 있기도 했고, 크게 기쁜 일이라고 생각하지 않아서이기도 했다. 어차피 자신은 여기에 있는 학생들과는 레벨이 다른 사람이었다. 대학생이 초등학교 운동회에서 1등을 한 것 같은 기분이 들어서 썩 유쾌하지 않았다.

"어머, 쟤가 최우수상 받았네?"

"나는 채민이가 최우수상까지 받았으면 했는데. 좀 아쉽다."

혜나와 윤주는 단짝 친구인 이채민이 잘되었으면 했는데 아쉽다고 맞장구를 쳤다. 그러자 시상식이 열리는 대강당까지 쫓아와 옆자리에 앉은 차동출이 슬쩍 이야기에 끼어들었다.

"내 생각에는 아마도 저 친구 아니었으면 채민이 저 후배가 받을 가능성이 높았을 것 같아."

"그래요? 하긴 쟤가 좀 잘하는 것 같기는 하더라."

혜나가 차동출을 보면서 말했다. 윤주는 차동출의 시선이 은근히 부담스러워서 거리를 좀 두고 있었는데, 혜나는 그런 부담이 없으니 자연스럽게 대화를 나누는 거였다. 덕분에 차동출은 계속 윤주에게 말을 걸었지만, 대화는 혜나와 하게 되는 상황이 반복되었다.

혁민은 조금 쑥스러워하면서 트로피와 상금 2백만 원을 받았다. 그는 수상한 것보다 반가운 얼굴을 가까이서 보게 된 것이 더 감격스러웠다. 그에게 트로피와 상금을 건넨 사람이 바로 김문환 부장판사였기 때문이었다.

본선에서도 김문환 부장판사가 심사위원장을 맡았지만, 그날은 따로 가까이서 보거나 이야기를 할 시간이 없어서 무척 아쉬웠었다. 그런데 이렇게 가까이서 보니 감회가 새로웠다.

'사법개혁 모임의 상징적인 인물.'

개혁이란 말은 상당히 위험한 단어다. 그걸 위협적으로 받아들이는 사람들이 많아서 그렇고, 그걸 위협으로 받아들이는 사람들이 대부분 힘과 권력을 가지고 있어서 그렇다. 그래서 그런 모임을 잘 이끌고 있는 그가 존경받는 것이기도 했고.

"아주 인상 깊었네. 자네는 좋은 법조인이 될 수 있을 것 같군."

푸근한 인상의 김문환은 혁민에게 덕담을 해주었다. 그리고 그도 놀라운 실력을 보여준 이 신입생을 주목하고 있었다. 분명히 무언가를 할 재목이라는 생각에서였다.

"감사합니다. 또 뵐 수 있었으면 좋겠습니다."

"나도 그렇게 되길 바라네."

혁민은 사람들이 듣기 좋아하는 말로 우승 소감을 대충 발표하고는 단상에서 내려왔다. 그리고 자리에 트로피만 놓고서는 잠깐 밖으로 나갔다. 마음은 그렇지 않았는데, 몸은 조금 긴장을 한 모양이었다. 그는 화장실에 들렀다가 몸이 살짝 떨리고 시원해지는 경험을 하고는 밖으로 나왔다.

"역시 혼자서 하는 건 한계가 있어. 변호사 사무실을 하더라도 능력 있는 동료가 있기는 있어야 하는데……."

일단 믿을 수 있는 성만은 최대한 능력을 끌어 올려야겠다고 생각했다. 그리고 그 외에도 자신의 꿈을 이루려면 능력 있는 조력자가 더 필요했다. 그래서 어떤 사람들로 하면 좋을지를 생각하면서 걷고 있었는데 여자의 목소리가 들렸다.

"저기요."

설마 자기를 부르리라고는 생각지 못하고 계속해서 어떤 조력자가 좋을지 생각하면서 걷던 혁민은 자신의 이름을 부르는 소리를 듣고서야 고개를 돌렸다.

"정혁민 씨."

거기에는 이채민이 서 있었다. 그녀는 다가오더니 손을 내밀었다.

"나는 서울대 3학년 이채민. 아, 얘기하지 않아도 알아요. 제현대 1학년 정혁민."

혁민은 악수하면서 이채민을 살폈다. 법정에서 봤을 때는 몰랐는데 눈이 번쩍 뜨일 정도의 미인이었다. 차갑고 도도한 느낌. 그리고 약간 새침하다는 느낌도 들었다.

"내가 두 살 많으니까 말 놔도 되겠지?"

이채민은 자신이 누나이니 아주 당연한 일이라는 듯 이야기 했지만, 혁민이 보기에는 그냥 한참 어린 여자일 뿐이었다. 그래서 그는 대답했다.

"아니요. 그러지 않는 게 좋을 것 같네요."

이채민은 말을 하려다 눈을 가늘게 뜨고 혁민을 쳐다보았다. 자신의 말에 이런 식으로 대답한 남자는 처음이었다. 사실 선배들도 자신을 좀 어려워하는 편이다. 자신의 분위기가 원체 쉽게 대하기 어려운 편이었으니까.

선배도 그럴 정도이니 후배는 말해서 무엇하겠는가. 그런데 정혁민은 달랐다.

'뭐지? 나랑 기 싸움을 하겠다는 건가?'

하지만 그렇다고 기가 죽을 이채민이 아니었다. 그녀는 혁민에게 한 걸음 다가가서는 그를 빤히 쳐다보면서 말했다.

"그러면 같이 말 놓는 걸로 하지."

이채민은 키가 작은 편이 아니었는데, 힐까지 신어서 혁민과 큰 차이가 없었다. 168cm의 키에 5cm짜리 힐을 신으니 176cm인 혁민과 눈이 거의 같은 높이에 있었다. 그리고 너무 다가서서인지 서로의 숨소리가 느껴질 정도였다.

혁민도 이채민이 갑자기 자신에게 다가오자 살짝 당황했다. 지금까지 살아오면서 이렇게 당돌하게 도발해 오는 여자는 처음이었으니까. 하지만 그렇다고 어린 티가 팍팍 나는 애한테 주눅이 들 수는 없었다. 그래서 대뜸 대꾸했다.

"나야 좋지. 그럼 우리 편하게 말 놓고 지내자고."

혁민의 말에 이채민은 미간을 살짝 찌푸렸다. 자신이 이렇게 나오면 당황해야 정상인데 상대가 태연하게 나오니까 오히려 당황스러웠다.

'뭐야. 얘 이거 선수 아냐?'

아무도 없는 복도. 둘은 서로의 숨소리를 들으면서 잠시 말없이 서 있었다. 서로를 코앞에서 바라보면서.

이채민은 한 발 더 앞으로 다가섰다. 안 그래도 가깝던 둘 사이는 이제 거의 코가 맞닿을 정도였다.

설마하니 더 다가오리라고는 생각지 못했던 혁민은 순간적으로 움찔했다.

이채민은 거기에서 멈추지 않고 점점 더 둘 사이의 간격을 좁혔다. 아주 천천히. 아주 천천히 움직였다. 마치 움직이지 않는 것처럼 보일 정도로. 하지만 둘 사이의 공간은 점점 줄어들고 있었고, 조금만 더 지나면 간격은 완전히 없어질 것 같았다.

혁민은 심장이 괴성을 지르면서 맹렬하게 펄떡거리는 것 같다고 느꼈다. 쿵쾅거리는 소리가 귀에 들릴 정도였다. 만약 그를 부르는 소리가 들리지 않았더라면 심장이 어떻게 되었을지도 몰랐다.

"혁민아~"

옆쪽에서 혁민을 부르는 목소리가 들렸고, 이채민의 움직임이 멈추었다. 그리고 둘은 서로에게서 조금 떨어져서 소리가 난 쪽으로 고개를 돌렸다.

"미안. 내가 좀 늦었지이. 헤에… 알바가 늦게 끝나서 어……."

슬기는 숨을 가쁘게 쉬면서 혁민을 향해서 헐레벌떡 달려오고 있었다. 슬기의 등장에 혁민은 크게 한숨을 내쉬었다. 하지만 그것이 다행이라고 안도하는 것인지, 아니면 멈추게 된 것을 아쉬워하는 것인지는 알 수 없었다.

두 감정이 적당히 섞여 있다는 게 정확한 표현일 것이다. 혁민은 거리를 조금 더 벌리면서 슬기를 바라보았다. 그리고 자신도 모르게 실소를 흘렸다.

말은 알바가 늦게 끝났다고 했지만, 머리도 새로 하고 옷도 평소와는 달리 차려입었기 때문이었다. 하지만 그런 건 알아도 넘어가 주어야 하는 거다. 그런데 혁민과 채민이 생각보다 가까이 서 있는 걸 보고는 슬기의 눈빛이 살짝 변했다.

슬기는 혁민에게 다가와서는 착 하고 팔짱을 끼었다. 양손으로 혁민의 오른손에 매달리다시피 한 그녀는 생긋 웃으면서 말했다. 이채민을 빤히 쳐다보면서.

"누구셔?"

"아, 결선에서 상대 팀이었던 이채민 씨라고……."

혁민이 소개를 하려는데 이채민이 말을 자르고 들어왔다.

"만나서 반가웠어. 다음에 얘기나 좀 해. 손배 책임하고 불법행위에 관해서."

이채민은 슬기를 한번 쓱 보더니 그 말을 남기고 뒤돌아 갔다. 뒤돌아 가는 그녀의 표정에는 웃음도 짜증도 아닌 미묘한 감정이 잠깐 나타났다가 사라졌다. 복도에는 그녀의 힐이 내는 또각거리는 소리만 은은하게 울렸다.

"어? 저기 있다."

채민이 들어오지 않자 그녀를 찾으러 나왔던 혜나와 윤주가 그녀를 발견하고는 손을 흔들었다. 둘은 채민의 바로 뒤에 혁민이 있는 것을 보고는 눈빛을 반짝이면서 채민에게 다가왔다. 그리고 채민의 손을 양쪽에서 잡더니 거의 끌고 가듯 하면서 속삭였다.

"이 기집애. 너 쟤랑 계속 있었던 거야?"

"이번에는 쟤 찍은 거야?"

친구 둘이 호들갑을 떨었지만, 채민은 무표정한 얼굴로 둘을 쳐다보면서 대답했다.

"관심 가는 게 당연한 거 아냐?"

이제 일 학년인데 자신을 궁지로 몰아붙인 사람이었다. 어떻게 관심이 생기지 않겠는가. 그 말에 윤주와 혜나는 힐끔거리면서 혁민을 살폈다. 그런데 슬기가 착 달라붙어 있는 걸 보고는 혜나가 물었다.

"어라? 그런데 옆에 있는 여자애는 뭐야? 굉장히 친해 보이는데."

"애인인 척하고 싶어 하는 애."

이채민은 딱 잘라 이야기했다. 혜나와 윤주는 동시에 고개를 돌려서 혁민과 슬기를 쳐다보았다. 혜나가 고개를 갸웃거리면서 중얼거렸다.

"진짜 사귀는 거 아냐? 굉장히 친해 보이는데?

하지만 윤주는 눈을 반짝이면서 둘 사이를 계속해서 관찰했다. 그러고는 빙긋 웃으면서 혜나의 얼굴을 쳐다보았다.

"우리 혜나, 연애 너무 안 했나 보다."

혜나는 여전히 어리둥절한 표정이었다. 윤주는 둘 사이를 잘 보라고 말하고는 특히 둘의 자세와 시선을 보라고 덧붙였다. 하지만 혜나는 여전히 모르겠다는 표정이었다.

"으이그. 혜나 너는 남자도 좀 만나고 그래. 맨날 사업할 생각만 하지 말고."

윤주는 가볍게 타박하면서 그녀에게 속삭였다.

"여자애는 몸도 시선도 모두 남자 쪽으로 향해 있지? 그리고 시선이 다른 데로 움직이지도 않고."

"그런데?"

"남자는 어때?"

"남자? 흐음… 남자는 몸은 비스듬하게 틀어져 있고… 가끔 이쪽도 보고 그러는데?"

설명을 듣지 않았지만, 혜나도 조금 감을 잡은 듯했다. 윤주는 여자애는 완전히 푹 빠져 있지만, 남자는 친하긴 하지만 아직은 어느 정도 거리를 두고 있는 거라고 말했다.

"오오~ 그런 거구나……."

혜나는 신기한 걸 알았다는 듯 고개를 살짝 끄덕이며 감탄사를 내뱉었다.

"그런데 채민아. 아직 일 학년인데 좀 더 봐야 하는 거 아냐?

지금이야 잘하는 것처럼 보여도 사시에 떨어질 수도 있는 거고."

"쟤가 사시에 떨어진다고?"

채민은 피식 웃었다. 아마도 그럴 확률은 원숭이가 나무에서 떨어질 확률보다 낮을 거라고 생각하면서.

친구들은 잘 모르겠지만, 이채민은 혁민의 수준을 알 수 있었다. 그가 법률에 대해서 어설프게 알고 있다면 절대로 오늘과 같은 모습을 보여줄 수 없었을 것이다.

"쟤가 떨어질 정도로 사시가 어렵다면, 나도 사시 통과하는 게 어려울 거야."

채민은 그 말을 하고는 핑크 베이지 립스틱이 촉촉하게 칠해진 입술을 살짝 깨물었다. 여자들은 립스틱을 바르고는 어지간해서는 입술을 깨무는 것 같은 행동은 하지 않는다. 립스틱이 이에 묻기 때문이다. 하지만 채민은 그런 걸 의식하지도 못하고 입술을 깨물었다.

"어머. 그 정도야?"

윤주가 깜짝 놀라서 눈이 동그래졌다. 자존심 덩어리인 채민이 그런 말을 할 줄은 몰랐기 때문이었다. 그녀는 채민이 혁민을 얼마나 높이 평가하고 있는지 알 수 있었다.

"가자. 밖에 너무 오래 있었어."

다시 무표정한 얼굴로 돌아온 채민이 앞으로 걸어가면서 이야기했다. 혜나는 혁민의 실력에 관해서 묻고 싶어서 입이 근질거렸지만 참았다. 채민이 이야기하기 싫어서 일부러 화제를 돌렸다는 걸 알기 때문이었다.

둘은 채민을 따라가면서 다시 한 번 혁민을 쳐다보았다.

"근데 채민아. 쟤 외모가 너무 평범하지 않아? 키도 그냥 그렇고, 얼굴도 그렇고……."

"음… 딱히 남자다운 박력이 있는 것도 아니고. 내 취향은 아니다."

친구들의 말에 이채민은 잠시 멈추어서 뒤를 돌아다보았다. 그리고 혁민을 한번 쳐다보더니 콧방귀를 뀌고는 말했다.

"상관없어. 쟤는 뇌가 섹시하니까."

그녀는 다시 뒤돌아서서는 시상식이 열리는 대강당으로 들어갔다. 그리고 뒤이어 윤주와 혜나도 안으로 들어갔고, 혁민과 슬기도 뒤를 이었다.

시상식은 거의 끝나 있었고, 행사가 끝나자 방송국에서 수상자들을 인터뷰하기 시작했다. 인터뷰라고 해봐야 소감을 말하는 정도였는데, 혁민은 가장 마지막에 인터뷰를 하게 되었다.

"수고했어요."

인터뷰를 마친 윤종연 PD가 혁민과 인사를 나누었다. 그러고는 장비를 모두 정리하라고 말했다. 혁민의 인터뷰를 끝으로 오늘 촬영이 마무리되었기 때문이었다.

"그런데 PD님. 쟤 번호는 왜 알아놓으라고 하신 거예요?"

"그냐앙. 으으으… 어후… 왜 이렇게 찌뿌둥하냐."

조연출의 질문에 윤종연은 몸을 이리저리 움직여 스트레칭을 하면서 대답했다. 어차피 오늘 찍은 분량 중에서 방송에 나갈 건 극히 일부분일 것이다.

'인터뷰는 아까 서울대 팀 팀장인 여자애가 한 걸로 나갈 테고.'

다른 수상자도 모두 인터뷰를 따기는 했지만, 이채민이라는 여자애 인터뷰가 그림이 가장 좋았다. 말도 똑 부러지게 하는 게 여간내기가 아니라는 생각이 들었다. 하지만 윤종연 PD가 가장 주목한 건 바로 혁민이었다.

그냥 무난했다. 인터뷰도 아주 모범적인 말만 했고, 겉으로 보기에는 그냥 평범한 학생처럼 보였다. 하지만 그만이 가지고 있는 감이 있었다.

'보통 놈이 아니야. 분명히 뭔가 있어. 저런 애가 뭐가 되면 아주 크게 되는 거지.'

자신이 보기에 분명히 천재는 아니었다. 취재하면서 천재라는 사람들도 많이 보았다. 그들은 종족 자체가 다르다. 다른 사람들이 굉장히 어려워하는 걸 아무렇지도 않게, 아주 손쉽게 하는 인간들이다.

다른 사람들은 공학용 계산기를 가지고도 풀지 못하는 걸 중얼거리면서 암산으로 풀기도 하고, 한 번 본 장면을 사진처럼 기억하기도 한다. 그들은 다른 사람들이 왜 그 쉬운 걸 못하는지 이해하지 못한다.

혁민은 그런 천재는 아니었다. 윤종연 PD는 그건 자신 있게 말할 수 있었다.

"감이지. 그리고 저런 친구는 알아놓으면 언젠가는 써먹을 데가 있는 법이야."

이야기를 들어보니 아직 일 학년인데도 수준이 굉장히 높다고 했다. 당장 사법시험을 봐도 합격할 수 있을 정도라나? 그런데 서울대에 다니는 게 아니라 제현대에 다닌다는 거였다. 벌써 그것만 들어도 흥미가 생기지 않는가.

"보면 알겠지. 빨리들 정리해. 방송국 가서 던져 주고 소주나 빨러 가자고."

윤종연은 스태프들을 재촉했다.

'그리고 지금 기획하고 있는 다큐도 고시생과 관련이 있으니까 어차피 알아두면 좋지 뭐.'

그는 자신도 짐을 정리하면서 밖으로 나가는 혁민을 슬쩍 쳐다보았다.

＊　　　＊　　　＊

혁민과 슬기는 2학년이 되었지만, 특별한 변화는 없었다. 처음에는 혁민이 상을 받은 것이 화제가 되었지만, 잠깐뿐이었다. 그나마 변화라고 한다면 교수들이 혁민을 자주 찾는다는 정도였다.

합격자를 거의 배출하지 못하고 있는 제현대학교 법학과로서는 혁민이 좋은 성적으로 사법시험에 붙어주었으면 하고 바랐다. 그래서 어려운 거나 도와줄 게 없느냐는 말을 자주 들었다.

그런 말을 들을 때마다 필요한 게 있으면 바로 얘기하겠다고 말했다. 그저 자신을 가만히 내버려 두는 게 돕는 거라는 말은 마음속으로 삭이면서.

"혁민아, 어디 가?"

"어, 누구 만나기로 해서."

혁민은 이채민을 만나러 가는 중이었다. 시상식이 끝나고 서로의 번호를 교환했는데, 혁민은 몇 달 동안 전화를 하지 않았다. 굳이 만날 일이 없다고 생각해서였다. 하지만 이채민은 꽤 자존심이 상한 모양이었다.

어제 처음으로 통화했는데, 채민은 어떻게 먼저 연락하지 않았을 수가 있느냐는 말을 했다. 그냥 지나가는 투로 말하기는 했지만, 목소리에 약간 토라진 기운이 느껴지는 것이 어떤 마음인지 대충 알 것 같았다.

그래서 오늘 만나기로 약속을 잡았다.

"누구?"

"어? 그냥 아는 사람."

혁민은 자신이 왜 이채민을 만나러 간다고 당당하게 말하지 못하는지 이해할 수 없었지만, 말이 저절로 그렇게 나왔다.

슬기는 가자미눈을 하고는 혁민을 쳐다보았다.

"미안, 약속에 지금도 좀 늦어서. 먼저 갈게. 내일 봐."

혁민은 같이 있으면 계속해서 추궁당할 것 같다는 생각에 그 말을 남기고는 도망치듯 뛰어갔다. 슬기는 의심이 가득한 눈초리로 혁민을 쳐다보았지만, 이내 핏 하고 입술을 삐죽 내밀더니 걸음을 옮겼다.

"안녕?"

"혼자 오는 거 아니었어?"

약속한 장소인 카페에 들어간 혁민은 깜짝 놀랐다. 이채민만 있는 게 아니라 친구 두 명도 같이 있었기 때문이었다. 이채민도 다소 난감하다는 표정이었다. 하지만 혜나와 윤주는 태연하게 자리에 앉아서 생글거리면서 웃고 있었다.

"뭐 그렇게 됐어. 불편하면 내가……."

"아니야. 뭐 여기까지 따라왔는데 어쩌겠어."

혁민은 자리에 앉았는데, 곧바로 윤주가 질문을 던졌다.

"이 학년이면 두 살이나 어린데 왜 반말해… 요?"

"그러기로 했어요. 친구분들도 특별히 불편한 거 없으면 그렇게 하죠?"

채민이야 한 번 겪어서 혁민이 이렇게 나오는 걸 이상하게 생각하지 않았지만, 윤주와 혜나는 좀 당황한 표정이었다. 하지만 혜나는 푸하하하 하고 웃음을 터뜨리더니 손을 불쑥 내밀었다.

"야, 이거 마음에 드는데? 나는 오혜나. 채민이 친구고 같은 학교 경영학과 다녀."

혜나는 혁민이 무척 마음에 든 모양이었다. 하지만 윤주는 어쩐지 윤태와 동갑인 혁민과 말을 놓는다는 게 꺼려지는 듯했다. 그녀는 가타부타 말을 하지 못했는데, 사람들은 상관하지 않고 이야기를 시작했다.

처음에는 채민과 혁민이 법 쪽 이야기를 했는데, 다른 사람들이 어려워하자 대충 마무리를 하고는 다양한 방면으로 대화 주제를 돌렸다.

"게임이나 음악 쪽으로?"

"맞아. 내가 보기에는 앞으로 그 방향이 유망할 것 같거든. 그리고 제조업에 비하면 큰 자본이 없어도 시작할 수 있고."

혁민은 조금 놀랐다. 확실히 똑똑한 사람들은 다르구나 하는 생각이 든 거였다. 아직은 사람들이 잘 모르고 있지만, 게임이나 아이돌 사업이 폭발적으로 성장하면서 한류를 이끌게 된다. 혁민도 자세히는 몰랐지만 대충 그렇게 되었다는 것 정도는 알고 있다.

"하기야 인터넷이 보급될수록 사람들이 점점 온라인 게임을 많이 하기는 할 테니까."

"그렇지. 어? 너도 뭐 좀 안다?"

혜나는 혁민이 법대생이라고 해서 법전만 들여다보는 꽉 막힌 녀석이 아닐까 생각했었는데, 뜻밖에 아는 것도 많았다.

"그래? 그다음에는 어떻게 될 것 같은데?"

"그다음? 글쎄. 아무래도 사람들이 편하게 할 수 있는 게임이 인기를 끌겠지."

"아하, 대중화가 되면 라이트 유저가 많이 생기게 되니까 그들을 타깃으로 한 게임이 좋을 거라는 말이구나."

"대충은. 내가 깊이 아는 것도 아니고 그냥 그럴 것 같다는 거지 뭐."

"음악 쪽은? 음악 쪽은 어떨 것 같은데?"

혁민은 자신이 대충 이야기해도 그걸 다 알아듣는 혜나가 신기하기만 했다. 하지만 혜나는 그런 걸 혁민이 알고 있다는 게 더 신기했다. 올해가 졸업반이다. 졸업하고 바로 창업을 하려고 준비 중이었는데, 혁민과 이야기를 하다 보니까 무언가 길이 보이는 것 같았다.

채민이나 윤주가 중간에 끼어들려고 했는데, 혜나가 워낙 열성적으로 달려드는 바람에 그럴 기회를 잡지 못했다. 덕분에 혁민을 부른 건 채민이었지만, 혁민과 가장 많은 이야기를 나눈 건 혜나였다.

혁민이 가고 나서 혜나는 친구들에게 중얼거렸다.

"뇌가 섹시한 게 이런 거구나. 생각보다 괜찮은데?"

그녀는 자신을 어이없다는 듯 바라보고 있는 친구들의 눈초리도 모른 채 다시 중얼거렸다.

"앞으로 자주 만나야겠다."

*　　　*　　　*

혁민은 그날 이후로 이채민과 종종 만났다. 처음에는 법과 관련된 이런저런 이야기를 하다가 이내 만남 자체가 사법시험 스터디 비슷하게 되었다. 혁민도 어차피 한 번은 정리해야 할 필요성이 있는지라 만남을 거부할 이유가 없었다.

혜나와도 가끔 만났는데, 윤주는 첫날을 제외하고는 한 번도 얼굴을 보인 적이 없었다. 이들과 이야기를 하면서 혁민은 사법시험 제도가 조금 바뀐 것이 혹시 자신의 착각이 아닌가 하는 생각도 했다.

그것을 제외하고는 세상은 바뀐 게 전혀 없는 것 같았기 때문이었다. 하지만 이내 그렇지 않다는 걸 알게 되었다. 법조문 중에 예전과는 달라진 게 있었기 때문이었다.

혁민은 술잔을 기울이면서 생각했다.

'변화가 거의 없긴 한데, 전혀 없는 건 아니야. 항상 신경을 써야겠어.'

하지만 대부분은 그대로였다. 앞으로야 어떻게 될지 모르겠지만, 아직은 자신이 아는 것과 거의 흡사하게 세상이 돌아가고 있었다.

그리고 자신의 기억대로 윤상과 성만은 사법시험 1차에 떨어졌다.

성만과 윤상은 술기운이 제법 돌아 있었다. 1차 시험 합격자 발표가 났는데, 그들의 이름은 없었다. 애산 법정변론 경연 대회를 준비하느라 그런 것이라면서 사람들은 위로했지만, 그렇다고 쓸쓸한 기분이 가실 리가 있겠는가.

"괜찮아 괜찮아. 내년에는 되겠지."

성만이 지글지글거리는 불판에서 노릇노릇하게 구워진 삼겹살을 하나 집으면서 말했다. 하지만 그렇게 말한 성만 역시 표정이 밝지는 않았다. 윤상은 잔에 가득 차 있는 소주를 목에 털어 넣었다.

"크하아~ 야. 술맛 떨어진다. 시험 얘기는 그만해."

윤상은 고개를 돌려 혁민을 쳐다보면서 묘한 표정을 지었다.

"야, 근데 너 요즘 서울대 팀 그 여자하고 자주 만난다면서?"

"아, 이채민 팀장이요? 가끔 만나요."

여자 이야기가 나오자 성만도 표정이 바뀌면서 끼어들었다.

"그 여자 친구들도 같이 만난다며? 예쁘냐?"

"그래그래, 들어보니까 친구 둘도 나온다며. 셋 다 끝내준다면서?"

성만과 윤상은 눈을 빛내면서 혁민을 쳐다보았다. 굳이 먼저 이야기하고 싶은 일은 아니었지만, 이렇게 물어오니 대답을 안 할 수도 없었다.

"뭐, 고등학교 때부터 미녀 삼총사로 불렸다고는 하더라구요. 그리고 셋이 보는 건 아니고 대부분 이채민 팀장하고만 봐요. 만나서는 스터디 하구요."

하지만 성만과 윤상의 귀에는 스터디와 같은 단어는 들리지 않는 모양이었다. 둘은 예쁘다는 말만 들은 듯 미녀와 예쁘다는 단어만 서로를 보면서 반복했다. 히죽히죽 웃으면서.

"누가 제일 예쁜데? 그날 보니까 이채민이라는 애도 장난 아니던데."

"그냥 셋 다 괜찮아요. 스타일이 좀 달라서 뭐라고 하긴 좀 그렇구요. 저기 그 얘기는 그만하고 술이나 먹죠."

혁민은 화제를 바꾸기 위해서 건배를 제의했다. 하지만 술잔을 삽시간에 비워버린 둘은 계속해서 미녀 삼총사에 관해서 물어왔다. 성만이 혁민의 빈 잔에 술을 쪼로록 따르면서 물었다.

"어디서 만나? 그리고 스터디 하면 뭐하는데?"

"카페에서 만나죠, 뭐. 그리고 사시 2차 스터디 해요. 저도 미리 공부한다 생각하고 같이 하는 거구요."

사법시험 이야기가 나오자 둘은 순간적으로 움찔거렸다. 그래도 결선까지 올라간 학생이라고 학교에서도 제법 기대가 컸고, 본인들도 어느 때보다 합격을 고대하고 있었다.

하지만 결과는 불합격. 기대가 크면 클수록 실망감도 큰 법이다. 그래서인지 발표가 난 지 며칠이 되었는데, 아직도 둘은 마음을 잡지 못하고 있었다. 둘은 술을 다시 원샷하더니 잠시 말이 없었다. 혁민은 슬그머니 다른 이야기로 화제를 돌렸다.

"형, 그거 봤어요? 왕초라고 요즘 남자들은 다 그거 보던데."

성만은 피식 웃더니 대답했다. 표정을 보아하니 둘 다 보긴 본 모양인데, 진윤상은 입맛을 다시면서 술잔만 기울였다.

"아, 나도 그거 봤다. 와, 거기 맨발이라고 나오는 사람 연기 장난 아니던데."

성만이 맞장구를 치면서 분위기가 금방 바뀌었다. 그러자 진윤상도 자연스럽게 이야기에 끼어들었고, 셋은 드라마나 영화 이야기도 하고 거기 나온 여배우, 프로야구 등 다양한 화제로 열변을 토했다.

마치 모든 것을 잊어버리겠다는 듯 웃고 떠들었다. 하지만 혁민은 간혹가다 술잔을 기울이면서 그들의 얼굴 한구석에 허무함과 공허함의 그늘이 드리워져 있는 걸 볼 수 있었다. 그래서인지 오늘따라 술맛이 쓰다고 혁민은 느꼈다.

"근데 너 슬기하고 커플 아냐? 그런데 그렇게 여자 막 만나고 그래도 되냐?"

남자들이 술을 마시다 보면 자연스럽게 여자 이야기로 흘러가는 모양이었다. 술이 적당히 취하게 되자 또다시 여자 이야기가 나왔다. 성만이 슬기를 들먹이면서 혁민을 질책했다.

이해를 못 하는 건 아니었다. 성만이 은근히 슬기를 좋아한다는 걸 혁민은 눈치채고 있었으니까.

"슬기는 그냥 친구예요. 그리고 그 여자들하고는 아무런 사이 아니라니까요."

"그래, 얌마. 그리고 여자 좀 만나는 게 뭐 어때서. 나 같아도 그런 여자들이 좋다고 하면 만나겠다."

진윤상은 혁민의 편을 들었다. 남자가 여자 여러 명 만날 수도 있고, 그런 건 흠이 아니라고 열변을 토했다.

"새꺄, 너는 심은하나 이나영이 만나자고 하면 안 만날 거야?"

"엉? 심은하나 이나영?"

성만은 대답하지 못했다. 그는 잠시 생각하는 듯하더니 씨익 웃었다. 상상만 해도 좋은 모양이었다. 성만은 둘이 자신을 게슴츠레한 눈을 뜨고 쳐다보는 걸 알고는 황급히 정색하고는 말했다.

"아니, 뭐, 그거야··· 야 인마, 그런 연예인들이야 우리가 가까이서 볼 기회나 있겠냐."

그 모습에 혁민은 웃음을 터뜨렸다. 그러면서 확실하게 예전과는 많이 달라졌다고 생각했다. 예전에는 대학교에 다니면서도 친하게 지낸 사람도 거의 없었고, 군대 다녀와서는 고시 공부만 했었다.

그런데 지금은 사람들과 함께 북적대며 살아가는 느낌이 들었다. 나쁘지 않은 느낌이었다. 하지만 아직도 그들을 완전히 가슴으로 받아들이지는 못하고 있었다. 성만은 조금 다른 경우였지만, 다른 사람들에게는 어쩐지 거리감이 느껴졌다.

악연이었던 진윤상은 말할 나위도 없고, 슬기도 마찬가지였다. 그리고 같은 시각 다른 장소에서 술자리를 하고 있는 미녀 삼총사도 비슷했고.

"얘. 너는 요즘 나보다도 혁민이 걔를 더 자주 만나는 것 같더라?"

윤주가 섭섭하다는 듯 말하자 이채민은 평소와 다름없는 무표정한 얼굴로 대답했다.

"같이 스터디 하는 거야. 이상한 생각 하지 마."

"어머, 기집애. 진짜 스터디만 하는 거야? 정말루?"

이채민은 대답 대신 고개를 끄덕였다. 테킬라를 홀짝이면서. 윤주는 믿지 못하겠다는 표정으로 고개를 옆으로 살짝 돌리면서 가볍게 흘겨보았다.

"채민이야 그런 거에는 당당하지. 너무 당당해서 탈이긴 하지만. 마음에 드는 남자 있으면 먼저 사귀자고 그러는 게 어디 쉬운가?"

혜나도 데낄라를 쭉 들이키면서 말했다.

윤주는 이해가 안 된다는 듯 고개를 저었다. 그녀가 들고 있는 칵테일 블루 하와이는 그녀가 입고 있는 푸른색 드레스와 아주 잘 어울렸다.

"얘들아. 나는 니들 그러는 거 이해가 잘 안 되더라. 어떻게 여자가 먼저 얘기를 해?"

"뭐가 어때서? 너는 다 좋은데 이런 거 말할 때 보면, 조선 시대 여자 같더라."

"하하, 맞아. 조선 시대보다는 옛날 서양 공주 같은 스타일?"

이채민과 혜나는 오히려 윤주가 이상하다면서 놀렸다. 윤주는 샐쭉해진 표정을 지어 보였다. 초승달처럼 가늘어진 눈으로 둘을 흘겨보았는데 혜나가 가슴을 부여잡더니 심장이 떨린다면서 장난스럽게 말했다.

"너, 그거는 남자 앞에서는 하지 마라. 남자애들 다 쓰러진다 쓰러져."

혜나의 익살에 셋은 같이 웃었다. 그리고 각자의 잔으로 가볍게 목을 축였다.

"그나저나 요즘도 차 선배한테 연락 오니?"

"으응… 가끔……."

"아직도 그냥 그래?"

"잘 모르겠어."

윤주는 고민이 되는지 미간을 조금 찌푸렸다.

"사람은 나쁜 것 같지 않고, 능력 있는 것도 알겠는데……."

"그 선배 법조계 쪽에서는 꽤 유명하다니까."

"응, 그런 것 같더라. 똑똑하기도 하고. 그런데 뭐랄까. 나랑은 잘 안 맞는 것 같아."

윤주는 자기하고는 너무 안 맞는다면서 한숨을 내쉬었다. 그렇다고 매정하게 딱 자르는 건 좀 그래서 계속 연락은 받는다고 했다.

"야, 기면 기고 아니면 아니지. 확실하게 하는 게 그 선배한테도 좋은 거야."

"그래. 넌 어떨 때는 맺고 끊는 거 잘하는데, 어떨 때는 이상하게 심약해지더라?"

"나도 잘 모르겠어. 하여간 조만간 얘기는 해야지. 언제까지 이렇게 갈 수는 없으니까."

"그래. 아, 그리고 혜나 너는 진짜 연애 안 해?"

혜나는 자신은 그런 거에는 관심 없고 지금 사업 구상 때문에 바쁘다고 말했다.

"얘는. 항상 봄날인 줄 아니? 좋은 남자 있으면 잘해봐. 혁민이는 어때? 너도 꽤 자주 만났잖아."

"혁민이. 아우, 걔는 내가 회사 전략기획팀으로 끌고 오면

딱인데."

혜나는 아직 이 학년이고 사법시험 준비하는 게 너무 아쉽다고 말했다. 그러면서 혁민이 어리지만, 오히려 동기들보다 어른스럽다고 했다.

"깊이는 없는데 보는 시야는 넓더라. 깊이가 없는 거야 전공이 법이니까 당연한 거긴 하겠지만. 조금만 가르치면 일 잘하겠던데. 살짝 싸가지도 없는 게 아주 마음에 들어."

"혜나, 너 말은 그렇게 하면서 혹시 마음 있는 거 아냐?"

혜나는 픽 하고 콧방귀를 뀌었다. 그러고는 주먹을 꽉 움켜쥐었다.

"너 내 취향 알지? 나는 강하고 박력 있는 남자가 좋아. 개는 그런 스타일 아니지."

그러면서도 아쉬움이 남는지 계속해서 웅얼거렸다. 전략기획팀에 데려다가 쓰면 일도 시키고 법적인 문제 생기면 그것도 처리하고 좋을 것이라고.

*　　　*　　　*

"오빠, 무슨 일 있어요?"

"아니야. 율희 더 먹고 싶은 거 있어?"

"아뇨, 배불러요."

율희는 마지막 떡볶이를 입에 넣으면서 이야기했다. 윤태는 오물거리면서 맛있게 먹는 율희를 보면서 미소 지었다.

'정혁민이라……..'

윤태는 정혁민이라는 사람이 과연 어떤 인물인지 궁금했다. 자신과 처음 만난 것부터 범상치 않았다. 워낙 강렬한 만남이어서 잊어지지가 않았다. 하지만 그때만 해도 자신과 이렇게까지 부닥치리라고는 생각지도 못했다.

'너무 이상하잖아. 나야 아예 고등학교 때부터 법 쪽으로 방향을 잡아서 미리 공부했지만, 그 친구는 도대체 뭐지?'

자신이야 집안의 도움으로 변호사로부터 과외를 받아서 앞서 나갈 수 있었지만, 그 친구는 그런 것 같지도 않았다. 그렇다면 독학으로 그런 실력을 쌓았다는 말인데, 그러면 그건 정말 희대의 천재라는 말이다.

지금까지 살아오면서 항상 1등만 한 것은 아니다. 가끔은 누군가가 자신의 앞에 있었던 적도 있었다. 그렇지만 단 한 번도 힘겹다고 생각한 적은 없었다. 언제나 그 사람을 앞지를 수 있다는 자신감이 있었다.

하지만 이번에는 달랐다. 혁민이라는 친구와 맞붙은 결선에서 자신은 완벽하게 깨졌다. 그리고 그렇게 실력이 뛰어나 보이던 이채민 선배도 그의 앞에서는 절절매는 게 보였다.

'과연 내가 그를 앞지를 수 있을까?'

그런데 이상한 일이었다. 그런 기분을 느끼고 나니까 오히려 마음이 편해졌다. 그리고 이제는 도전자의 입장에서 제대로 한번 해보자는 의욕이 생겼다.

"오빠 이제 괜찮아졌나 보다, 헤헤."

율희의 목소리에 윤태는 정신을 차렸다. 그리고 자신을 향해서 방긋 웃고 있는 율희를 보았다. 그는 느낄 수 있었다. 율희가 자신을 걱정하고 있다는 걸.

율희가 어떻게 그걸 아는 건지는 알 수 없었다. 하지만 율희는 자신의 표정만 봐도 마음에 무거운 짐이 있다는 걸 알아챘다. 그리고 진심으로 그걸 걱정해 주었고. 정말 착하고 마음이 따스한 아이였다.

"우리 율희 같은 사람만 있으면 이 세상 정말 살기 좋을 텐데."

윤태는 율희의 머리를 쓱쓱 쓰다듬었다. 그리고 계산하고 밖으로 나왔다. 이제는 헤어져야 할 시간. 윤태는 율희를 보내고는 또다시 가면을 썼다. 감정을 드러내지 않는 딱딱한 가면을. 그리고 집으로 걸어갔다.

그리고 그들이 지나간 뒤 얼마 지나지 않아서 두 남자가 등장했다.

"아니 왜요?"

"야, 내가 부탁 좀 하자. 니가 그래도 좀 친하다면서. 번호도 다 알고."

"저보다야 혜나나 채민이가 훨씬 친하죠. 걔들한테 부탁하지 왜 저한테 이러세요."

혁민은 차동출 검사에게 자신은 윤주를 만난 적도 거의 없고, 말도 별로 안 해봤다고 이야기했다. 하지만 차동출 검사는 그냥 어떻게든 만나는 자리만 마련해 달라고 부탁했다.

'이 사람이 조폭 두들겨 패는 그 차동출이 맞아? 여자한테는 완전 숙맥 아냐?'

혁민은 일단 차동출을 진정시켰다. 무슨 상황인지는 대충 알 것 같았다. 강윤주에게 완전히 꽂혔는데 어떻게 해야 하는지는 모르고. 그래서 그냥 가끔 연락만 한 것이다. 그리고 어찌어찌 두어 번 만난 것 같은데, 만나서는 뻘쭘하게 있다가 차나 식사만 하고 헤어졌고.

그러니 어떤 여자가 호감이 생기겠는가. 무드도 없지, 하는 얘기라고는 조폭 때려잡은 얘기만 하지. 그러다가 점점 윤주가 자신을 피하는 것 같자 몸이 단 거였다.

'이래서 고시 공부만 하다가 이쪽으로 빠진 사람들은 안 된다니까. 쯧쯧.'

혁민은 예전의 자신을 보는 듯해서 처량한 마음이 들었다. 혜나 채민은 여자이니 연락을 못 한 것일 테고, 윤태는 윤주 동생인 데다 친분이 있는 것도 아니니 연락을 못 한 것이다. 그래서 그나마 만만한 혁민을 부른 거였다. 지푸라기라도 잡는 심정으로.

"저기요, 지금 여기서 이래 봐야 소용없어요. 지금 불러서 나온다고 해도 뭐라고 할 건데요? 오히려 더 이상하게 볼걸요? 안 그래요?"

차동출은 고개를 끄덕였다. 며칠 동안 윤주가 연락을 받지 않자 너무 흥분했다는 걸 깨달았다. 나이 서른에 찾아온 첫 사랑. 모든 게 혼란스럽기만 하고 마냥 불안하기만 했다. 검사로

서는 최고지만, 사랑은 생초보. 그게 개또라이 차동출 검사였다.

덩치에 어울리지 않게 어깨가 축 처진 채 낙담한 표정을 하고 있자 혁민은 그가 측은해졌다.

"에혀, 오늘 일 많아요?"

"검사 일이 끝이 있는 줄 아냐? 산더미같이 쌓여 있지."

"그래도 오늘 상태를 보니까 일하기는 글렀네요. 요 앞에 가서 술이나 한잔해요. 제가 특별히 연애 상담 해드릴게요."

"그래? 그럴까? 어차피 지금 들어가도 일이 손에 안 잡히겠지?"

혁민은 근처에 있는 술집으로 가서는 차동출에게 말했다.

"사랑은 강요나 애원한다고 얻을 수 있는 게 아니에요. 범인을 취조할 때도 그렇죠?"

"오오, 그렇지, 그렇지. 강요나 애원한다고 실토하는 건 아니지."

혁민은 차동출의 눈높이에 맞추어 차동출이 가장 잘하는 일과 사랑을 연관해서 설명했다. 그리고 술집에서 나올 때 차동출의 표정은 상당히 편해져 있었다. 옆에서 누구 때문에 술을 너무 마셔서 토하고 있는 혁민만 아니었더라면 무척 흐뭇한 광경이었을 것이다.

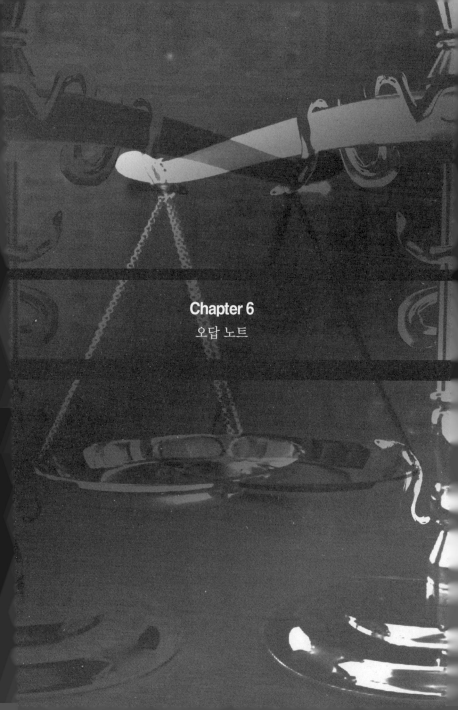

Chapter 6
오답 노트

"오케이, 오늘은 여기까지… 아이구구구……."

진윤상은 손을 번쩍 들고는 고개를 이리저리 돌리면서 괴상한 소리를 냈다. 그가 몸을 이리저리 뒤틀 때마다 몸에서 우드득 하는 소리가 났다. 종일 자리에 앉아서 공부한 후에 스터디까지 하고 나니 온몸이 딱딱하게 굳어서 그런 거였다.

"햐아~ 이번에 합격한 사람들은 좋겠다."

성만은 가방에 책을 넣다가 중얼거렸다. 문득 쳐다본 창밖의 플래카드에 대문짝만하게 적혀 있는 사법시험 합격이라는 글자가 보였기 때문이었다.

얼마 전 합격자 발표가 난 뒤로 둘은 부쩍 열의를 불태웠다. 제현대학교에서는 두 명이 합격했는데, 한 명은 성만과 윤상이 모두 아는 선배라고 했다. 하지만 그들을 불타오르게 한 건 이채민의 합격 소식이었다.

같이 결선에 올라서 상대 팀으로 마주쳤던 사람이었다. 그런데 누구는 벌써 합격을 하고 누구는 1차도 합격하지 못한 거였다. 그래서인지 더 자극을 받은 모양이었다. 성만도 눈을 감고는 목을 이리저리 돌리다가 물었다.

"혁민아, 그런데 너 시험공부는 하냐?"

"그럼요. 지금부터 해야죠."

"지금부터? 너 잠은 자고?"

성만이 기가 막힌다는 듯 말했다. 자신들도 지금부터 오늘 공부한 내용을 정리하다 새벽이나 되어야 잠을 청할 것이다. 그리고 그건 혁민도 마찬가지일 것이다.

법대생에게 가장 중요한 건 사법시험 합격이다. 심하게 말하면 학과 시험은 못 봐도 빵꾸만 나지 않으면 그만일 수도 있다. 그러니 혁민도 돌아가서는 오늘 공부한 걸 정리할 것이다. 그런데 그걸 마치고 시험공부까지 한다?

시험공부에 얼마나 시간을 투자하는지는 모르겠지만, 밤을 꼬박 새워도 시간이 모자랄 것이라고 성만은 생각했다. 이상한 건 그런데도 성적은 항상 최상위권이었다. 진윤상도 마찬가지 생각을 했는지 질린다는 표정으로 중얼거렸다.

"괴물 같은 새끼. 부럽다 부러워."

성만과 윤상은 1학기를 마치고 휴학했다. 사법시험에 올인하겠다는 생각에서였다. 그리고 혁민과 같이 스터디를 시작했다. 스터디라고 해서 대단한 건 아니고 기출문제와 객관식 문제집을 풀고 서로 틀린 문제만 추려서 정리하는 게 전부였다.

사실 스터디는 멤버를 잘못 만나면 오히려 시간 낭비가 되는 경우가 있다. 하지만 진윤상과 성만은 주저하지 않고 혁민을 선택했다. 그의 실력이 어느 정도인지 누구보다 잘 알았으니까.

오히려 고민을 한 건 혁민이었다.

제의를 받았을 때, 처음에는 거절을 하려 했다. 혁민은 굳이 스터디를 하지 않아도 상관이 없었으니까. 하지만 여러모로 고민하다가 결국 하기로 마음먹었다.

아무리 혁민이라 하더라도 시험을 보기 전에 정리하는 과정이 한 번은 필요했으니까. 그리고 그것보다 더 중요한 건 성만의 실력을 끌어 올려야 한다는 거였다.

'일단 성만이 형은 사시에 합격하든 합격하지 않든 같이 일할 거니까.'

혁민이 원하는 삶은 혼자 힘으로는 절대로 얻을 수 없다. 굳이 멀리 갈 것도 없이 애산 법정변론 경연대회만 봐도 알 수 있지 않은가. 혼자서 하는 건 한계가 있다. 그러니 능력 있는 사람이 필요했다. 그리고 가능하면 믿을 수 있는 사람이 그러면 더 좋고.

'성만이 형 실력이 늘어야 하는데……'

그래서 스터디를 하면서 신경을 제법 썼다. 그런데 덕을 보는 건 성만보다 진윤상이었다. 성만은 뚝심은 강했지만, 눈치가 좀 둔했다. 진윤상은 그 반대였고. 그래서 좀 고민이 되었다. 계속해서 이렇게 가야 할지, 아니면 성만과 둘만 스터디를 따로 해야 할지.

물론 성만의 성격상 둘만 따로 하자고 하면 절대로 받아들이지 않을 것이다. 하지만 지금처럼 남 좋은 일만 시킬 수는 없는 일. 게다가 상대가 진윤상이라면 더 그랬다.

"그럼 내일 다시 보자."

"하이고. 그래, 들어들 가쇼."

성만과 윤상이 지친 표정으로 짐을 챙겨 일어나면서 이야기했다.

"그래요, 내일 봐요."

혁민은 둘이 나간 뒤에 방 안을 정리하고는 가방을 둘러메고 밖으로 나왔다. 어차피 가는 방향이 달라서 항상 혁민이 뒷정리하고 마지막으로 나왔다. 건물 밖으로 나오니 이미 주변은 캄캄해졌고, 혁민을 반기는 건 12월의 싸늘한 공기뿐이었다.

지이잉~ 지이잉~

인기척 없는 캠퍼스를 걸어가던 혁민은 다리가 간지러워짐을 느끼고는 주머니에서 핸드폰을 뺐다. 검은색 스타택의 폴더를 여니 전화를 건 사람은 차동출이었다.

"이 시간에 검사님께서 무슨 일이십니까?"

—어허허허. 뭐하고 있었냐?

"학생이 이 시간에 뭐하고 있었겠습니까? 공부하고 있었죠. 이제 집에 가는 길이에요. 근데 뭐 좋은 일 있어요?"

—좋은 일은 뭐… 어허허허. 나도 지금 일 끝났는데, 쏘주나 한잔할까?

"저 시험이라서 안 돼요."

혁민은 시험이 아니더라도 차동출하고는 술을 먹지 않으리라 생각했다. 인간이 먹는 술의 양이 아니었다. 혁민도 약한 편은 아니었지만, 차동출과는 비교도 되지가 않았다. 그러니 술을 안 먹는 게 상책이었다.

—그래? 아쉽네…….

차동출은 아쉽다는 듯 입맛을 쩝쩝 다셨다. 혁민은 윤주와의 사이에 뭔가 진전이 있구나 싶었다. 그게 아니고서야 이렇게 좋아할 만한 일이 없었으니까.

"기말고사 끝나고 한번 보죠. 뭐, 그때 얘기해 주세요."

—그럴까? 어허허허… 그래, 그러자. 내가 술 제대로 한번 살게. 어허허허…….

혁민은 통화를 끝내려고 했는데 다급하게 그를 찾는 차동출의 목소리가 들렸다.

—야! 혁민아!!

"아, 왜요? 또 무슨 얘긴데요?"

—저기 너 검사 하는 거 잘 생각해 봐라. 너도 저번에 사건 해결하면서 기분 좋았지? 그렇지? 그리고 남자는 역시 검사가 짱이야.

"저는 변호사 한다니까요. 저 차 타야 하니까 얘기는 나중에 해요."

혁민은 거기까지 말하고는 핸드폰을 주머니에 쑤셔 넣었다. 그리고 허어 하고 입김을 불어 차가워진 손을 녹였다. 그러면서 절대로 검사나 판사는 하지 않겠다는 생각을 했다.

"하이고, 내가 거기서 일 어떻게 하는지 모를까 봐?"

혁민이 변호사를 하려는 건 여유로운 삶을 살기 위해서였다. 이번 생에서도 일에 파묻혀 지낼 생각은 조금도 없었다.

그렇지만 판사나 검사를 하면 그런 생활은 꿈도 꿀 수 없다.

판사나 검사는 한 사람이 처리해야 하는 업무가 어마어마하다. 그런 격무에 시달리는 건 사양이었다. 그래서 변호사를 하려는 거였다.

사실 변호사도 바쁘기는 마찬가지였다. 하지만 혁민에게는 방법이 있었다. 판사나 검사는 조직에 매여 있는 몸이라서 방법이 없었지만, 변호사는 방법이 있었다.

"돈이 되는 굵직한 사건만 하고 평소에는 여유 있게 지내는 거지."

혁민은 자신의 계획을 생각하면서 히죽 웃었다. 그러면서 차동출도 참 신기한 사람이라는 생각을 했다. 어떤 면에서는 정말 천재적인 번득임을 가지고 있었는데, 어떤 면에서는 정말 바보 같았으니까.

"그나저나 뭘 어떻게 한 거지?"

술을 마시기 싫어서 나중에 얘기하자고는 했지만, 둘 사이에 무슨 일이 있었는지 궁금하기는 했다. 혁민이 조언을 해주기는 했는데, 생초보가 갑자기 연애 전문가가 될 리도 없지 않은가.

전보다는 조금 나아졌지만, 별다른 진척이 없었다. 그래서 괴롭다면서 혁민에게 술 마시자고 했었는데, 이번에는 무언가 좋은 일이 있는 듯했다. 그리고 혁민은 며칠 뒤에 궁금했던 걸 해소할 수 있었다.

―게임 회사 한 군데하고 연예 기획사 한 군데 들를 건데 같이 가자.

"시험 때라서 곤란해."

―그래? 그러면 다음 주 월요일이나 화요일에는 가능하고?

"다음 주? 다음 주 월요일은 과외 있어서 안 되고, 화요일은 괜찮을 것 같은데."

혜나의 연락이었다. 그녀는 사업 아이템을 정하기 위해서 계속해서 알아보면서 돌아다녔는데, 자꾸만 혁민을 불렀다. 그러면서 자꾸만 자기가 만들 회사로 오라는 얼토당토않은 이야기를 해댔다. 그래도 나중에 여러모로 도움이 될 만한 사람이라 가끔 같이 다니기는 했다.

"아, 혹시 차 검사님하고 윤주하고 무슨 일 있었어?"

―어? 니가 그걸 어떻게 알아?

혜나는 잠깐만 기다리라고 했는데, 뒤에서 여자 목소리가 들리는 것으로 보아 친구들과 같이 있는 모양이었다.

―며칠 전에 아주 대놓고 얘기했다던데?

"대놓고? 뭐라고 했는데?"

―자기 이런 거 서툴다고 하면서 그래도 전보다는 조금 나아지지 않았냐고 했다더라.

"호오, 그다음에는?"

혜나는 카페의 기둥에 삐딱하게 기대서는 말했다.

"윤주가 전보다는 나아졌다고 했지. 그러자 그 선배가 뭐라고 했게?"

―뭐라고 했는데? 궁금하게 하지 말고 그냥 얘기해 봐.

"제로에서 노력해서 그만큼 나아졌으니까 시간 지나면 더 좋아질 거라고 했대. 그러면서 지금까지 보여준 모습이 믿을 만하면 시간을 좀 더 달라고 했고."

―오오, 나쁘지 않은데?

"그렇지? 나도 그 얘기 듣고는 좀 멋있다는 생각이 들더라고."

그래서 윤주가 계속 만나겠다고 이야기했다는 걸로 혜나는 이야기를 마무리 지었다.

"그러면 다음 주 화요일에 같이 다니는 걸로 하자. 아홉 시에 내가 학교 앞으로 갈게."

―알았어. 다음 주에 봐.

혜나는 친구들이 기다리고 있는 자리로 돌아왔다.

"얘, 너는 아직 뭐할지도 정하지 못한 거야?"

"야, 이게 그렇게 쉬운 줄 아냐? 한 번 정하면 바꾸기 어려우니까 신중해야지."

미녀 삼총사는 혜나의 사업 이야기로 꽃을 피웠다. 이런저런 이야기를 하다가 채민이 조심스럽게 물었다.

"실패하지 않을 자신 있니?"

"어떻게 실패를 안 할 수가 있어? 당연히 몇 번은 실패하겠지."

혜나는 방향은 맞아도 단번에 목적지에 도착하는 건 어려운 일이라고 말했다.

"그리고 단번에 가는 게 오히려 더 좋지 않을 수도 있고."

"하긴 그렇다. 너무 손쉽게 성공하면 마음이 풀어지고 나중에 크게 낭패를 볼 수도 있으니까. 사법시험도 좀 그런 게 있거든."

"어머! 사법시험에? 어떤 게 그런데?"

초롱초롱한 눈으로 자신을 쳐다보는 친구들을 보면서 채민은 커피를 홀짝이고는 말을 이었다.

"1차에 합격하면 정말 날아갈 것 같거든. 1차에 합격하지 못하는 사람도 정말 엄청나니까. 그래서 마음이 풀어지는 경우가 많아. 그러다 보니 1차에 수석으로 합격하고도 2차에 떨어지는 사람도 있어."

"아, 하긴 그런 경우 많긴 한 것 같다. 그런데 채민이 너는 그런 거 잘 넘겼나 보다. 이렇게 단번에 합격한 거 보면."

채민은 고개를 저었다.

"사실 나도 1차에 합격하니까 목에 좀 힘이 들어가더라. 당연히 2차도 합격할 것 같고. 아마 혁민이하고 스터디 하지 않았으면 2차에는 떨어지지 않았을까 싶어."

채민은 혁민과 같이 스터디를 하다 보니까 그가 자신보다 앞서 나가고 있는 게 보였다고 했다. 그러니까 정신이 번쩍 들었고.

"내가 지금 여기서 쉬고 있을 때가 아니라는 생각이 들더라고. 1차에 붙은 사람들은 다 나 정도는 된다는 거잖아. 그리고 개중에는 나보다 실력이 더 좋은 사람도 있을 거고. 게다가 그게 끝이 아니지. 지금 현직에 있는 선배들도 있고. 그런 생각 하니까 내가 한심하더라. 고작 1차에 붙었다고 으스댔으니 말이야."

채민의 말에 혜나가 심각한 얼굴로 고개를 끄덕였다.

"하긴 그렇다. 학교에서야 우리가 가장 선배지만, 사회 나가면 우리가 가장 초보자잖아. 그런 생각 하니까 좀 그러네."

셋은 모두 사 학년이라서 그런지 갑자기 심각한 분위기가 되었다. 사회로 나간다는 것. 그것은 낯선 장소에 내동댕이쳐지는 것과 다름없는 일이다. 모든 것이 잘될 것이라는 희망과 경험해 보지 못한 것에 대한 공포와 불안감이 공존하는 마음. 미녀 삼총사도 그 마음과 직면하고 있었다.

"갑자기 사회에 있는 선배들이 대단해 보인다. 내가 지금까지 너무 쉽게만 생각해 왔던 것 같기도 하고."

"혜나 너도 그래? 나도 갑자기 그런 생각 들었는데⋯⋯."

둘이 이야기하는 동안에 윤주는 아무 말도 하지 않았다. 그녀도 막연한 불안감에 젖어 있었다. 그리고 학교 선배이자 사회 선배인 차동출이 조금은 더 대단하게 느껴졌다.

*　　　*　　　*

"오랜만이네. 그동안 잘 지냈고?"

"그냥 그랬죠, 뭐."

"이야, 개인 최우수상 받은 사람은 달라도 뭔가 다르네. 다른 사람들은 다들 초조하고 그렇던데. 아주 여유가 넘쳐."

드디어 1차 사법시험 날짜가 코앞으로 다가왔다. 시험을 준비하는 사람들의 신경이 가장 날카로울 시기. 작은 일에 싸움이 나기도 하는 시기가 바로 지금이다.

윤종연 PD는 사법 고시생들의 애환과 현실을 담은 다큐멘터리를 촬영하고 있었다.

생각보다 무척 어려웠다. 일단 취재에 응하는 사람이 별로 없었다. 인생이 걸린 시험을 앞둔 상황이다. 누가 인터뷰나 촬영을 흔쾌히 허락하겠는가. 공연히 그런 걸 했다가 마음이 흔들리기라도 하면 큰일 아닌가. 그래서 시험을 망치기라도 하면 어쩌나 싶은 마음이 누구나 있을 수밖에 없다.

게다가 고시생이라는 신분은 참 모호하다. 자신이 고시생이라는 게 TV에 나오는 것이 즐거울 사람이 누가 있겠는가. 합격한 후에 인터뷰하는 것이라면 모를까.

"그래, 이번 시험 준비는 잘했어요?"

"첫 시험이라 부담도 되고 걱정도 되고 그러네요."

혁민은 담담하게 이야기를 했다. 윤종연 PD는 거듭 고맙다는 말을 했다. 이렇게 흔쾌히 촬영에 인터뷰까지 허락한 사람은 혁민이 처음이었기 때문이었다. PD는 덕분에 공부하는 모습부터 시작해서 시험을 앞둔 생생한 모습을 담을 수 있었다.

"다음에는 합격자 인터뷰 같은 거에서 봤으면 좋겠네요."

"감사합니다. 또 볼 수 있겠죠."

혁민은 PD와 헤어져서 방으로 돌아왔다. 1차 시험에 합격할 자신은 있었다. 만반의 준비를 했으니까. 하지만 긴장이 되는 건 어쩔 수가 없는 모양이었다. 가슴이 두근거리고 자꾸 불안하다는 생각이 들었다. 자신이 이럴 정도인데 다른 사람들은 오죽하겠나 싶은 생각이 들었다.

'예전에는 이런 걸 어떻게 몇 년씩 했는지.'

그런데 좀 이상한 건 있었다. 문제집을 푸는데 항상 만점은 나오지 않았다. 꼭 한 문제는 틀려서 만점을 놓쳤다. 그게 좋은 조짐인지, 아니면 불길한 조짐인지는 모를 일이지만, 기분이 썩 좋지는 않았다.

물론 그런 문제는 확실하게 기억해 두었다. 실수인 경우도 있었고, 자신이 외우지 못했던 것도 있었다. 그런 걸 오답 노트에 정리하다 보니 이런 생각이 들었다.

"미래에서 왔지만, 모든 걸 아는 건 아니니까 방심하지 말라

는 뜻인가?'

다른 사람들에게 조언도 해주고 그랬지만, 자신도 해결하지 못하는 문제가 있어서 계속해서 고민하고 있다. 그렇게 보면 사실은 자신도 남과 크게 다를 것 없는 사람 아닌가.

"그래, 내가 뭐 대단한 사람이라고."

혁민은 다시 한 번 마음을 잡으면서 자신이 세운 좌우명을 중얼거렸다.

"후회할 일은 하지 말고, 한 일은 후회하지 말자! 적어도 이번 생에서는!!"

＊　　　＊　　　＊

1차 시험이 끝나고 밖으로 나온 혁민은 일단 크게 심호흡을 했다. 장시간 집중을 해서인지 머리가 좀 탁해졌다는 느낌이 있었는데, 시원하고 맑은 공기를 마시니 순식간에 정신이 번쩍 들었다. 마치 냉수를 한 바가지 끼얹은 듯한 느낌이었다.

시험은 어렵지 않았다. 예전에 고생했던 기억이 남아 있어서인지 시험을 보기 전에는 제법 긴장이 되었는데, 막상 문제를 받자 마음이 안정되었다. 문제가 술술 풀리니 긴장 같은 건 스르륵 풀렸던 것이다. 그렇게 시험을 마치고 나니 오히려 홀가분하고 개운한 느낌마저 들었다.

"하아~ 예전에도 이랬으면 정말 좋았을 텐데."

예전에는 항상 발표 날까지 입술이 바싹 말라 있었다. 마음을 졸이면서 발표만 기다리고 있다가 낙담하기를 여러 번. 이렇게 고시생으로 살다가 끝나는 게 아닐까 하는 생각이 든 적이 한두 번이 아니었다.

그럴 때마다 그만두고 다른 일을 찾아봐야 하는 게 아닐까 하는 생각을 했었다. 가끔은 미쳐 버릴 것 같아서 술기운을 빌려 잠든 적도 있었고. 하지만 지금은 마음도 평온했고, 아주 여유로웠다.

혁민은 주변을 돌아보았다. 시험을 본 사람들이 물밀 듯이 쏟아져 나오고 있었다. 그리고 시험장 앞에는 부모나 애인, 혹은 남편이나 아내로 보이는 사람들이 초조한 표정으로 기다리고 있는 게 보였다.

지친 표정으로 가족의 품에 안기는 사람들. 그리고 어디론가 전화를 하는 사람들.

혁민도 갑자기 집 생각이 들었다. 그는 스타택 핸드폰을 꺼냈다.

"어머니 저예요."

―아이구, 그래. 시험은 잘 봤고오?

전화벨 소리가 울리자마자 받은 걸 보면 아마도 전화를 기다리고 계셨던 듯했다. 전화기 너머로 들리는 목소리였지만, 어머니가 지금 어떤 마음인지 그대로 전해져 오는 것 같았다.

"그럼요, 잘 봤죠. 걱정하지 마세요."

─그래, 잘했다. 이번이 처음이니까 혹시 안 되더라도 너무 맘 상하지 말고. 알았지?

"그럼요. 저는 괜찮아요."

자식을 걱정하는 어머니의 마음이야 끝이 있을까. 별것도 아닌 말이었지만, 혁민은 눈가가 시큰해지는 것 같았다.

─시험도 끝났으니까 집에 와야지? 언제 올 거니? 뭐 먹고 싶은 건 없고?

"이번 주말에 갈게요."

어머니는 순식간에 음식 이름을 대여섯 개 말하면서 부산을 떨었다.

혁민은 그냥 알았다고만 했다. 자신이 뭐라고 이야기해 봐야 어머니는 원하는 음식을 하실 테니까. 그냥 가서 맛있게 먹는 게 가장 큰 효도일 것이다.

어머니와의 통화는 항상 가슴을 따뜻하게 한다. 어머니의 목소리에는 무언가 마력 같은 게 있는 것 같았다.

통화를 마친 혁민은 입가에 웃음을 머금은 채 학교로 향했다.

캠퍼스에 도착해서 가장 먼저 본 것은 진윤상이었다. 그는 사람들을 우르르 데리고 가다가 혁민을 발견하고는 소리쳤다.

"야, 같이 안 가냐? 오늘 같은 날은 마셔줘야지."

"저는 그냥 쉴래요."

"그래? 알았어. 다음에 한잔하자."

윤상은 큰 소리로 떠들면서 사람들을 몰고 내려갔다. 개중에는 같이 시험을 본 사람들도 보였고, 후배들도 보였다. 혁민의 눈에는 시험을 본 사람들의 표정이 들어왔다. 갖가지 심정을 고스란히 드러내고 있는 얼굴.

가장 밝은 얼굴을 하고 있는 건 윤상이었고, 벌레 씹은 표정을 한 사람도 몇 보였다. 하지만 대부분은 기뻐하는 것도 아니고 낙담하는 것도 아닌 아주 모호한 표정을 하고 있었다.

'끝나서 후련하긴 한데 결과는 모르겠으니 그러는 거겠지.'

기대는 하고 있지만, 쉽지 않다는 걸 아는 표정. 혁민은 예전에는 자신도 시험이 끝나고 저런 표정이었을 것이라고 생각했다. 하지만 지금은 다르다. 합격이야 너무나도 명확한 일이었다. 점수가 문제일 뿐이지.

원래는 성만과 같이 식사하면서 이야기나 좀 할까 했는데, 성만은 고개를 저었다. 그는 모든 에너지가 방전된 듯한 표정으로 시골집에 내려간다면서 나갔다. 며칠 푹 쉬다가 올 거라면서.

"그래도 시험은 잘 본 것 같으니 다행이네."

지친 표정이었지만, 이번에는 기대된다는 걸 보니 시험을 잘 본 게 틀림없었다. 진윤상이야 허풍을 있는 대로 치는 성격이었지만, 성만은 허튼소리를 잘 안 하는 성격이었으니까. 덕분에 혁민은 혼자 식사를 하고는 학교 근처 공인중개사 사무실로 향했다.

집을 옮겨야 해서 알아보고 있었는데, 날짜가 거의 다 되어가도록 마음에 드는 방을 발견하지 못해서 계속해서 돌아다니는 중이었다.

"아이고 학생, 오늘 딱 맞는 게 나왔어."

나이가 지긋한 공인중개사가 혁민을 보자마자 탁 하고 손뼉을 쳤다. 마침 물건이 나왔는데 잘 왔다면서 혁민을 데리고 곧바로 자신이 말한 곳으로 걸어갔다. 그가 말한 장소는 사무소에서 그리 멀지 않은 곳에 있었다.

"요즘 유행하는 원룸 오피스텔이라는 건데 보면 마음에 들거야. 학생이 말한 거하고 아주 딱이라니까."

직접 가보니 공인중개사가 왜 그런 이야기를 했는지 알 수 있었다. 2층까지는 상가이고 그 위로 6층까지가 오피스텔 원룸이었는데, 무척 깔끔하고 방도 넓었다. 새로 지은 건 아니고 리모델링을 한 것 같았다.

"십오 평이고 보다시피 깔끔해. 여기가 조건도 다 좋고 그런데 이상하게 올해 나가질 않더라고. 그래서 세를 조금 낮춰서 다시 내놓은 거야."

"요즘 경기가 안 좋아서 그런가 보네요."

혁민은 구석구석 살펴보면서 대답했다.

"언제는 경기가 좋은 적이 있었나."

공인중개사는 요즘 자기도 죽겠다면서 한숨을 내쉬었다.

"아무튼, 여기는 학생 장사라서 이게 새 학기 시작하기 전까지 안 나가면 아주 골치 아프다니까. 그래서 낮춰서 나온 거야. 학생 있는 데하고 보증금은 똑같고 월세만 10만 원 비싸."

혁민은 고개를 살짝 끄덕였다. 그 정도면 자신에게는 더할 나위 없이 좋은 조건이었다. 지금까지는 집을 찾아가면서 과외를 했는데, 이제는 방으로 불러서 가르칠 생각이었다. 여러 곳을 돌아다니니 시간 낭비가 너무 많아서였다.

방도 원래 있었던 곳보다 조금 넓고, 지하철역에서 그리 멀지도 않으니 아주 만족스러웠다. 시험도 잘 본 데다가 그동안 골머리를 앓게 만들었던 방 문제까지 해결되니 뭔가 일이 잘 풀릴 것 같다는 생각마저 들었다.

"계약하죠."

혁민은 웃으면서 말했고, 공인중개사의 얼굴도 확 펴졌다. 곧바로 가계약을 했고, 다음 날 정식으로 계약했다. 그리고 바로 그 주에 이사했다.

이사를 하면서 아무런 문제가 없을 줄 알았다. 과외는 방학 때까지만 하고 그 이후에는 장소를 혁민의 방으로 옮긴다고 미리 이야기를 해두었으니까. 하지만 모든 일이 생각대로 흘러가는 건 아니었다.

"혁민 학생, 이번 학기까지만 어떻게 안 될까?"

"하아~ 저도 그랬으면 좋겠는데… 2차 시험도 준비해야 하고 제가 시간이 도저히 안 되네요. 아니, 집도 멀지 않은데 저한테 보내시지 그러세요. 제가 집에서는 봐줄 수 있는데."

"아유, 나도 그러고 싶은데, 애 아빠가 그건 절대로 안 된다

고 하잖아. 불법 과외 걸리면 큰일 난다고 아주 칠색 팔색이
야."

공무원인 남편이 무조건 과외는 집에서만 하라고 했다면서
난처한 표정을 지었다.

"학원 강사도 아니고 대학생인데 무슨 상관이에요. 그리고
제가 법대 다니잖아요. 그런 건 제가 확실하게 하죠."

"아유, 나도 학생은 믿지. 그런데 어디 애 아빠가 내 말을 들
어야 말이지. 다른 사람 말은 잘도 들으면서 집사람 말은 귓등
으로도 안 들어요. 하여간 우리나라 남자들은 그런 거 빨리 고
쳐야 한다니까."

아주머니는 쉴 새 없이 수다를 떨었다.

혁민은 잘 가르친다는 소문이 나서 제법 인기가 있었다. 이
집 아들도 과외받은 영어 성적이 제법 올랐고. 그래서 다들 어
떻게든 혁민을 잡고 싶어 했다.

하지만 그런 사정을 일일이 봐줄 수는 없다. 그리고 그 이야
기를 지금 한 것도 아니고, 이미 겨울 방학을 하기 전에 한 상
태였으니 혁민은 할 만큼은 했다고 생각했다.

"그러면 다음 주에 마무리할게요. 혹시라도 생각 바뀌시면
연락 주세요."

혁민이 대학교 와서 가장 신경을 쓴 건 영어였다. 어차피 토
익 점수를 받아야 하니까 영어는 공부해야 했다. 그래서 과외
도 영어 과목만 하고 있었다. 혁민은 밖으로 나와서 수첩에 세
모 표시를 했다.

"여기는 일단 보류."

대부분 혁민에게 학생을 보내겠다고 했지만, 일부는 곤란하다고 하기도 했다. 방에서 과외를 하면 좋은 점이 한꺼번에 여러 명을 할 수 있다는 거였다. 이동 시간도 필요 없고.

혁민은 그렇게 학기가 시작하기 전에 과외 문제를 모두 정리했다.

*　　　*　　　*

"야, 이 새꺄, 마셔! 마셔어!!!"

진윤상이 맥주잔을 들고는 소리를 질러댔다. 혁민도 환호성을 지르면서 잔을 부딪쳤다. 1차 합격. 그것도 같이 스터디를 했던 성만과 윤상까지 동시에 붙었으니 적어도 오늘만큼은 마음껏 취하고 싶었다.

맥주를 벌컥벌컥 들이켠 윤상이 입가에 묻은 거품을 닦으면서 소리를 높였다.

"내가 늘 생각하지만 넌 참 난놈은 난놈이다. 처음 시험 친 새끼가 수석을 하고 말이야."

"난 내가 아는 사람이 1차에서 수석을 할 거라고는 생각지도 못했다. 그리고 기분 정말 째진다. 다 같이 붙어서."

성만은 혁민이 붙으리라 생각은 했지만, 수석을 한 건 전혀 뜻밖이라며 놀라워했다. 합격자 발표가 나자 완전히 난리가 났다. 사법시험 1차 수석은 제현대학교 최초였다. 교수들이 전부 혁민을 보러 왔고 학교 이사장까지 혁민을 불렀다.

그리고 술자리에는 엄청나게 많은 사람이 몰려들어 있었다. 셋을 제외한 합격자도 함께하는 자리여서 아예 법학과가 커다란 호프집을 전세 낸 듯했다. 혁민은 정말 오랜만에 만취했다. 그리고 다음 날부터 이전과는 달라진 세상을 경험했다.

"쟤가 이번 사시 수석이래."

"어머? 진짜?"

길을 지나가면 그를 보고 수군대는 사람들이 있었다. 제현대학교에서는 엄청난 사건이었다. 중위권 대학에서 전국 수석과 같은 뉴스거리가 나올 일이 뭐가 있겠는가. 그것도 무려 사법시험이다. 혁민을 바라보는 사람들의 시선이 완전히 바뀌었다.

그리고 과외 청탁이 계속해서 들어왔다. 예전에는 그렇게 부탁을 해도 구하기가 어려웠던 과외가 이제는 너무 많이 몰려와서 감당이 안 될 정도였다. 그래서 이제는 거절하는 데 골머리가 아플 지경이었다.

"야아~ 이거 자고 일어났더니 유명해졌다는 말이 정말 실감 나네요."

혁민은 조금 유명해져도 이 정도인데 정말 많은 사람이 알아보는 사람들은 불편해서 어떻게 살아가나 싶었다. 성만과 윤상은 그런 혁민을 보고는 조금 다른 표정을 지었다. 성만은 허허 웃으면서 이야기했다.

"나는 좀 걱정되더라. 너 그런 것 때문에 요즘 너무 신경 쓰는 것 아냐? 그래 가지고 2차 준비 어디 하겠냐?"

"안 그래도 무슨 방법을 찾기는 찾아야겠어요. 이거 과외를 하지 않는다고 해도 계속해서 연락이 오니, 원… 그냥 무작정 해달라고 한다니까요."

혁민은 질린다는 얼굴로 고개를 저었다. 자식의 교육이라면 물불을 가리지 않는 게 어머니 아니던가. 아무리 거절해도 무조건 받아달라고 연락을 해오니 번호를 바꾸든지 해야겠다고 생각하고 있었다.

"너 굉장히 짭짤하다며?"

진윤상은 어디서 들었는지 모르겠지만 수백만 원짜리 과외를 한다는 이야기를 들었다면서 물어왔다.

"누가 대학생한테 그 정도를 주겠어요. 백만 원 주겠다는 사람도 없어요."

"그래도 이번에 사시 1차 수석 했다고 돈 싸들고 덤벼든다던데……."

어디서 그런 이야기를 들었는지는 모르겠지만, 윤상은 부럽다는 투로 이야기했다.

혁민은 터무니없는 이야기에 웃으면서 대꾸했다.

"영어 잘하고 과외에 관심 있으면 내가 소개해 줄게요."

"소개는 무슨. 그리고 영어는 남 과외를 해줄 처지도 못 된다. 나도 겨우 턱걸이 했는데 무슨. 그리고 고시생이 무슨 과외야? 남들이 들으면 웃는다, 웃어."

성만은 손을 휘저으며 껄껄대며 웃었다. 하지만 진윤상은 무슨 말을 하려다가 멈칫거리는 걸 보니 관심이 있는 모양이었다. 혁민이 알기에 진윤상의 토익 점수는 꽤 높았다.

"진짜요. 저는 더 받으려고 해도 시간이 없어요. 2차 준비도 해야 하는데… 돈만 벌 거였으면 아예 그쪽으로 나갔겠죠."

"하긴 그렇지? 나도 영어는 좀 하긴 하는데 시간 때문에……."

진윤상은 그렇게 말하고는 계속해서 혁민을 힐끔힐끔 쳐다보았다. 말은 그렇게 했지만, 분명히 관심이 있는 눈치였다.

'집이 어렵다고 했었지?'

진윤상은 집에 대한 얘기는 절대로 하지 않았다. 동기 중에도 그의 집에 대해서 아는 사람은 아무도 없었다. 혁민도 나중에 진윤상이 사법시험에 합격하고 난 뒤에 술에 취해서 가난이 정말 지긋지긋했다는 말을 언뜻 들은 게 전부였다.

"제가 그냥 얘기는 한번 해볼게요."

어차피 자신은 할 수 없는 과외다. 오히려 누군가가 가져가서 학부모들이 자신을 괴롭히지 않았으면 좋겠다는 생각도 있었다.

사실 사법시험을 준비하는 사람이 과외를 한다는 게 말이 되지 않는다. 준비에 올인하더라도 어떻게 될지 모르는 판국에 어떻게 다른 데 시간을 쓰겠는가. 혁민이니까 가능한 일이었다.

그래서 사람들은 혁민이 이번 2차는 포기했다고 생각하고 있었다. 그런 상황인데 진윤상이 관심을 보였다? 혁민은 진윤상이 얼마나 간절히 사법시험에 합격하는 걸 원하는지 잘 안다. 그런데도 관심을 보이고 있었다.

'진짜 어렵긴 어려운가 보네.'

혁민은 자기 혹을 떼기 위해서라도 진윤상에게 소개해 줘야겠다고 생각했다.

*　　*　　*

"차석을 했다고? 잘했구나."

외국 출장을 마치고 집에 온 윤태의 아버지 강진명은 건조한 목소리로 말했다. 윤태는 가볍게 고개를 숙였다. 어차피 기대는 하지 않았다. 늘 이런 식이었으니까.

"아빠, 처음 시험 봐서 합격하는 게 무척 어려운 거래요. 게다가 차석이니 굉장한 거죠."

윤주가 아버지의 양복 윗도리를 받으면서 말했다. 강진명은 딸의 살가운 모습에 살짝 미소 지으면서 대꾸했다.

"그건 맞는 말이다. 대단한 거지. 그건 그렇고 넌 언제 애비 초상화 그려줄 거냐."

"아빠가 바빠서 그런 거잖아요. 이번 주말에는 시간 어때요?"

"주말에? 일요일 오전에는 시간이 좀 될 것 같은데……."

윤주는 그럼 그때 그리자고 하면서 애교를 부렸다. 윤태는 부녀의 모습을 잠시 지켜보다가 인사를 하고는 자신의 방으로 향했다. 그곳에 자신을 필요로 하는 사람은 없다고 생각되었으니까. 그리고 방에 들어오자마자 법전을 펼쳐 들었다. 무겁고 차가운 법전을.

1차 시험 차석. 대단한 일이었다. 첫 시험에서 거둔 성적이었으니까. 하지만 아무도 자신을 주목하지 않았다. 모든 시선은 수석을 한 혁민에게로 향했다. 그래서 한편으로는 좋았고, 다른 한편으로는 조금 아쉬웠다.

"주목받는 건 딱 질색이라서 말이지."

자신을 드러내지 못해서 안달인 사람도 있지만, 윤태는 그런 성격이 아니었다. 그럴 필요도 없었고, 그러고 싶지도 않았다. 그런 것보다는 그냥 조용히 자신이 하고 싶은 일을 하면서 정말 자신을 따듯하게 대해주는 가족과 함께 살아가는 게 꿈이었다.

윤태는 법전을 밀어놓고 공책 중간에 있는 푸른색 노트를 꺼냈다. 겉장에 아무런 것도 적혀 있지 않은 평범한 노트였다. 낡아서 까칠까칠한 느낌이 나는, 하지만 자신에게는 너무나도 친근하고 따스한 느낌을 주는 그런 노트. 하지만 이곳에 있는 물건 중에서 가장 아끼는 물건을 꼽으라면 윤태는 망설이지 않고 이 노트를 선택할 것이다.

자신이 끄적이고 있는 소설이 적혀 있는 게 바로 이 노트였다. 이 집에서 행복을 느끼는 순간이라고 한다면, 잠깐 짬을 내서 이 노트에 소설을 쓸 때였다. 윤태는 노트를 쓰다듬으면서 중얼거렸다.

"미안, 잠깐 접어야 할 것 같아. 사시에 합격할 때까지는."

사법시험 합격. 분명히 자신은 할 수 있을 것이다. 1차에 붙은 것만으로도 꽤 많은 게 바뀌었다. 아버지와 누나는 여전했지만, 그래도 두 형이 겉으로나마 친하게 대하니 훨씬 숨통이 트였다. 이번에도 수고했다면서 같이 술을 마셨는데, 그들이 먼저 무언가를 하자고 한 게 이번이 처음이었다.

다 안다. 자신이 그들의 경쟁자도 아니고, 무언가 필요한 인물이라서 그런다는 것을. 그래도 좋았다. 술을 잘 안 하는 편이었는데, 그날만큼은 제법 취기가 오를 때까지 마셨다. 그리고 사람들이 왜 그렇게 술을 마시는지 알 수 있었다.

술이 몇 잔 들어가니 모든 게 좋아 보였다. 마치 화목한 형제 같다는 기분이 들어서 좋았다. 다음 날이 되자 모든 게 다시 원위치되었지만.

"그나저나 정말 대단한 녀석이야."

윤태는 혁민을 생각하면서 입술을 살짝 깨물었다. 오기 같은 게 생겼다. 지금까지 라이벌이라고 생각한 사람은 한 명도 없었다. 자신은 늘 위에 있었고, 남들이 오히려 자신을 향해서 도전해 왔다. 하지만 혁민이라는 사람은 분명히 자신보다 위에 있었다.

신선한 기분이었다. 누군가가 자신의 위에 있다니. 그래서 지금까지처럼 가족에게 자신을 잘 보이기 위해서 좋은 성적을 받으려는 게 아닌 정말로 이기고 싶다는 마음이 들었다. 1차에서는 아주 근소한 차이로 자신이 졌지만, 2차에서는 다를 것이라고 윤태는 각오를 다지고 있었다.

2차 시험은 1차 시험과는 완전히 다르다. 1차 시험은 객관식이지만, 2차 시험은 주관식이다. 논하고 설명해야 하는 까다로운 문제들. 그래서 아예 준비하는 방식 자체가 다르다.

"흐음… 그런데 대회에서 말하는 걸 보니까 2차 시험도 잘 볼 것 같던데……."

하지만 그럴수록 무언가 타오르는 게 느껴졌다. 그건 지금까지 느껴보지 못했던 자신이 살아 있다는 그런 느낌이었다. 타인을 위해서 사는 삶이 아닌 자신이 원하는 삶을 사는 그런 느낌. 윤태는 기분이 더러우면서도 즐거웠다.

그리고 그 시각, 혁민은 전에 가르쳤던 학생의 어머니와 통화하고 있었다. 아버지가 공무원인 바로 그 집이었다.

"정말이라니까요. 제가 뭐하러 그런 걸 속이겠어요? 다른 건 하지 않고 있습니다."

—아니, 나도 학생 말을 믿고는 싶은데 자꾸 그런 얘기가 들려와서…….

그 어머니는 어디서 이상한 소문을 듣고서는 자기 애도 좀 과외를 해달라고 연락을 한 거였다. 혁민이 고액을 받고 별도로 학생을 봐준다는 소문이었다.

"아니 어머님도 참, 사시 준비하는 학생이 시간이 어디 있다고 그렇게 여기저기 과외를 하러 다니겠습니까? 그래서 한 타임에 몰아서 하는 거잖아요."

—저기, 학생, 혹시 돈을 좀 더 주면 가능할까? 애가 학생이

가르치는 게 훨씬 좋다고 그래서 그래.

여자는 이해할 수 없는 종족이라는 생각이 들 때가 있었다. 결혼 생활도 했고 나이도 먹을 만큼 먹었지만, 여자는 여전히 미지의 생물이었다. 지금도 그렇지 않은가. 남이 하는 말을 듣지 않고 있었다.

"그러니까 돈이 문제가 아니구요, 저는 지금 하는 시간에 하는 과외. 그것만 한다니까요. 그러니까 생각 있으시면 보내세요. 한 명은 더 받을 수 있어요."

─아유, 나도 그러고 싶다니까! 증말, 내가 오늘은 이 양반하고 담판을 내든지 해야지.

아줌마는 버럭 화를 내면서 전화를 끊었다. 혁민은 한숨을 내쉬고는 가방을 둘러멨다. 사건을 맡아서 승소하는 건 어렵지 않았지만, 아줌마를 상대하는 건 너무나도 어려웠다. 혁민은 사무실을 개소하면 반드시 아줌마를 상대하는 사람은 따로 고용해야겠다고 다짐했다.

조용히 통화 내용을 듣고 있던 성만이 호기심과 걱정이 뒤섞인 표정으로 이야기했다.

"혁민아, 너 진짜 올해는 시험 삼아 보는 거야?"

"무슨 소리예요? 당근 이번에 붙어야죠."

어림 반 푼어치도 없는 소리다. 할 일도 많은데 시험 삼아 보는 것 같은 짓을 할 여유가 있을까. 이번에 무조건 합격할 것이다. 그리고 혁민에게는 그리 어려운 일도 아니었다. 다른 사람들은 잘 모르겠지만.

"니가 잘하는 건 아는데, 그래도 2차 시험 끝날 때까지는 거기에 집중하는 게 좋지 않을까?"

"정 어려울 것 같으면 그렇게 해야죠."

혁민은 걱정하지 않아도 된다면서 웃는 얼굴로 이야기했다. 그리고 정말 즐거웠다. 성만은 예나 지금이나 변함없는 성격이었다. 그러니 성만을 좋아할 수밖에 없었다. 전 같으면 그냥 좋은 선배라고 생각했겠지만, 이제는 정말 믿음직한 사람으로 보였다.

"윤상이도 니가 하나 소개해 줬다면서? 난 그것도 영 그렇던데……."

성만은 공연히 나중에 말 나오는 거 아니냐며 걱정했다. 혁민은 자신에게 들어온 것 중에서 하나를 윤상에게 넘겼다. 상대 학부모는 윤상도 1차 시험 합격자라는 말에 보기라도 하자고 말했고, 윤상도 일단 만나보고 결정하겠다고 말했고. 그게 오늘이었다.

"지금쯤 만나고 있겠네요. 아닌가? 벌써 얘기 끝났으려나?"

"하기야 뭐 그런 건 자기가 알아서 판단해야겠지?"

대충 정리를 한 혁민은 서둘러 밖으로 나왔다. 그런데 너무 서두른 탓일까? 살고 있는 건물 앞까지 와서 자신이 무언가를 빠뜨리고 왔다는 걸 깨달았다. 들어갈 때 사 가지고 갈 게 있어서 품에 손을 넣었는데 아무것도 손에 잡히지 않았기 때문이었다.

"아 뇨, 내 지갑!"

그는 혀를 차고는 다시 학교로 돌아갔다. 짜증스러웠지만, 어쩌겠는가. 이게 다 자기 잘못인데.

"아 씨발, 맞다. 책상 위에 놔뒀어. 아우, 이 븅신."

그는 서둘러 캠퍼스로 가서는 법대 건물 안으로 들어갔다. 계단을 두어 개 한꺼번에 뛰면서 올라갔다. 그런데 방에 가까이 가니 누군가가 다투는 소리가 들렸다. 인기척이 거의 없는 을씨년스러운 복도에 언쟁하는 소리가 날카롭게 메아리쳤다.

"야, 너 후배들 좀 그만 부려먹어. 너무하잖아."

"지랄한다. 야, 오성만. 너나 잘해. 왜 남 하는 일에 간섭이야, 간섭은."

"지금 니가 잘했다고 큰소리치는 거야? 야, 너 1차 합격하더니 정말 가관이다, 가관이야."

이야기를 들으니 안 봐도 그림이 그려졌다. 진윤상이 후배들을 데리고 와서는 일을 시킨 모양이었다. 그런 걸 못마땅하게 생각하는 성만이 한 소리 한 것이고. 혁민은 안으로 들어갈까 하다가 잠시 둘의 대화를 듣기로 했다.

"너 정말 웃긴다? 내가 언제 싫다고 하는 애 시키는 거 봤어? 나는 하겠다는 애들한테만 시킨 거야. 그리고 자료 봐도 된다는 애들 거만 보는 거고."

"참.나, 야!! 선배가 말하는데 대놓고 싫다고 하는 애가 어디 있냐?"

"무슨 소리야? 그거야 자기가 확실하게 이야기해야지. 자기 권리는 자기가 찾는 거야. 그걸 누가 찾아줘야 하는 건 아니잖아."

진윤상은 자신은 어떤 식으로든 거절하는 애들에게 억지로 시키지는 않는다고 했다. 그리고 그걸 제대로 표현하지 못한 사람은 스스로 자신의 권리를 포기한 사람이라고 말했고.

"그게 어떻게 포기한 거냐? 거절하지 못한 거지."

이야기를 듣다 보니 둘의 스타일이 완전히 다르다는 걸 알 수 있었다. 진윤상은 스스로 적극적으로 움직여야 한다고 주장했다. 오성만은 아직은 어린 후배니까 챙겨줘야 하는 것 아니냐는 거였고.

"어차피 다 성인이야. 사회 나가면 누가 그렇게 살갑게 챙겨줄 것 같아? 너 내가 더럽다고 치사하다고 생각하지? 애들이 사회 나가면 어떤 거 겪는 줄 알아? 니가 그런 걸 알면 이딴 얘기는 못 할 거라고."

"여기는 사회가 아니잖아. 학교라고 학교."

"학교도 사회야. 그리고 정신 차려 인마. 남 챙길 시간에 니 앞가림이나 제대로 하라고 이 자식아."

진윤상은 목소리를 더 높였다.

"니가 세상이 얼마나 더러운 줄 알아? 너 니 손으로 학비 벌어봤어? 부모 잘 만나서 편하게 학교 다니는 주제에 같잖은 얘기… 하지 마."

격정이 끓어오르는 소리에 성만은 아무 말도 하지 못했다. 적어도 지금 윤상이 하는 얘기는 성만이 감당하기에는 벅찬 내용이었다.

"나, 성공할 거다. 꼭 성공해서 잘 먹고 잘살 거라고."

윤상은 울부짖듯이 외쳤다. 잠시 침묵이 돌았다. 누군가가 말하기에는 너무나도 무거운 분위기였다. 그 침묵을 깬 건 윤상이었다. 아까와는 다른 차분한 목소리였다. 하지만 말의 내용은 여전히 날카로웠다.

"성만이 너, 니가 챙겨준 애들이 다 너 좋아하는 것 같지? 웃기지 말라고 해. 다 자기들 필요한 거 챙기는 거야. 정작 너 도움 필요할 때 니가 도와줬던 사람들이 도와줄 것 같아?"

그 이야기를 듣는 순간 혁민은 움찔했다. 날카로운 칼이 폐부를 푹 찌르고 들어온 것 같은 기분이었다.

혁민은 제자리에서 움직일 수가 없었다. 곧바로 답을 내릴 수 없는 질문을 받았기 때문이었다.

*   *   *

며칠 뒤, 혁민은 과외를 하고 있었다. 다른 때와는 달리 맥이 빠져 있어서 학생들은 모두 의아해하고 있었지만, 혁민은 자신이 그런 상태라는 걸 눈치채지 못하고 있었다. 그런데 과외를 시작한 지 얼마 되지 않아서 갑자기 벨 소리가 울렸다.

"문제 풀고 있어."

혁민은 이야기하고는 인터폰을 받았다. 거기에는 여러 명이 보였는데 전혀 안면이 없는 사람들이었다.

"누구세요?"

─불법 과외 특별단속반입니다. 문 좀 열어주시죠.

혁민은 순간적으로 멍해졌다. 불법 과외라니. 무언가 비현실적이라는 생각이 들었다. 정신이 약간 멍한 상태가 아니었더라면 조금 더 확실하게 대처했을 텐데, 혁민은 말을 한 사람이 내민 증표를 확인하기 위해서 일단 문을 열었다.

"특별단속반입니다. 안에 좀 살펴봅시다."

다섯 명의 사람이 우르르 안으로 들어가려 했다. 순간적으로 정신이 번쩍 든 혁민은 사람들을 가로막았다.

"지금 뭐하는 겁니까?"

"뭐하긴, 불법 과외 단속한다고 그랬잖아."

40대 중반으로 보이는 여자가 삿대질하면서 소리쳤다. 혁민은 여전히 가로막으면서 이야기했다.

"지금 당신들이 하는 행동은 주거침입입니다. 그러니 당장 나가세요."

"뭐야, 이 새끼는. 자, 안으로 들어가자고요."

40대 여자가 먼저 혁민을 밀치고 들어가려 했고, 혁민은 그녀를 막다가 강하게 밀쳤다. 그리고 짜증 섞인 어조로 말했다.

"주거자 등의 의사에 반하여 들어가려면 강제적인 수단인 압수, 수색 영장 등을 가지고 들어가거나, 현행범체포 및 개별 법률이 허용하는 법적 근거에 의해 들어가는 경우에만 주거침입죄가 성립하지 않습니다. 그러니 어떤 경우인지 확실하게 얘기해 주셨으면 좋겠군요."

혁민의 말에 사람들이 움찔했다. 불법 과외 단속을 하고는 있었지만, 이런 이야기에 제대로 대처할 수 있는 사람은 없었다. 주거침입이야 들어본 적이 있었지만, 나머지야 알 게 뭔가. 그러니 다들 당황했다.

"아, 불법 과외라니까 그러네. 안에 애들 있는지 확인부터 하자고요."

40대 여자는 뒤에서 계속해서 사람들을 부추겼다. 하지만 처음 들어올 때와는 달리 사람들은 소극적이 되었다. 혁민은 비릿한 웃음을 지었다.

사람들이란 게 다 그렇다. 강자에게는 약하고 약자에게는 강하고. 조금 전만 해도 불법 과외를 하는 현장이라고 생각해서는 기고만장하게 들이닥치던 사람들이 혁민이 조금 어려운 법률적인 말을 하니까 쉽게 움직이지 못하고 있었다.

하지만 모두가 그런 건 아니었다. 누군지는 모르겠지만, 혁민이 마음에 들지 않았는지 40대 여자는 계속해서 난리를 쳤다.

"뭐가 불법이 아니야? 불법인 거 다 알고 왔다니까?"

혁민은 차분하게 이야기했다.

"저는 대학생이고 여기는 제가 사는 곳이니까 불법일 이유가 없습니다. 그러니까 그만 돌아가 주시죠."

그러자 그 여자가 비릿하게 웃으면서 말했다. 한쪽으로 올라간 입꼬리에는 자신이 이겼다는 느낌이 가득했다.

"잘 모르나 본데 올해 법이 바뀌었거든? 오피스텔 같은 데서 과외를 하는 건 불법이야. 자, 빨리 들어가욧!"

여자의 말에 사람들이 우르르 안으로 밀고 들어왔다. 혁민은 무슨 소리냐면서 소리치면서 그들을 막았지만, 여자의 소리가 워낙 커서 묻혀 버렸다. 하지만 혁민은 계속해서 아니라고 하면서 그들을 막았고, 그렇게 혁민과 단속반은 뒤엉켜서 엎치락뒤치락했다.

"당장 멈춰!!! 전부 고소당하고 싶어???"

혁민은 사람들을 확 뿌리치면서 시뻘게진 얼굴로 버럭 소리를 질렀다. 몸싸움이 격하게 있었던 터라 머리는 산발이었고 옷의 단추가 몇 개 뜯겨 있었다. 그런 상태라서 눈을 부릅뜬 혁민의 모습은 무척 험악하게 보였다.

혁민이 워낙 강경하게 나오니 기세등등하게 안으로 밀고 들어오던 사람들이 멈칫거렸다. 하지만 40대 여자가 다시 삿대질하면서 소리쳤다.

"불법 과외 하는 주제에 어디서 큰소리야? 니가 뭘로 고소를 할 건데? 어? 말해봐. 뭘로 고소를 할 거냐니까?"

"잘 모르시나 본데 단속반은 이렇게 안으로 들어와서 여러 가지를 살펴볼 수 있는 권한이 있습니다."

처음에 무슨 증표 같은 걸 들고 있던 사람이 말을 덧붙였다. 그러자 사람들은 득의양양한 표정이 되었다. 남자의 말은 맞는 말이었다. 실제로도 단속반은 그럴 권한이 있었다. 방 안으로 들어갈 수도 있었고, 가서 장부 같은 걸 보여달라고 할 수도 있었다.

'자그마한 권한이라도 가지고 있으면 뭐라도 된 것같이 행동한다니까.'

하지만 혁민이 보기에는 우스울 뿐이었다. 그는 피식 웃으면서 대답했다.

"그거야 절차를 모두 준수했을 때 얘기고. 지금 단속반이라는 거 저한테 제대로 확인시켜 줬어요? 확인하려고 했는데 제대로 보여주지는 않고 무작정 밀고 들어왔잖아요."

사람들이 안으로 들어오려다가 흠칫했다. 당황한 기색이 역력했다. 단속 활동을 하면서 상대가 이런 식으로 나오는 건 처음 당해봐서 그런 거였다.

"그게 무슨 상관이야? 단속반인데. 교육청에서 임명한 단속반이라고."

아줌마는 여전히 소리를 높였지만, 전에 비하면 목소리가 많이 수그러들었다. 혁민이 워낙 당당하게 말했고, 뭔지는 모르겠지만 무언가 있어 보였기 때문이었다.

"절차를 준수하지 않았다면 그 자체로 절차 위반의 법률문제가 발생하므로 위법행위에 해당하는 겁니다. 뭘 좀 알고 얘기하세요."

사람들은 순식간에 멍한 표정이 되었다. 분명히 한국어이기는 한데 무슨 뜻인지는 바로 이해가 되지 않았다. 마치 외국어를 듣는 것 같은 기분. 그리고 그런 말을 하는 혁민은 대단한 사람인 것같이 느껴졌다.

의도적인 거였다. 사람들은 혁민을 깔보고 있었다. 아무래도 나이가 어려 보이니 그런 거였는데, 그런 상태에서는 아무리 말을 섞어봐야 통하지 않는다. 그러니 일단 기를 좀 죽여놓을 필요가 있었다.

혁민의 의도대로 사람들은 서로의 눈치만 살피면서 함부로 행동하지 못했다. 그러자 증표를 들고 있는 남자가 쭈뼛거리다가 말했다.

"그게… 그래도 단속반인데 위법이라고 하는 건 좀…….."

"일단 주거침입부터 따져 볼까요? 출입이 허용된 사람이라 하더라도 주거에 들어간 행위가 거주자나 관리자의 명시적 또는 추상적 의사에 반함에도 불구하고 감행된 것이라면 주거침입죄가 성립합니다."

혁민은 단호한 어조로 말했고, 사람들은 눈만 멀뚱멀뚱 뜨고서는 아무런 대꾸도 하지 못했다. 저 말이 무슨 말인지 누가 알겠는가. 그냥 자기들이 주거침입을 한 거라고 말하고 있다는 정도만 느낄 수 있었다.

사람들은 서로의 얼굴만 쳐다보았다. 확실히 기세가 꺾였다는 게 눈에 보였다. 다섯 명은 출입구에 옹기종기 모여서 이러지도 못하고 저러지도 못한 채 우왕좌왕하고 있었다.

"니미, 무슨 말인지를 알아야 대답을 하든가 하지."

같이 온 남자 하나가 아주 작은 소리로 중얼거렸다. 다른 사

람들도 말은 안 했지만 똑같은 생각이었다. 가장 난리를 친 40
대 여자는 다른 사람보다 더 당황한 기색이었는데, 그래도 이
대로 질 수는 없다고 생각해서인지 입을 열었다. 하지만 이번
에는 소리도 작았고, 삿대질도 하지 않았다.

"그건 그렇다고 쳐도 이거는 불법 과외 맞잖아. 오피스텔에
서는 과외 하면 무조건 불법이라고. 나도 법 아는 사람한테 알
아봤다니까?"

그녀는 엉망이 된 머리와 옷매무새도 정리하지 못한 채 이
야기했다. 그렇지만 혁민은 조금도 당황하지 않았다. 그는 큭
큭 웃으면서 좌우로 두어 걸음 움직였다. 그가 움직이는 방향
으로 사람들의 시선이 따라 움직였다.

"맞는 말이지요. 과외는 학습자의 주거지 또는 교습자의 주
거지에서 해야 하고, 단독주택 또는 공동주택이어야 하니까
요."

"그래, 오피스텔은 주택이 아니라서 불법이라고."

40대 여자는 자신이 들었던 내용이 떠올라서 소리쳤다.
학원장 모임에서 알게 된 사람이었는데, 법률에 대해서 아주
잘 아는 사람이었다. 그래서 그녀는 무조건 불법이라고 생각
했다. 건물에 오피스텔 원룸이라고 떡하니 쓰여 있었으니
까.

"자, 그러면 제가 문제를 하나 내죠. 여기는 오피스텔일까
요, 아닐까요?"

사람들은 대답은 듣지 않았지만, 답을 알 수 있었다. 상대가

저렇게 여유 있게 나온다는 건 답이 무언지 알려주는 거나 마찬가지였으니까. 혁민은 시간을 끌지 않고 바로 정답을 알려주었다.

"여기는 건축법상 공동주택입니다. 공동주택에서 과외를 하는 건 불법이 아니구요. 이름에 오피스텔이 있다고 해서 무조건 불법이 되는 건 아니에요. 법적으로 따지면 그렇습니다."

사람들은 자신도 모르게 고개를 끄덕였다. 마치 선생님에게 수업을 받고 있는 학생들처럼. 그리고 혁민의 뒤로 세 명의 아이들이 초롱초롱 빛나는 눈으로 고개만 빼꼼히 내밀고 이 광경을 구경하고 있었다.

처음에는 큰 소리가 들리고 불법 과외니 뭐니 해서 겁이 더럭 났는데 혁민이 사람들을 압도하기 시작하자 마음이 푹 놓였다. 상황이 그렇게 흐르자 한 아이가 먼저 살금살금 가까이 와서 이 광경을 구경했고, 다른 둘도 구경에 동참한 거였다.

"그거… 그게 사실인지 어떻게 알아? 어? 그냥 막 지어낸 건지 어떻게 아냐고."

여자는 거의 중얼거리듯 자그마한 목소리로 말했다. 자신이 없으니 큰 소리가 나오지 않았던 것이다. 학원을 하고 있어서 목소리 하나는 우렁찬 그녀였지만, 완전히 기가 죽은 상태였다.

혁민이 어처구니없다는 듯 웃으면서 말을 하려고 했는데,

뒤에서 아이의 목소리가 들렸다.

"우리 선생님 사시 수석 합격자에요."

"맞아요. 이번에 신문에도 나왔어요."

그 이야기를 들은 사람들은 동시에 '아아~' 하는 감탄사를 내뱉었다. 그리고 지금까지 혁민이 저런 이야기를 한 것이 모두 이해가 되었다.

"이번에 제현대학교에서 1차 수석이 나왔다더니 그 학생인가 보네……."

"수석이래, 수석……."

사람들은 수석이라는 말을 되뇌면서 수군거렸다. 사법고시가 어디 동네 학원에서 보는 시험이던가. 대한민국에서 가장 어렵다는 시험이다. 그 시험의 수석 합격자. 사람들은 그 이야기를 듣자마자 속된 말로 야코가 팍 죽었다.

"니들은 거기서 뭐해? 선생님 금방 갈 테니까 가서 공부하고 있어."

혁민이 뒤를 돌아보면서 말하자 눈만 빼꼼히 나와 있던 고개 셋이 쏙 하고 모두 사라졌다. 그리고 후다닥 움직이는 소리가 들렸고. 그제야 혁민은 고개를 돌렸다. 그리고 무척 난처한 표정으로 서 있는 다섯 명을 쳐다보았다.

이제는 상황이 반대가 되었다. 증표를 들고 있는 남자는 다른 사람들의 눈치를 보다가 슬그머니 입을 열었다.

"이거 미안하게 됐습니다. 이게 우리도 제보가 들어오면 단속을 나와야 해서… 우리 입장도 좀 이해를 해줬으면 좋겠어요."

다른 사람들도 소란 피워서 미안하다며 사과했다. 분위기를 보아하니 여기서 문제를 더 키웠다가는 큰일이 날 것 같아서였다. 하지만 혁민은 이대로 넘어갈 생각이 조금도 없었다.

"사정은 이해하지만, 저도 그냥 넘어갈 수는 없습니다. 일단 몸싸움을 하면서 여기저기 좀 맞기도 하고 그런 것 같은데 그 점은 확실하게 하고 넘어가야겠네요."

혁민은 몸 여기저기를 움직이고 살피다가 말했다.

"이 정도면 전치 2주 정도 나오겠네요. 가장 앞에서 저하고 붙어 있던 두 분은 폭행치상이네요."

그는 징표를 든 남자와 가장 난리를 친 40대 여자를 손가락으로 가리켰다. 그러자 둘의 표정이 확 일그러졌다. 둘은 조금 억울하다는 듯 말했다.

"아니 그렇게까지 따지는 건 좀 심한 거 같은데……."

"아니 나도 다쳤는데……."

특히나 40대 여자는 몸싸움하다가 서로 다친 것 아니냐며 억울하다고 말했다. 혁민은 저 아줌마가 아직 상황 파악을 제대로 못 하고 있다는 생각이 들었다. 지금 저렇게 자신을 자극해서 좋을 게 뭐가 있겠는가.

"저 역시 폭행치상죄의 구성요건에 해당하나, 정당방위에 해당하여 위법성이 조각됩니다. 따라서 저는 처벌받지 않습니다."

혁민의 말에 둘의 표정이 아주 볼만해졌다. 더 이야기해 봐야 자신들만 손해라는 걸 깨달은 것이다. 사법시험 1차에 수석으로 합격한 사람하고 법적인 문제로 다툰다? 마이클 조던하고 농구 경기 하는 것과 비슷한 일이다. 이길 가능성이 아예 없는 일.

사람들이 조용해지자 혁민은 다른 셋은 먼저 보내고 둘을 데리고 옥상으로 올라갔다. 애들이 듣는 데서 할 말이 아니었기 때문이었다.

"저기 우리가 어떻게 하면······."

"전치 2주이니 1인당 백만 원씩 주셔야겠네요."

혁민의 말에 둘은 펄쩍 뛰었다. 너무한 것 아니냐면서 악의를 가지고 그런 건 아니니 봐달라고 통사정을 했다.

여자는 학원을 운영하고 있는데 학생들이 자꾸 줄고 운영이 힘들어서 울컥하는 마음에 그랬다며 선처를 호소했다. 어이없는 일이었다. 학원이 잘 안되는 게 혁민의 탓도 아니지 않은가. 사정은 딱해 보였지만 그냥 넘어가면 안 된다.

그렇게 되면 비슷한 일이 있더라도 사과하고 적당히 사정하면 된다는 인식이 박힌다.

"그럼 절반만 받죠. 싫으시면 법대로 하고요."

여자는 주저하다가 알았다고 이야기했다. 여기서 더 끌어봤자 본전도 찾지 못할 것이라는 걸 깨달은 모양이었다. 혁민은 여자는 먼저 내보내고 남자와 이야기를 계속했다.

"미안하네. 내 사정 좀 봐줘. 공무원이 무슨 돈이 있겠나. 매달 빠져나가는 거 빼면 남는 게 없어. 그 돈이 큰 금액은 아니지만, 나한테는 정말 큰돈이네."

혁민은 잠시 남자를 물끄러미 보다가 입을 열었다.

"그러면 이렇게 하죠. 돈 대신 제 부탁 한 가지 들어주세요."

"부탁? 그래, 어떤 부탁이든 내 들어주지."

혁민은 피식 웃었다. 다들 이런다. 급하면 뭐라도 다 해줄 것같이.

"누가 제보했는지 알려주세요. 그럼 없었던 일로 하죠."

"제보자를? 그건……."

뭐든지 다 할 것 같았던 남자는 그건 곤란하다면서 주저했다.

혁민은 예상이라도 했다는 듯 무표정한 얼굴로 바로 말을 이었다.

"싫으시면 법정으로 가고요."

"아니, 잠깐만. 하지. 알려주겠네."

남자는 전화로 제보가 왔는데 누구인지는 밝히지 않았고, 목소리가 녹음된 건 남아 있다고 했다.

"두 사람이나 제보해서 안 나올 수가 없었어."

혁민은 다음 날 녹음된 테이프를 받기로 하고는 남자를 돌려보냈다. 그리고 방으로 들어오니 애들은 신이 나서 떠들고 있었다.

"선생님! 정말 짱이에요!"

"맞아요! 최고! 최고!"

혁민은 조금 지체되었으니 다음에 그 부분은 보충하겠다고 이야기하고는 다시 수업을 이어나갔다. 아이들은 오늘은 수업

하지 말고 재미있는 얘기 해달라고 졸랐지만, 혼만 났다.

"넌 부정사 문제 자꾸 틀리네? 오답 노트 정리 잘하고 있지?"

"예, 그런데 들을 때는 아는 것 같은데 이상하게 자꾸 틀려요."

"한 번에 모든 걸 아는 사람은 없어. 그건 누구나 마찬가지야. 그래서 자꾸 비슷한 문제를 틀리기도 해. 그 횟수를 얼마나 줄일 수 있느냐가 중요한 거야."

아이들은 알았다고 하면서 고개를 끄덕였다.

*　　　*　　　*

"사업 준비는 잘되고?"

─물론이지. 착착 준비되고 있다고.

혁민은 혜나와 통화를 하는 중이었다. 녹음된 테이프를 받으러 가는 길에 갑자기 전화가 걸려왔기 때문이었다. 혜나가 회사에 같이 가자고 하다가 이런저런 이야기를 나누게 되었다.

"너 그렇게 자신만만해하다가 실수한다."

─실수야 늘 하는 거지. 나도 처음부터 완벽하리라고는 생각하지 않아. 어차피 성공하려면 산 몇 개 넘어야지. 그런데 너 꼭 오빠같이 얘기한다.

혁민은 웃으면서 말했다.

"내가 꼭 내 기준으로 널 재단하는 건 아니고, 그냥 아는 거 말해주는 거야. 나이하고는 상관없이 조금 더 잘 아는 그런 게 있기도 하잖아."

―대부분은 그런 것 같은데 가끔 니가 정답을 알고 있다는 듯 말할 때가 있어. 인생에 정답이 어디 있어? 목표만 있을 뿐이지.

혁민은 그 이야기를 듣고는 자신이 너무 오래 살았다고 생각해서 다른 사람들을 가르치려던 게 아닌가 생각하게 되었다. 그리고 생각해 보니 그런 면이 조금 있었던 것 같았다.

'그러지 않으려고 했는데 무의식중에 그런 면이 나왔나 본데?'

혜나의 말은 무척 인상적이었다. 사실 인생에 정답이 어디 있겠는가. 자신의 목표를 향해서 다들 살아갈 뿐이지. 나와 방향이 다르다고 틀린 건 아닐 것이다.

그런 생각을 하는 사이 어느새 약속 장소에 도착했다. 혁민은 남자를 만나 테이프를 받고 자신의 방으로 돌아왔다. 그리고 도대체 누가 제보한 것인지 확인했다.

"아니, 이게 뭐라고 이렇게 긴장이 되지?"

혁민은 테이프를 카세트 안에 넣다가 살짝 손이 떨리는 걸 느끼고는 자조 섞인 웃음을 지었다. 예상하고 있는 사람이 있었다. 사람인 이상 당연히 누가 자신을 제보했는지 궁금하고 알고 싶을 것이다. 하지만 한편으로는 알고 싶지 않다는 감정도 있었다.

혁민은 잠시 망설이다 테이프를 들었다. 처음 목소리는 여자의 목소리였다. 그리고 자신이 예상했던 인물 중 하나였다.

"내가 그럴 줄 알았어."

공무원을 남편으로 둔 아줌마. 자기 아들 과외를 해주지 않는다고 그렇게 짜증을 낼 때부터 자신에게 불만이 많다는 걸 느낄 수 있었다. 하지만 그렇다고 이런 식으로 해코지하다니. 역시나 믿을 사람 없다는 걸 다시 한 번 느꼈다.

큰 도움은 생각지도 않고 작은 원한은 꼭 갚아야 직성이 풀리는 그런 사람이 있었다.

혁민은 싸늘해진 눈으로 계속해서 테이프를 들었다. 이번에는 남자 목소리였다. 그런데 그 목소리를 듣는 순간 혁민은 놀라지 않을 수 없었다.

―고액 불법 과외 신고를 하려고 하는데요…….

"진윤상?"

목소리의 주인공은 진윤상이었다.

"왜??"

아니 자신이 그에게 얼마나 잘해주었던가. 전에는 악연이었지만 아직 벌어지지 않은 일이라고 생각하고 도움을 주었다. 그리고 전과 완전히 달라지지는 않았지만, 괜찮은 구석도 있는 사람이라고 생각했었다.

그런데 왜? 혁민이 돈을 잘 버는 것 같아서? 자신보다 잘난 사람에 대한 시기심? 혁민은 갑자기 열이 확 올라와서 얼굴이 터져 버릴 것 같았다.

"왜?? 왜 나를 나쁜 사람으로 만들지 못해서 이렇게 지랄인 건데?? 도대체 왜애???"

혁민은 생각했다. 진윤상은 원래 그런 사람인 거라고. 그리고 앞으로도 계속 그렇게 살아갈 거라고.

"그래, 진윤상 그 새끼는 그런 놈이고 앞으로도 쭉 그런 놈이겠지."

그건 그의 인생이다. 자신이 뭐라고 할 필요는 없다. 자신에게 한 만큼 돌려주면 그뿐이다. 혁민은 그렇게 정리했다. 진윤상은 진윤상의 삶을 살고, 자신은 자신의 삶을 살아가기로.

그가 옳고 그르고는 판단하지 않을 것이다. 그럴 이유도 필요도 없으니까. 하지만 한 가지는 확실해졌다. 그는 같이 갈 사람은 아니었다.

혁민은 제법 살았지만, 아직도 모르는 게 너무 많다고 생각했다. 그러면서 지금도 계속해서 인생의 오답 노트를 적어가는 중이라고 생각했다. 지금 가고 있는 방향이 옳은지 그른지는 알 수 없다.

하지만 한 가지는 확실했다. 사람을 향해서 그나마 조금 열려 있던 혁민의 마음이 서서히 닫히고 있다는 거였다. 그것 역시 옳은 것인지 그른 것인지는 알 수 없다. 아니, 아예 그런 건 판단할 수 없는 것인지도 모른다.

혁민은 테이프를 꺼냈다. 그리고 바닥에 던지고는 발로 짓밟았다. 콰직 하는 소리와 함께 테이프는 완전히 부서졌고, 혁민의 발에도 상처를 남겼다. 하지만 혁민은 상관하지 않았다. 지금 그러지 않으면 미쳐 버릴 것 같아서였다.

혁민은 발로 테이프를 더 강하게 눌렀다. 그러면 그럴수록 혁민의 표정은 점점 일그러졌다. 분노 때문인지 고통 때문인지는 모르겠지만.

『괴짜 변호사 : 악마의 저울』 2권에 계속…

미더라 장편 소설

FUSION FANTASTIC STORY

A Bittersweet Life

삶의 의욕을 모두 잃은 주혁.
어느 날 녹이 슨 금속 상자를 얻는데······.

"분명 어제도 3월 6일이었는데?"

동전을 넣고 당기면 나온 숫자만큼 하루가 반복된다!

포기했던 배우의 꿈을 향해 다시금 시작된 발돋움.
눈앞에 펼쳐진 새로운 미래.

과연 그는 목표를 이루고
인생을 바꿀 수 있을 것인가!

Book Publishing CHUNGEORAM

유행이 아닌 자유추구 -
WWW.chungeoram.com

네르가시아 장편 소설
FUSION FANTASTIC STORY

THE MODERN
MAGICAL
SCHOLAR

현대 마도학자

나르서스 제국의 전쟁영웅이자
마나코어를 개발한 천재 마도학자 카미엘!

그러나 제국의 부흥을 위한 재물이 되어
숙청당하는데……

『현대 마도학자』

죽음 끝에 주어진 또 다른 삶.
그러나 그에게 남겨진 것은 작은 고물상이 전부였다.

더 이상의 밑은 없다!
마도학자의 현대 성공기가 시작된다!

Book Publishing CHUNGEORAM